古典新知

儒林外史：名利的炙烤

张国风 著

人民文学出版社

图书在版编目(CIP)数据

儒林外史:名利的炙烤/张国风著.--北京:人民文学出版社,2023
(古典新知)
ISBN 978-7-02-018313-5

Ⅰ.①儒… Ⅱ.①张… Ⅲ.①《儒林外史》-小说研究 Ⅳ.①I207.419

中国国家版本馆 CIP 数据核字(2023)第 195448 号

责任编辑　张梦笔
装帧设计　刘　远
责任印制　张　娜

出版发行　人民文学出版社
社　　址　北京市朝内大街 166 号
邮政编码　100705

印　　刷　三河市延风印装有限公司
经　　销　全国新华书店等

字　　数　174 千字
开　　本　880 毫米×1230 毫米　1/32
印　　张　9.875　插页 15
版　　次　2023 年 11 月北京第 1 版
印　　次　2023 年 11 月第 1 次印刷

书　　号　978-7-02-018313-5
定　　价　55.00 元

如有印装质量问题,请与本社图书销售中心调换。电话:010-65233595

目 录

缘起   1

江南人文

明清小说和江南的缘分   3

六朝情结(上)   11

六朝情结(中)   17

六朝情结(下)   24

魏晋风度   31

家世生平

幸与不幸   41

门第傲人   46

平常心   53

痛说科第家史   59

正途异路

金光大道   69

词赋气	75
杂览杂学	81
举业的金针	88
写作精义	94

儒林写真

同中之异	103
憎而知其善	108
何吝之有	112
他总能抓住理	117
王德王仁	122
好名之累	131
求名的途径	136
名士的做作	143
一学就会	149
科场舞弊	153

芸芸众生

船到码头车到站	161
变色龙	166
潘三眼里无难事	170
卜家兄弟	177
金钱、才艺和门第	184

讽刺艺术

高层次的讽刺	195
全部书中言辞之程式	205
神来之笔	211
聋妪的妙用	217
破题与入话	220
煞风景	225
击鼓传花（上）	232
击鼓传花（下）	239
挑战多数	247

题外杂谈

自食其力	253
信与不信之间	261
姑妄言之	266
雅俗之辨（上）	273
雅俗之辨（下）	280
八股名家之鄙视八股	286
吴、曹异同（上）	290
吴、曹异同（下）	298

缘　起

　　一部大书从何写起，取决于作者描写的对象是什么，想表达什么，他的整体构思又是如何。小说名为《儒林外史》。"儒林"，指读书人。"外史"，即有别于正史。正史，写的是军国大事，军国大事由谁来决定？自然是帝王将相，老百姓说了不算。帝王是棋手，将相是棋子，百姓则连棋子的棋子都算不上。唯其如此，鲁迅挖苦正史"等于为帝王将相作家谱"（《中国人失掉自信力了吗》）。正史的目的是记录历史，为统治者总结兴亡成败的经验教训，是所谓以史为鉴。在世界上，中国历代的统治者对历史最为重视，没有"之一"。《儒林外史》写读书人这个群体的生存困境，他们的追求，他们的精神状态。在《儒林外史》诞生以前，知识分子的生活和命运一直是小说家和戏曲家感兴趣的题材；但是，知识分子的生活道路、精神面貌、历史命运，只有到了吴敬梓的笔下，才得到了那样真实、全面、充分而深刻的反映。正史以纪传体为主，其他的体裁，如编年体、国别体、纪事本末体、专史等等，处于从属的地位。史书体裁的这一特点对中国的小说有深刻的影响。中国的小说喜欢围绕中心人物的命运来展开叙述。读者特别关心人物，尤其是中心人物的命运。中国的读者，喜欢钻进小说，充当里面的一个角色。这种欣赏习惯的养成，与中国小说特别注重人物命运的传统有关。一部小说，写得再烂，读者还是要看下去，等待那个大结局。在这一点上，吴敬梓表现出极大的创造性，他不想迁就多数的欣赏习惯。《儒林外史》没有中心人物，也就取消了围绕中心人物的命运展开描写的模式。在《儒林外史》这种结构的引导下，读者跳出全神贯注于人物命运的阅读习惯，欣赏着一幅幅的浮世绘，体验着其中的世态人情，咀嚼着其中的讽刺意味。如果你适应不了这种新的模式，那就可能读不下去。吴敬梓关心的是儒林整体的命运。中国封建社会晚期知识分子的生存状态，他们的历史命运，这一题材本身具有无比丰富的内容和巨大的历史深度。问题是怎么通过长篇小说的形式将其艺术地呈现出来。

中国的白话小说，与宋元的说话艺术有千丝万缕的联系。短篇的白话小说，有"入话"作为铺垫。元代的杂剧，开头有"楔子"作为铺垫。中国的长篇白话小说，它们的开头，喜欢从盘古开天，从三皇五帝讲起，从零开始，从猿到人。这是为了向小说的母体史传靠拢，同时也是在向其表示敬意。可是，吴敬梓却取法短篇白话小说的入话和元杂剧的楔子，为《儒林外史》设计了一个楔子。这个楔子与小说的下一回没有情节上的联系。王冕是元末明初之人，而小说从周进的故事开始，已经是明朝的成化末年。此时的明朝，离朱元璋立国之年，已经过去了一百多年。周进和王冕，风马牛不相及。吴敬梓为什么需要这个楔子，回目说得非常明确："说楔子敷陈大义　借名流隐括全文"。吴敬梓以批判的目光，以一个讽刺小说家的目光来审视儒林，他需要一个标杆，来作为全书褒贬人物的尺度。他选择了王冕来做这个标杆。

王冕是元末的一个真实的历史人物，王冕身世中的哪些元素吸引了吴敬梓的关注？王冕出身农家，自学成才。他蔑视权贵，鄙视世俗，特立独行，狂傲不羁，淡泊仕进，同情百姓的苦难。王冕的诗写得很好，尤其善于绘画。王冕具有敏锐的政治眼光，预见到元朝即将崩溃。这些元素，都非常符合吴敬梓的要求。可是，历史上的王冕，应过科举，与达官贵人也有来往。他的思想，从幻想兼济天下，到独善其身、遗世独立，有一个发展变化的过程。吴敬梓在历史原型的基础上，进一步净化提高王冕的思想境界，把他刻画成一个胸怀磊落，横眉冷对鱼肉乡民的官吏，躲避功名富贵如瘟疫的人。历史上的王冕，善于画梅。"不要人夸好颜色，只留清气满乾坤。"（王冕的题画诗《墨梅》）吴敬梓将其改作善画荷花，突出其清高脱俗，使其与放牛的生涯更加契合。出水芙蓉，意味着一种很高的人生境界。面对着恶浊的环境，依然保持着独立的人格和高洁的品质，这就是王冕喜欢荷花，擅长描绘荷花的言外之意。与此同时，吴敬梓洗去王冕身上的怪诞和急躁，把他塑造成一个可敬可亲的平民知识分子的形象。吴敬梓出身名门望族，却在《儒林外史》中塑造一个平民知识分子作为儒林的榜样，这件事情本身就发人深思。作者特别着力地刻画了王冕的"孝"。蒲松龄、吴敬梓、曹雪芹，在他们的名著中都闭口不谈"忠"，生当歌舞升平的康乾盛世，皇上的雨露却没有洒到他们的身上。他们没有享受到太平盛世的繁荣之果。在中国的伦理道德中，不忠还有辩解的余地，譬如说"识时务者为俊杰"，譬如说天命之类，而不孝则找不到一丝一毫的理由。如果一个人被加以忤逆不孝的名头，那就失去了做人的资格，无法在社会上存活。在儒家看来，建立在血缘关系上的父子关系、母子关系，是天生的、绝对的、无条件的。这种关系非利益所能左右，是为人的底线，是不可逾越的人兽之限。一个人如果连父子、母子关系都可以置之不顾，能够与自己的父母划清界限，连自己的父母都可以诅咒，哪还有什么事情做不出来呢！可是，现实社会有时就会将人推进这种尴尬的选择之中。郑厉公让雍纠去刺杀权臣祭仲，而雍纠却是祭仲的女婿。雍纠将此事透露给了他的妻子雍姬。雍姬去问自己的母亲："父与夫孰亲？"母亲明确地回答："人尽夫也，父一而已,胡可比也!"雍姬如梦方醒,立刻向祭仲告密。祭仲当机立断,将雍纠杀了。是个男人都可以做丈夫,可父亲只有一个!道理就这么简单。厉公听说此事后,愤愤地说:"谋及妇人,宜其死也!"厉公害怕祭仲的报复,匆匆地逃到蔡国去了。在《儒林外史》里,时不时地出现功名富贵与孝道的对立。正如刘咸炘《校雠述林》卷四《小说裁论》有云:"若严致中之谋产,王德、王仁之纳贿,荀玫之忘亲,匡迥之弃妻,王惠之鄙:此皆市井之行,贱恶之事,而读书识字者躬行之。匡迥之父及卜崇礼、祁太公,皆不识字之愚农,鲍文卿则一伶工,而敦厚卓绝,乃士人所不及。匡迥一身,为农则孝,为士则弃妻,其激射之义显然。书中备载杂流而独名《儒林外史》,乃深责儒者,儒者之所以卑劣若此者,功名富贵也。"在《儒林外史》里,对孝道的推崇赞美与人物的社会地位、高低贵贱没有关系。

这部讽刺巨著的楔子里包含了丰富的信息。一开头就点出"功名富贵"四个大字,开宗明义:功名富贵是试金石,考验着文人学子的思想境界。鄙视功名富贵是文人的最高境界。在王冕的故事中插入胖子、瘦子、胡子三个似乎是不相干的人,其实,三人正是全书势利者的影子,他们的谈话方式正是书中势利者的谈话模式。从小说艺术上看,《儒林外史》于对话的依赖,也是一个非常突出的特点。很多情节的介绍、人物的刻画,不是靠叙述,而是靠对话来实现。这是小说摆脱史传的束缚,更加生活化的必然选择。王冕抨击八股取士的科举制度,说是一代文人的灾难,是全书的画龙点睛之笔。

江南人文

明清小说和江南的缘分

这里所谓的"江南",主要指如今的浙江全省、江苏和安徽的长江以南地区。当然,实际的描写,也会旁及深染江南之风的周边城市。明清的小说和江南很有缘分。我们不妨先粗略地扫描一下,有哪些明清及近代的著名小说家与江南有关。《三国志演义》的作者罗贯中,杭州人,祖籍山西太原。或说东原(今属山东)人,或说太原人,但罗贯中长期寄寓杭州,则是学界的共识。《水浒传》的作者施耐庵,浙江钱塘(今杭州)人,一说江苏淮安人。《剪灯新话》的作者瞿佑,原籍南京淮安府山阳县(今江苏淮安),先辈移居浙江宁波,后来又徙居钱塘(今杭州)。曾任南京国子助教兼修国史。明代通俗文学的大家、"三言"的编纂者冯梦龙,吴县(今苏州)人。《绣榻野史》的作者吕天成是浙江余姚人。所著《曲品》与王骥德的《曲律》并称为"论曲的双璧"。"二拍"的作者凌濛初,乌程(今浙江湖州)人。其祖父仕至南京刑部员外郎。父亲曾任常州府同知。《西游记》的作者吴承恩，祖籍涟水（今江苏涟水），后徙山阳（今江苏淮安）。《大唐秦王词话》的作者诸圣邻，浙江宁波人。《封神演义》的作者有许仲琳、陆西星二说。明舒载阳刻本卷二题有"钟山逸叟许仲琳编辑"字样，则许仲琳当为南京人。陆西星，张政烺先生认为是江苏兴化人。早年为诸生，九试不遇。《西游补》的作者董说是浙江吴兴人，中年在苏州灵岩寺出家。《女仙外史》的作者吕熊是江苏昆山人。《子不语》的作者袁枚，浙江钱塘（今杭州）人。先后于溧水、江宁、江浦、沭阳共任县令七年。乾隆十三年（1748），辞官归隐于南京小仓山随园。《隋史遗文》的作者袁于令，江苏吴县（今苏州）人。《五色石》《八洞天》的作者徐述夔，江苏扬州府东台县人。陆云龙、陆人龙昆仲，前者为《魏忠贤斥奸书》和《清夜钟》的作者，后者为《型世言》和《辽海丹忠录》的作者，自曾祖起从海宁迁钱塘（今杭州）。《无声戏》《十二楼》的作者李渔，浙江兰溪人；又是《闲情偶记》的作者。《水浒后传》的作者陈忱，浙江乌程人，是凌濛初的同乡。《隋唐演义》和《坚瓠集》的作者褚人获，长洲（今苏州）人。《今世说》的作者王晫是浙江钱塘人。《镜花缘》的作者李汝珍，河北大兴（今属北京）人，但长期在海州（今连云港市）生活。《谐铎》的作者沈起凤是江苏吴县（今江苏苏州）人。《浮生六记》的作者沈复是长洲（今江苏苏州）人。《淞隐漫录》的作者王韬，江苏长洲（今苏州）人。《野叟曝言》的作者夏敬渠，江苏江阴人。《何典》的作者张南庄是乾嘉时人，生平不详。全书用江南方言写成。《品花宝鉴》的作者陈森，江苏常州人。与《水浒传》唱反调的作者俞万春，浙江山阴（今绍兴）人。狭邪小说的代表作《海上花列传》的作者韩邦庆，江苏松江（今上海松江区）人，全书用吴语写成。"四大谴责小说"之中，有三部出自江苏人之手：《官场现形记》的作者李宝嘉，江苏武进（今属常州）人；《老残游记》的作者刘鹗，江苏丹徒（今镇江）人；《孽海花》的作者曾朴是江苏常熟人。

上述小说作家的这张名单已经相当可观，再看明清时期江苏、浙江小说批评的繁荣。弘治甲寅（1494）为《三国志通俗演义》作序，写下中国第一篇通俗小说专论的蒋大器，是浙江金华人。明代重要的小说理论家胡应麟，浙江兰溪人。托名李贽评点过《水浒传》《三国志演义》《西游记》《皇明英烈传》的叶昼，是江苏无锡人。名气最大的小说评点家金圣叹是苏州人。《西游记》的评点家汪象旭是西陵（今浙江杭州萧山区）人。《三国志演义》的评点家毛宗岗是苏州人。《金瓶梅》最著名的评点出自张竹坡之手，张竹坡是江苏铜山人，祖籍浙江绍兴。

不难想象，在江南必有一个数量可观的通俗小说读者群；没有一个广大的读者群，没有这样一个喜欢小说的环境，不会有如此繁荣的小说创作。程晋芳的《文木先生传》

里提到:"(吴敬梓)又仿唐人小说为《儒林外史》五十卷,穷极文士情态,人争传写之。"程晋芳是吴敬梓的挚友,"人争传写之"当是事实。

江浙地区小说创作的繁荣,以城市的繁荣、经济和文化的发达为基础。钱穆认为:"唐中叶以前,中国经济文化之支撑点,偏倚在北方(黄河流域)。唐中叶以后,中国经济文化的支撑点,偏倚在南方(长江流域)。这一个大转变,以安史之乱为关捩。""(明朝)天下的租赋,江南居其十九。浙东、西又居江南十九。而苏、松、常、嘉、湖五府,又居两浙十九。"(《国史大纲》第38章)现在人们好讲东西的差距,其实,南北的经济文化乃至于风俗,差距也不小。东南与西北相比,差距更大。

江南是明清时代最富庶、最繁华的地区,是当时地主阶级剥削的渊薮。康、雍、乾时期,扬州、南京、苏州、杭州都已经发展为具有相当规模的工商业城市。阶级矛盾、民族矛盾在这里重叠交错,各种思想在这里竞争、交流,各种学派在这里磨砺着自己的"武器"。江南地区堪称明清两代知识分子的摇篮。在清、近代的哲学家、史学家、文学家中,江南人占有极为可观的比重。在清代经学的流派中,吴派的惠栋、江永、王鸣盛、钱大昕都是苏南人。戴震是安徽人,而吴派学术给他的启迪不可忽视。以戴震为代表的皖派中,如著名经学家段玉裁、王念孙、王引之、汪中、阮元等,均为江苏人。清、近代的史学大师万斯同、全祖望、赵翼、章学诚、王国维都是江浙人。清、近代的文学家中，江浙人所占比重之大，更是人所共知的事实。这里学术空气之浓厚、思想之活跃、学术信息之灵通、政治之敏感，可想而知。

江南地区，领导着全国的消费潮流。张瀚的《松窗梦语》卷七《风俗纪》所谓："民间风俗，大多江南侈于江北，而江南之侈，尤莫过于三吴。自昔吴俗习奢华、乐奇异，人情皆观赴焉。吴制服而华，以为非是弗文也；吴制器而美，以为非是弗珍也。"正如二十世纪八十年代以前，上海产的手表、自行车、缝纫机、收音机成为全国公认的消费名牌一样。徽商和晋商，财力雄厚，可以在家乡建宗祠，修家谱，但他们的文化消费、物质消费，主要在江南地区，而不是在他们的家乡。江南地区的文化氛围、深厚的人文底蕴，刺激了他们的消费欲望，悄悄地造成了这种财富的转移。我们在《儒林外史》对徽商的描写中可以觉察到一点蛛丝马迹。

江浙小说的传播，引起一些维护道学的官员的警惕和诅咒。这正是江浙小说创作繁荣、影响巨大的证明。当然，通俗小说中，确实有一些低俗的作品，这是又一本账。《皇朝经世文编》卷六八《礼政·正俗上》载有钱大昕的一道奏折，有云："古有儒释道三教。自明以来，又多一教，曰小说。小说演义之书，未尝自以为教也，而士大夫农工商贾，无不习闻之。以至儿童妇女不识字者，亦皆闻而如见之。是其教较之儒释道而更广也。释道犹劝人以善，小说专导人以恶。奸邪淫盗之事，儒释道书所不忍斥言者，彼必尽相穷形、津津乐道。以杀人为好汉，以渔色为风流，丧心病狂，无所忌惮。子弟之逸居无教者多矣，又有此等书诱之，曷怪其近于禽兽乎！世人习而不察，辄怪刑狱日盛、盗贼之日炽。岂知小说之中，于人心风俗者，已非一朝一夕之故也。有觉世牖民之责者，亟宜焚而弃之，勿使流播。内自京邑，外达直省，严察坊市，有刷印售者，科以违制之罪。行之数十年，必有弭盗省刑之效。或訾吾言为迂，远阔事情，是目睫之见也。"钱大昕（1728—1804）是江苏嘉定（今属上海）人。1751年，乾隆首次南巡，钱大昕与吴敬梓的长子吴烺（1719—1782）一起，献赋行在，被钦赐举人，并授以内阁中书的闲职。尽管钱大昕对通俗小说深恶痛绝，但他与吴烺毕竟是同年。所以，吴烺请他为自己的《杉亭集》作序，他亦欣然同意。在序中，出于礼貌，钱大昕不得不在称赞吴檠的同时，捎带着称赞了一下吴烺的父亲吴敬梓："君之从父岑华比部，尊甫文木先生，并高才博洽，有闻于时。"

从地理上看，吴敬梓一生活动，主要在安徽、江苏两省，旁及浙江等地。其中江苏尤为重要。《儒林外史》就是在江苏的南京写成的。十八世纪的两位文化巨人——吴敬梓和曹雪芹都喝过秦淮河的水。吴敬梓在南京度过了他的后半生。曹雪芹的家族有四代人在南京、苏州、扬州等地生活了六十年之久。吴敬梓、曹雪芹都和江苏结下了不解之缘。

钱谦益如此描写明朝中后期南京的繁华："海宇承平，陪京佳丽，仕宦者夸为仙都，游谈者指为乐土。"(《列朝诗集》)吴敬梓对"仙都"南京很有感情，对扬州也十分喜欢。他在《儒林外史》中用了很多文字，深情而饶有兴趣地描绘了南京的繁荣景象和风俗人情。乾隆六年（1741）正月，吴敬梓与吴培源的联句中，就径称南京为"不夜城"（"人游不夜城"）。在吴敬梓的笔下，可以看到：南京城的建筑雄伟壮观，"人烟凑集，金粉楼台……画船箫鼓，昼夜不绝……到晚来，两边酒楼上明角灯，每条街上足有数千盏，照耀如同白日，走路人并不带灯笼"，那秦淮河船上的"细吹细唱"，更是"凄清委婉，动人心魄"（第二十四回）。"城内万家烟火，那长江如一条白练，琉璃塔金碧辉煌，照人眼目。"（第二十九回）南京城的清凉山地藏胜会，"各家门户，都搭起两张桌子来，两枝通宵风烛，一座香斗，从大中桥到清凉山，一条街有七八里路，点得像一条银龙，一夜的亮，香烟不绝，大风也吹不熄。倾城士女都出来烧香看会"（第四十一回）。难怪张文虎（天评）就此感叹道："写秦淮河风景，百世之下犹令人神往！"吴敬梓在其《移家赋》中，满怀深情地描写了南京城的山川人文："金陵佳丽，黄旗紫气。虎踞龙盘，川流山峙。桂桨兰舟，药栏花砌。歌吹沸天，绮罗扑地。实历代之帝都，多昔人之旅寄。爰买数椽而居,遂有终焉之志。"

小说中第三十二回,娄太爷临终之际,嘱咐杜少卿:"南京是个大邦,你的才情到那里去,或者还遇着个知己,做出些事业来。"传达出作者移家南京的想法。

六朝情结(上)

程晋芳在《文木先生传》里曾经提及,吴敬梓"其学尤精《文选》"。程廷祚在《文木山房集序》中也指出,"敏轩少攻声律之文"而"奇情勃发"。所谓"声律之文",正是指的秀丽骈偶之文。"奇情勃发",是欣赏吴敬梓的才气。沈宗淳也注意到吴敬梓与六朝文学的血缘关系:"吴子敏轩,夙擅文雄,尤工骈体。"(《文木山房集词序》)众所周知,六朝正是骈文的黄金时代。吴敬梓对六朝的诗文情有独钟,可是,吴敬梓的作品中,没有六朝诗文中常见的萎靡浮艳之作。他的诗文,如友人李本宣所说:"大抵皆纪事言怀,登临吊古,述往思来,百端交集,苟无关系者不作焉,庶几步趋乎古人。毋怪乎见时贤之分题角胜,则惴惴乎谢不敏也。"(《文木山房集序》)《儒林外史》第二十九回,借杜慎卿之口说,那里的"菜佣酒保都有六朝烟水气"。吴敬梓的挚友程廷祚在为《文木山房集》所撰的序中便说:"金陵大都会,人文之盛,自昔艳称之,考之于古,顾陆谢王,皆自他郡徙居，所谓'避地衣冠尽向南'者，其所致良有由哉。全椒吴子敏轩，慨然卜筑而居。""顾陆谢王"正是六朝时最负盛名的高门望族。吴敬梓的好友吴培源在《满江红·除夕和敏轩韵》里，说出了两人共同的感受："钟阜秦淮，喜坐啸六朝名郡。仿佛见，旧时王谢，风流东晋。"吴敬梓的好友程晋芳在《寄怀严东有》（之二）一诗中说："敏轩生近世，而抱六代情。风雅慕建安，斋栗怀昭明。"

吴敬梓有一种挥之不去的六朝情结。从兄吴檠和吴敬梓，在当时就被亲朋比作南朝的大谢和小谢——谢灵运和谢惠连。这是从门第、才干和名声上来着眼的。当时吴檠的名气比吴敬梓大，吴檠后来中了进士，是成功人士，吴敬梓却坎坷不遇，以秀才终世。这反映了当时人的眼光。以今人的眼光去看，如果不是吴敬梓的《儒林外史》，如今的人，怎么会知道天壤间尚有吴檠此人？吴檠和吴敬梓互称小谢、大谢。吴檠在《怀从弟客长干》一诗中有云："怅望裁诗贻小谢，可能共和有羊何？"直称吴敬梓为"小谢"。吴檠在祝贺吴敬梓三十岁生日的诗作中一开始便写道："池草铺翠水拖蓝，阿连今日开酒甔。"（《为敏轩三十初度作》）"阿连"就是"小谢"谢惠连。吴敬梓在《九日约同从兄青然登高不至四首》（之三）中有云"吾家才子推灵运，也向秦淮僦舍居"。"青然"是吴檠的字。当然，吴檠也是以"大谢"自居的。吴敬梓在天宁寺僧舍看到吴檠的壁上题诗，便作《百字令》一首,开头便道:"长廊尘甃,是吾家康乐,旧曾题处。"康乐即谢灵运,谢灵运袭封康乐公,人称谢康乐。吴敬梓的堂表兄兼连襟金榘给吴檠写过一首诗《寄怀吴半园外弟》,"半园"是吴檠的号,诗中这样提到吴敬梓:"君家惠连(按指敬梓)尤不羁,酒酣耳热每狂叫。"口气非常亲切。我们也可以由此看到吴敬梓给自己最亲密的亲友留下的印象。吴敬梓对六朝的典故非常熟悉,情有独钟。翻开吴敬梓的《文木山房集》,六朝典故随手可拾:"坐啸竹林差共拟,重登花萼亦堪怜"(《琵琶》),暗用竹林七贤的典故。"攀条流涕桓宣武,何不移栽玄武陂。"(《杨柳曲送别沈五遂初》)典出于《世说新语·言语》:

> 桓公北征,经金城,见前为琅邪时种柳,皆已十围,慨然曰:"木犹如此,人何以堪!"攀枝执条,泫然流泪。

"惆怅姓名为鬼录"(《石臼湖吊邢孟贞》),典出魏文帝曹丕的《与吴质书》:

> 昔年疾疫,亲故多离其灾,徐、陈、应、刘,一时俱逝,痛可言邪!……顷撰其遗文,都为一集。观其姓名,已为鬼录。追思昔游,犹在心目,而此诸子,化为

粪壤，可复道哉！

"直到东篱黄菊放，故人才寄数行书"（《寄怀章裕宗二首》之一），化用陶渊明诗句"采菊东篱下"。"昔日主家罗绮盛，只今佛地绣幡垂。"（《永庆寺》）永庆寺是梁朝永庆公主香火。"水涨燃犀浦，烟迷梦日亭。"（《晓发姑孰道中》）燃犀，典出《异苑》卷七云："晋温峤至牛渚矶，闻水底有音乐之声，水深不可测。传言下多怪物，乃燃犀角而照之。须臾，见水族覆火，奇形异状，或乘马车著赤衣帻。其夜，梦人谓曰：'与君幽明道阁，何意相照耶？'峤甚恶之，未几卒。"亦见于《晋书》本传。"昔者周孝侯，奋身三恶除。"（《登周处台同王溯山作》）周孝侯就是西晋人周处，典出《世说新语·自新》，写"周处年少时，凶强侠气，为乡里所患"。加上水中之蛟、山中之虎，"皆暴犯百姓，义兴人谓为'三横'，而处尤剧"。后来周处杀虎斩蛟，改邪归正，所以说"奋身三恶除"。同诗中又有"工愁吴季重，深情王伯舆"，亦六朝典故。"吴季重"即三国时人吴质，季重是他的字。吴敬梓在这里是以吴质自居，而将王溯山比作王伯舆。王伯舆即晋人王廞，伯舆是他的字。典出《世说新语·任诞》：

王长史登茅山，大恸哭曰："琅邪王伯舆，终当为情死！"

在《沁园春》一词中，吴敬梓自喻："工愁吴质，益用增劳。"在《玉巢诗草序》中他自谦道："启盈箱之芍药，才是徐陵；浣满手之蔷薇，友非吴质。"朋友王又曾也将吴敬梓称作吴质："重觅秦淮十年梦，因看吴质一编诗。"（《书吴征君敏轩先生文木山房诗集后》）吴敬梓以吴质自居，有其特殊的理由。研究者们早就注意到，吴质和家乡的关系很不和睦，这一点与吴敬梓相似。《三国志·王粲传》裴注有云：

> 始质为单家，少游遨贵戚之间，盖不与乡里相浮沉。故虽已出官，本国犹不与之士名。及魏有天下，文帝征质，与车驾会洛阳。到，拜北中郎将，封列侯，使持节督幽、并诸军事，治信都。太和中，入朝，质自以不为本郡所饶，谓司徒董昭曰："我欲溺乡里耳。"昭曰："君且止，我年八十，不能老为君溺攒也。"

在《移家赋》中，吴敬梓对家乡的恶俗风气用大量文字来加以猛烈的抨击。《儒林外史》的基本风格是含蓄的，而在小说的第四十四回、四十七回，作者却按捺不住自己的厌恶之情，直接站出来，痛斥五河县的势利之风：

因五河人有个牢不可破的见识，总说但凡是个举人进士，就和知州知县是一个人，不管甚么情都可以进去说，知州知县就不能不依。假使有人说县官或者敬那个人的品行，或者说那人是个名士，要来相与他，就一县人嘴都笑歪了……五河的风俗：说起那人有品行，他就歪着嘴笑；说起前几十年的世家大族，他就鼻子里笑；说那个人会做诗赋古文，他就眉毛都会笑。问五河县有甚么山川风景，是有个彭乡绅；问五河县有甚么出产希奇之物，是有个彭乡绅；问五河县那个有品望，是奉承彭乡绅；问那个有德行，是奉承彭乡绅；问那个有才情，是专会奉承彭乡绅。却另外有一件事，人也还怕：是同徽州方家做亲家；还有一件事，人也还亲热：就是大捧的银子拿出来买田。

"我们县里，礼义廉耻，一总都灭绝了！"吴敬梓通过小说中余大先生的这句话，充分表达了自己那种厌恶和轻蔑的感情。五河县正是吴敬梓家乡全椒的影子，它是那么闭塞、保守，那么势利而令人厌恶。吴敬梓常常喜欢以吴质自居，其原因就在这里。

六朝情结（中）

吴敬梓诗文中涉及六朝典故者，不胜枚举。

吴敬梓所吟《秋病四首》（之四）写道："屯贱谁怜虞仲翔，那堪多病卧匡床。黄金市骏年来贵，换骨都无海上方！"这是用三国虞翻的典故，见于《三国志·虞翻传》裴注所引《虞翻别传》。虞翻，字仲翔，是吴国的大夫。性格刚直，因触忤孙权而被放逐，曾自云："自恨疏节，骨体不媚，犯上获罪，当常没海隅，生无可与语，死以青蝇为吊客，使天下一人知己者，足以不恨。"吴敬梓自比虞翻，他显然十分欣赏虞翻的傲骨，对虞翻之不为世俗所容非常理解，也十分同情。"嗜酒嵇中散，窥园董仲舒。"（《春兴八首》之五）嵇中散即嵇康。嵇康在魏，拜为中散大夫。"诛茅江令宅，蜡屐谢公墩。"（《春兴八首》之七）"江令"即陈朝尚书令江总。"谢公墩"，在南京有两处，吴敬梓晚年所撰《金陵景物图诗》里有"谢公墩"一条，文中说："金陵有两谢公墩，其一在冶城北与永庆寺南者，乃谢太傅所眺。"

"谢太傅"即淝水之战的总指挥谢安。"其一在旧内东长安门外铜井庵傍,所谓半山里者。半山寺旧名康乐坊,因康乐孙灵运。今以坊及墩观之,或康乐子孙之所居也。""堪笑谢仁祖,转向修龄索。"(《丙辰除夕述怀》)谢仁祖即晋人谢尚,修龄指晋人王胡之。典出《世说新语·方正》:

> 王修龄尝在东山,甚贫乏。陶胡奴为乌程令,送一船米遗之。却不肯取,直答语:"王修龄若饥,自当就谢仁祖索食,不须陶胡奴米。"

"叔度不相见,因之鄙吝生。"(《赠黄仑发二十韵》)叔度指汉人黄宪,叔度是其字。黄宪虽然是汉人,但这个典故却出自《世说新语·德行》:"周子居常云:'吾时月不见黄叔度,则鄙吝之心已复生矣!'"周子居即汝南人周乘。"郗超真好客,许武果成名。"(《赠黄仑发二十韵》)郗超是晋人,其父好聚敛,"尝开库,任超所取。超性好施,一日中散与亲故都尽"。郗超又"性好闻人栖遁",听说有人隐逸,郗超就"为之起屋宇,作器服,畜仆竖,费百万金不吝",所以吴敬梓说他"真好客"。许武是东汉人,事迹见于《后汉书》本传。冯梦龙的《醒世恒言》第二卷《三孝廉让产立高名》写的就是"许武果成名"的故事。"偶过支公院,荒畦绿几竿。"(《初夏惠隐寺花屿山房食笋分韵得竿字》)支公即晋人支遁，是好谈庄子的僧人，也是当时的名士，《世说新语》中有许多有关支遁文采风流的故事。"五柳陶潜宅，千金陆贾装。"（《赠洪别驾月航》）陶潜撰有《五柳先生传》，文中有云："先生不知何许人也，亦不详其姓氏，宅边有五柳树，因以为号焉。"陆贾是汉人，参见《史记·陆贾列传》。"满眼青山谢朓诗"（《入琵琶峡》），谢朓是南朝山水诗的代表作家。"北府军兵遗恨在，南朝君相清谈误。……独叹谢鲲称放达，堪羞王导虚名誉。"（《满江红》"子孝臣忠"）说的都是六朝之事，"北府军兵"指谢玄镇广陵（今扬州）时招募徐、兖二州骁勇所组成的一支军队。历史上著名的淝水之战，晋方的主力就是北府兵。清谈是六朝士林的风气。"南朝君相清谈误"这句诗是吴敬梓对六朝名士唯一的批评，这也是后人对六朝名士共同的看法。谢鲲、王导都是当时的名士。"洛水一篇《思旧赋》"（《念奴娇》"枕"），《思旧赋》是"竹林七贤"之一向秀的作品。鲁迅在《为了忘却的记念》一文中曾经说这篇赋几乎是刚开始便结束了，其原因是当时政治的极度黑暗和恐怖。"买山而隐，魂梦不随溪谷稳。"（《减字木兰花》之三）典出《世说新语·排调》：

　　支道林因人就深公买印山，深公答曰："未闻巢、由买山而隐。"

支道林即支遁。后以买山指归隐。"狂来自笑,摸索曹刘谁信道。"(《减字木兰花》之四),典出唐人刘悚所撰《隋唐嘉话》:"许敬宗性轻傲,见人多忘之,或谓其不聪,曰:'卿自难记,若是何、刘、沈、谢,暗中摸索著,亦可识。'"何即何逊,刘即刘孝绰,沈即沈约,谢即谢朓。《东坡志林》卷二中说,南朝"徐陵多忘,每不识人,人以此咎之。陵曰:'公自难识,若曹、刘、沈、谢辈,暗中摸索亦合认得。'诚哉是言"。这里是作者自嘲:世上哪有许敬宗那样暗中摸索便识人才的伯乐呢?他也因为自己未能为父母找到一块风水好的坟地而深为不安:"劬劳慈母,野屋荒棺抛露久。未卜牛眠,何日泷冈共一阡。"(《减字木兰花》之五)牛眠地,指安葬父母的风水宝地。典出《晋书·周光传》:"初,陶侃微时,丁艰,将葬,家中忽失牛而不知所在。遇一老父,谓曰:'前岗见一牛眠山污中,其地若葬,位极人臣矣。'""闺中人逝,取冷中庭伤往事。买得厨娘,消尽衣边荀令香。"(《减字木兰花》之六)典出《世说新语·惑溺》:

> 荀奉倩与妇至笃,冬月妇病热,乃出中庭自取冷,还以身熨之。

"捉鼻低头知不免,且把棋枰共赌。"(《贺新凉·青然兄生日》)典出《世说新语·排调》：

> 初，谢安在东山居布衣时，兄弟已有富贵者，翕集家门，倾动人物。刘夫人戏谓安曰："大丈夫不当如此乎？"谢乃捉鼻曰："但恐不免耳。"

"捉鼻"就是不屑的样子。这里是说吴骞虽不屑功名，但恐怕也不免踏入仕途。"南北史，有几许兴亡，转眼成虚垒"，这是感慨南北朝的成败兴衰。"召阮籍嵇康，披襟箕踞，把酒共沉醉。"(《买陂塘》之二)阮籍、嵇康是竹林七贤中最著名的人物，"披襟箕踞"是他们放荡不羁的常态。"乌衣巷，夕阳零乱。"(《洞仙歌·题朱草衣〈白门偕隐图〉》)乌衣巷在金陵城内，位于秦淮河南，附近有座朱雀桥。三国时孙吴驻兵于此，军士皆穿黑衣，此巷由此得名。东晋时代，这里成为王、谢豪门的住宅区。唐人刘禹锡有名篇《乌衣巷》云："朱雀桥边野草花，乌衣巷口夕阳斜。旧时王谢堂前燕，飞入寻常百姓家。""忽焉独书空，中心信鲜欢。"(《酬青然兄》)书空，典出《世说新语·黜免》。此事亦见于《晋书·殷浩传》："浩虽被黜放，口无怨言，但终日书空，作'咄咄怪事'四字而已。""黯然欲别魂消"(《沁园春·送别李啸村》)一句，是化用江淹《别赋》的首句："黯然销魂者，唯别而已矣。"同词又有"开府清新，参军俊逸"二句，是化用杜甫《春日忆李白》一篇中的诗句："清新庾开府，俊逸鲍参军。""庾开府"是指庾信，"鲍参军"是指鲍照，都是南北朝时期著名的诗人。"一自旁求岩穴里，争说拔茅连茹。"（《百字令》）典出《周易·泰》"拔茅茹，以其汇"的王弼注："茅之为物，拔其根而相牵引者也。茹，相牵引之貌也。"王弼是魏晋玄学的创始人之一。"待餐来温饼，朱衣拭取，验何郎面。"（《水龙吟》）"何郎"即魏人何晏，典出《世说新语·容止》：

> 何平叔美姿仪，面至白。魏文帝疑其傅粉，正夏月，与热汤饼。既啖，大汗出，以朱衣自拭，色转皎然。

此外，"七龄揖客，辨座上之杨梅"，用《世说新语·言语》中孔坦故事。"五岁摊书，易赋中之枯树"，暗指庾信《枯树赋》。"兄为灵运，感新句于西堂。"用谢灵运"池塘生春草"典故。"乃以祢衡被荐之年，遽归泉路。"指祢衡之被害。以上典故皆见于吴敬梓所撰《石臞诗集序》。"参军开府，他年与尔细论"，说鲍照、庾信。"启盈箱之芍药，才是徐陵；浣满手之蔷薇，友非吴质。""更见棘句钩章，大有灵蛇之握。"（《玉巢诗草序》）。徐陵《玉台新咏序》有云："清文满箧，非惟芍药之花。"曹丕《与杨德祖书》有云：

明 吴彬 《岁华纪胜图·元夜》

儒林外史：
名利的炙烤

"人人自谓握灵蛇之珠,家家自谓抱荆山之玉。""佯狂忆步兵,山川留我辈。"(《辛酉正月上弦与敏轩联句》)步兵即阮籍,阮籍曾任步兵校尉。吴敬梓的《金陵景物图诗》二十三首,也有不少是吟咏六朝古迹或与六朝密切相关的,譬如《谢公墩》《莫愁湖》《雨花台》《桃叶渡》《天印山》《幕府山》《乌衣巷》《东山》《鸡笼山》。

六朝情结(下)

吴敬梓的《移家赋并序》,更是使用了大量的六朝典故。序的开头"粤以癸丑之年,建寅之月,农祥晨正,女夷鼓歌。余乃身辞乡关,奔驰道路",明显地在模仿庾信的《哀江南赋序》:"粤以戊辰之年,建亥之月,大盗移国,金陵瓦解。余乃窜身荒谷,公私涂炭。""阮籍之哭穷途,肆彼猖狂",本自王勃《滕王阁序》:"阮籍猖狂,岂效穷途之哭?""昔陆士衡之入洛,卫叔宝之过江,俱以国常,非由得已。"吴亡而陆机赴洛,西晋亡而卫玠渡江,借喻自己移家之事非得已。"氾腾财散,聊自适于琴书。"用的是晋人氾腾的典故。(氾腾)叹曰:"生于乱世,贵而能贫,乃可以免。"散家财五十万,以施宗族,柴门灌园,琴书自适。(《晋书·氾腾列传》)"景略鬻畚,山中遇蹒跚之翁。"晋王猛,字景略。少贫窭,鬻畚为业。曾经山遇老翁,贵买其畚。"诛茅江令之宅,穿径谢公之墩。乌衣巷口,燕子飘零。"江令,南朝陈之江总。曾任仆射尚书令,人称"江令"。庾信《哀江南赋》："诛茅宋玉之宅，穿径临江之府。"谢公，指谢安。谢公墩，在钟山半山上，谢安旧居。乌衣巷，东晋王谢大族居住区。这里暗用唐人刘禹锡《乌衣巷》诗意："朱雀桥边野草花，乌衣巷口夕阳斜。旧时王谢堂前燕，飞入寻常百姓家。""具崔洪之癖，不言货财"，事出《晋书·崔洪传》。"读潘尼之诗，易遗尺璧。"潘尼，晋人，有诗"尺璧信易遗，寸晷难可逾。成名非我事，所玩琴与书"。"坐萧藻之床，书帙蠹希。"《梁书·萧藻列传》："藻性恬静，独处一室。""映孙康之雪，炉香鸭困。"南朝梁任彦升《为萧扬州荐士表》："至乃集萤映雪，编蒲缉柳。"注引《孙氏世录》："晋孙康家贫，常映雪读书，清介，交游不杂。""左思之赋覆酱瓿"，左思作《三都赋》，陆机与弟陆云的信中说："此间有伧父欲作《三都赋》，须其成，当以覆酒瓮耳。"

序中的六朝典故已经是如此之多，赋中六朝的典故更是俯拾皆是。"假采毫而不与"，典出《南史·江淹传》："尝宿于冶亭，梦一丈夫自称郭璞，谓淹曰：'吾有笔在卿处多年，可以见还。'淹乃探怀中，得五色笔一以授之。尔后为诗，绝无美句，时人谓之才尽。"此处反用其意，喻吴沛年增而才不减。"终则马氏五常"，三国时人马良，兄弟五人，并有才名。此处借喻曾祖兄弟五人。"于是驹齿未落，龙文已光"，《北齐书·杨愔传》："此儿驹齿未落，已是我家龙文。""子弟则人有凤毛,门巷则家夸马粪","凤毛",比喻子孙有才,似其父辈。《南史·谢超宗传》:"殷淑仪卒,超宗作诔奏之。帝大嗟赏,谓谢庄曰:'超宗殊有凤毛,恐灵运复出。'"《世说新语·容止》:"王敬伦风姿似父。作侍中,加授桓公公服,从大门入。桓公望之曰:'大奴固自有凤毛。'"马粪,南京一巷名。东晋时王、谢大族所居。《南史·王志传》:"家居建康禁中里马粪巷。"方嶟所作《文木山房集序》中有云:"窃叹全椒吴氏,百年以来称极盛。今虽稍逊于前,上江犹比之乌衣、马粪,而敏轩之才名,尤其最著者也。"亦引乌衣、马粪之典。"木奴有千头之庆",《三国志·孙休传》裴注引《襄阳记》:"(李衡)于武陵龙阳汜洲上作宅,种甘橘千株。临死,敕儿曰:'汝母恶我治家,故穷如是。然吾州里有千头木奴,不责汝衣食,岁上一匹绢,亦可足用耳。'"此处形容吴氏发家后庄园的广大富有。"宅为因旧,斋号长梁",典出《南史·王僧虔传》:"(王)俭既为朝宰,起长梁斋,制度小过,僧虔视之不悦,竟不入户。俭即日毁之。""禽鸣变柳",本自谢灵运《登池上楼》:"池塘生春草,园柳变鸣禽。""谢棋子之方褥,去班丝之隐囊。"《颜氏家训·勉学篇》:"梁朝全盛之时,贵游子弟,多无学术……无不熏衣剃面,傅粉施朱,驾长檐车,跟高齿屐,坐棋子方褥,凭班丝隐囊,列器玩于左右,从容出入,望若神仙。""素琴夕张",本自江淹《恨赋》:

"及夫中散下狱,神气激扬,浊醪夕引,素琴晨张。""听吕蒙之呓语",典出《拾遗记》:"吕蒙入吴,吴主劝其学业,蒙乃博览群籍,以《易》为宗。尝在孙策座上,酣醉忽卧,于梦中诵《周易》一部。俄而惊起。众座皆云:'吕蒙呓语通《周易》。'""玄默以为稼穑,洪笔以为锄耒",本自裴启《语林》:"蔡洪赴洛,洛中人问之,曰:'人皆以洪笔为锄耒,以纸札为良田,以玄默为稼穑,以义理为丰年。'""独正者危,至方则阂",本自颜延之《陶征士诔》:"独正者危,至方则碍。""鄙温峤之绝裾",事本《晋书·温峤传》:"峤欲将命,其母崔氏固止之,峤绝裾而去。""九州之被有余",本自裴启《语林》:"边文礼才辨俊逸,孔北海荐于曹公曰:'边让为九州之被则不足,为单衣襜褕则有余也。'""观使才于履屐",典出《世说新语·识鉴》:"丁时朝野遣玄北讨,人间颇有异同之论,唯超曰:'是必济事。吾昔尝与共在桓宣武府,见使才皆尽,虽履屐之间,亦得其任。'""作表帅于人伦",本自《世说新语·赏誉》:"王参军人伦之表,汝其师之。""邱成分宅之义,羊舌下泣之仁",本自刘峻《广绝交论》:"自昔把臂之英,金兰之友,曾无羊舌下泣之仁,宁慕邱成分宅之德。""庭无杂宾",本自《南史·袁粲传》:"素寡往来,门无杂宾,闲居高卧,一无所接。""挥乐广之麈,书羊欣之裙",乐广乃西晋挥麈清谈之名士,羊欣是晋宋时著名书法家。《晋书·羊欣传》:"欣时年十二，时王献之为吴兴太守，甚知爱之。献之尝夏月入县，欣着新绢裙昼寝，献之书裙数幅而去。欣本工书，因此弥善。""永赴遂初之约"，典出《晋书·孙绰传》："少与高阳许询俱有高尚之志，居于会稽，游放山水十有余年，乃作《遂初赋》，以致其意。""侯景以儿女作奴，王源之姻好唯利。贩鬻祖曾，窃赀皂隶"，前句典出《南史·侯景传》："（侯景）又请娶于王谢，（梁武）帝曰：'王谢门高非偶，可于朱张以下访之。'景恚曰：'会将吴儿女配奴。'"后句典出沈约《奏弹王源》。王源门高而满氏富有，王图财而不顾门第，嫁女与满氏，遭沈约弹劾。沈文中云："贩鬻祖曾，以为贾道；明目腆颜，曾无愧畏。""漉沙构白，熬波出素。积雪中春，飞霜暑路"，文出自张融《海赋》。其赋见于《南齐书·张融传》和《文选》。"戏鹅栏而忿深"，典出《世说新语·忿狷》："桓南郡小儿时，与诸从兄弟各养鹅共斗。南郡鹅每不如，甚以为忿。乃夜往鹅栏间，取诸兄弟鹅悉杀之。既晓，家人咸以惊骇，云是变怪，以白车骑。车骑曰：'无所致怪，当是南郡戏耳！'问，果如之。""聊托书淫"，典出《晋书·皇甫谧传》："耽玩典籍，忘寝与食，时人谓之书淫。""群莺乱飞，杂花生树"，句出丘迟《与陈伯之书》。"枕石漱流"，语出《世说新语·排调》。"闭户而学书空"，书空，典出《世说新语·黜免》。此事亦见于《晋书·殷浩传》："浩虽被黜放，口无怨言，但终日书空，作'咄咄怪事'四字而已。""鬼嗤谋利之刘龙",典出《南史·刘粹传》:"刘伯龙者,少而贫薄,及长,历位尚书左丞、少府、武陵太守,贫穷尤甚。常在家慨然,召左右将营十一之方,忽见一鬼在傍抚掌大笑。伯龙叹曰:'贫穷固有命,乃复为鬼所笑也。'遂止。""或至对宾而杖仆",典出《颜氏家训·风操》:"失教之家,阍寺无礼,或以主君寝食嗔怒,拒客未通,江南深以为耻。黄门侍郎裴之礼,号善为士大夫,有如此辈,对宾杖之;其门生僮仆,接于他人,折旋俯仰,辞色应对,莫不肃敬,与主无别也。""倒屣之迎",典出《三国志·王粲传》:"献帝西迁,粲徙长安,左中郎将蔡邕见而奇之。时邕才学显著,贵重朝廷,常车骑填巷,宾客盈坐。闻粲在门,倒屣迎之。""彼钱癖与宝精",钱癖,典出《晋书·杜预传》:"时王济解相马,又甚爱之,而和峤颇聚敛,预常称'济有马癖,峤有钱癖'。""金陵佳丽,黄旗紫气,虎踞龙盘",本自庾信《哀江南赋》:"昔之虎踞龙盘,加以黄旗紫气。""歌吹沸天,绮罗扑地",语出《芜城赋》:"廛闬扑地,歌吹沸天。""遂有终焉之志",语出《晋书·王羲之传》:"羲之雅好服食养性,不乐在京师,初渡浙江,便有终焉之志。""常扪虱而自如,乃送鸿而高视。吊六代之英才,忽怆焉而隙涕",《晋书·王猛传》:"桓温入关,猛被褐而诣之,一面谈当世之事,扪虱而言,旁若无人。"嵇康《送秀才入军》:"目送归鸿,手挥五弦。俯仰自得,游心太玄。""南邻钟磬,北里笙竽",语出左思《咏史》(其四):"南邻击钟磬,北里吹笙竽。""私拟七子",七子,指曹植、王粲等建安七子。"惧诵绝交之书",嵇康有《与山巨源绝交书》。"于是登高舒啸,临流赋诗",语出陶渊明《归去来兮辞》:"登东皋以舒啸,临清流而赋诗。""识沈约梦中之路,销江淹别后之魂",本自沈约《别范成安诗》:"梦中不识路,何以慰相思?"江淹有《别赋》云:"夫黯然销魂者,唯别而已矣!""枯鱼穷鸟",穷鸟,语出《颜氏家训·省事》:"穷鸟入怀,仁人所悯,况死士归我,当弃之乎?"

吴敬梓对六朝的典故,烂熟于胸,运用起来,如数家珍。

魏晋风度

从吴敬梓的经历看,从青年向中年过渡的时期,即吴敬梓从二十三岁至三十五岁这一区间,是他一生中最不顺利,思想上最矛盾、最痛苦的时期,也是他的思想趋于成熟的关键时期。康熙六十一年(1722),吴敬梓"时矩世范,律物正身"的父亲吴霖起,"守规矩与绳墨,实方圆而枘凿",得罪上司,罢官回里。笔者赞同王恽忠老师的考证(《吴敬梓家世考》),吴霖起就是吴敬梓的生父。从《移家赋》的口气来看,没有一个嗣父的存在。雍正元年(1723),父亲去世。雍正二年,家难,近房争夺遗产。此后,吴敬梓"一朝愤激谋作达",变得放荡不羁。雍正六年,岳母去世。友人刘著携带顾祖禹《读史方舆纪要》一书来南京。有市井之徒顾爌,诬告刘著携带禁书,欲借此兴狱,"立取富贵"。不久,刘著被诬入狱。雍正七年,吴敬梓乡试落第。妻子陶氏病逝。江南提督根据顾爌的揭发,派兵包围程廷祚住宅,取走《读史方舆纪要》一书。雍正十一年,吴敬梓移家南京,家产日竭,是年,开始创作《移家赋》,心情愤激悲凉。雍正十二年,刘著终于获释,但已父亡家破。乾隆元年(1736),吴敬梓病辞博学鸿词科考试。从此不应乡试,放弃诸生籍。吴檠、程廷祚赴试,均落选。吴敬梓在雍正朝的这种遭遇,使他对雍正朝不会有什么好感。雍正的这一十三年,几乎集中了吴敬梓一生的痛苦和不幸。从《文木山房集》来看,最痛苦、最矛盾、最深沉真切的作品,都集中在雍正一朝。雍正八年所作的八首《减字木兰花》(庚戌除夕客中),雍正十一年开始创作的《移家赋》,雍正十二年除夕所作的《乳燕飞》,这三组作品所流露的感情极其相似,其中又以《移家赋》为最愤激,内容也最丰富。我们不妨以《乳燕飞》为例,体会一下吴敬梓当时的思想和感情:"令节穷愁里,念先人、生儿不孝,他乡留滞。风雪打窗寒彻骨,冰结秦淮之水。自昨岁移居住此。三十诸生成底用,赚虚名、浪说攻经史。捧卮酒,泪痕渍。 家声科第从来美,叹颠狂、齐竽难合,胡琴空碎。数亩田园生计好,又把膏腴轻弃。应愧煞谷贻孙子。倘博将来椎牛祭,总难酬罔极深恩矣。也略解,此时耻。"完全是一种愧疚自责的痛苦心情。一方面,吴敬梓移家南京,开阔了眼界心胸;另一方面,他禁不住浓郁的思乡之情,时不时流露出痛苦无奈,乃至于后悔的情绪:"失计辞乡土,论文乐友朋……回思年少日,流浪太无凭"(《春兴八首》其三),"早岁艰危集,穷途涕泪横。苍茫去乡国，无事不伤情"（《小桥旅夜》），"三十年来，那得双眉时暂开。不婚不宦，嗜欲人生应减半"（《减字木兰花》之一），"田庐尽卖，乡里传为子弟戒。年少何人，肥马轻裘笑我贫"（《减字木兰花》之三），"岂合在，他乡住？岂合被，虚名误？盼故山榛莽，先人丘墓"（《满江红》）。可以说，雍正一朝的十三年中，吴敬梓主要是被这种愧疚自责的痛苦和一种愤世嫉俗的激情煎熬着。从《移家赋》《减字木兰花》《乳燕飞》，到发出"如何父师训，专储制举才"的感慨，我们可以想象得出来，出身科第世家的吴敬梓变为讽刺巨著《儒林外史》的作者，中间经历了多么痛苦的思想斗争的过程。

"乡里传为子弟戒"，吴敬梓被家乡视为败家子的典型。《儒林外史》第三十四回，高翰林对杜少卿的攻击就暗示着这一段公案："不想他家竟出了这样子弟！学生在家里，往常教子侄们读书，就以他为戒。每人读书的桌子上写一纸条贴着，上面写道：'不可学天长杜仪。'"吴敬梓经受着巨大的精神压力，在这种情况下，以魏晋风度为标志的六朝名士给了吴敬梓无数的启发和鼓舞。南京对吴敬梓的吸引力，不仅在于它的繁荣开放、秀丽山水，而且因为这里是六朝故都，这里的一草一木，都在唤起吴敬梓对魏晋风度的无限遐想。魏晋的名士们有一种特立独行、我行我素的性格，他们注重内在的精神力量，引以为豪的是真性情。魏晋名士那种反抗潮流、挑战多数的勇气，鄙视世俗的气魄，吴敬梓非常欣赏。魏晋名士"越名教而任自然"，任诞放达，一反两汉温良恭俭让的儒风。魏晋名士肯定个体的价值，对生命自由、精神自由的追求，非常突出。凡此种种，无不符合吴敬梓的口味。吴敬梓与世俗之对抗，就颇有魏晋风度的意味："去年买田今买宅，长老苦口讥喃喃。弟也叉手谢长老，两眉如戟声如虺。"（吴檠《为敏轩三十初度作》）"迩来愤激恣豪侈，千金一掷买醉酣。"（金两铭《和〈吴檠〉作》）"君家惠连（按指敬梓）尤不羁，酒酣耳热每狂叫。尽教座上多号咷，那顾闺中有呵谯。"（金榘《寄怀吴半园外弟》）"嗟哉末俗颓，满眼魑魅魍。执手渺万里，对面森九嶷。"（金兆燕《甲戌仲冬送吴文木先生旅榇于扬州城外登舟归金陵》）

魏晋名士大多有山水之好，吴敬梓也十分喜欢山水，也很能欣赏山水。沈大成在《全椒吴征君诗集序》中说吴敬梓"生平淡于名利，每闻佳山水，则褰裳从之"。《儒林外史》中也不时有精彩的写景片段：

> 须臾，浓云密布，一阵大雨过了。那黑云边上镶着白云，渐渐散去，透出一派日光来，照耀得满湖通红。湖边上山，青一块，紫一块，绿一块。树枝上都像水洗过一番的，尤其绿得可爱。湖里有十来枝荷花，苞子上清水滴滴，荷叶上水珠滚来滚去。（第一回）

> 谈到起更时候，一庭月色，照满书窗，梅花一枝枝如画在上面相似，两公子留连不忍相别。(第十一回)
>
> 左边望着钱塘江，明明白白。那日江上无风，水平如镜，过江的船，船上有轿子，都看得明白。再走上些，右边又看得见西湖，雷峰一带、湖心亭都望见，那西湖里打鱼船，一个一个，如小鸭子浮在水面。(第十四回)
>
> 吃到月上时分，照耀得牡丹花色越发精神，又有一树大绣球好像一堆白雪。……又走到山顶上，望着城内万家烟火，那长江如一条白练，琉璃塔金碧辉煌，招人眼目。(第二十九回)
>
> 大家靠着窗子看那江里，看了一回，太阳落了下去，返照照着几千根桅杆半截通红。(第三十三回)

大自然中，并不缺乏美，缺乏的是美的发现。情以物兴，物以情观，神与物游，在生命与生命的交流中展现出人格之美，诗歌之美。魏晋名士思维敏捷，对答爽利。吴敬梓则"雄词博辩万人敌"。去世那一天，白天还"雄谈尽解颐"，谁知晚上便"撒手在片时"！魏晋时文风华丽，而吴敬梓"其学尤精《文选》，诗赋援笔立成"。"迩年诗律倍绮密，僻书奇字来稽参。"程廷祚说他"少攻声律之文"，沈宗淳说他"夙擅文雄，尤工骈体"，而骈文正是六朝最有特色的文体。我们看他的《移家赋》《玉巢诗草序》《石臞诗集序》，便知道他确实"尤精《文选》"，在骈文上下过苦功。吴敬梓自比阮籍"佯狂忆步兵"（吴培源《辛酉正月上弦与敏轩联句》），是欣赏阮籍蔑视世俗的风度。

在中国的历史上，自汉武以后，儒家就成了主流的意识形态。虽然儒家思想也在不断地调整变化，至明清，更是形成了三教融合的局面，从社会功能的一致，走向理论界线的模糊。而魏晋是唯一的老庄唱了主角的时期。在当时，不谈老庄，不懂老庄，就不能成为名士。六朝以后，历史上凡是特立独行的人物，无不从老庄的哲学中汲取营养，也常常会欣赏魏晋的风流余韵。魏晋的名士风流为后世的文人所仰慕，尤其是阮籍和嵇康。我们读一读嵇康《与山巨源绝交书》里的文字"此由禽鹿，少见驯育，则服从教制；长而见羁，则狂顾顿缨，赴蹈汤火，虽饰以金镳，飨以嘉肴，逾思长林而志在丰草也"，便可以明白，吴敬梓从魏晋风度中汲取了什么样的营养。阮籍、嵇康的一生揭示了封建社会中知识分子的两难处境和悲剧命运：参与政治吧，难免同流合污，无法保持思想的独立性；远离政治吧，难免终老林下，一事无成。说到底，封建社会需要人才，但首先必须甘心做奴才。封建社会里最不需要的是时时刻刻想保持思想独立性的人物。而阮籍和嵇康就是在一个黑暗的时代，试图保持自己思想独立性的人物。礼教不是一个可供选择的制度，而是一个不得不接受的现实。生当这样的时代而想保持自己思想的独立性,那就不能不是一个悲剧。阮籍、嵇康之为后代文人所同情,所理解,正在于自魏晋以后,知识分子的悲剧命运并没有因朝代的更替而改变。后世文人之仰慕阮籍、嵇康,吴敬梓和曹雪芹之仰慕阮籍、嵇康,他们之自比阮籍、嵇康,其原因正在这里。

家世生平

幸与不幸

打开中国文学史的巨大画卷,我们便会发现,著名的作家大多不能得志于当时,浏览浩如烟海的古代文学作品,我们便会不时地听到生不逢时、怀才不遇的低沉喟叹。命运确乎是好捉弄人的,它的秉性乖戾而任性,出其不意是它喜欢采用的策略,制造恶作剧更是它的拿手好戏。难怪平和的白居易要叹息说:"不教才展休明代,为罚诗争造化功。"(《答刘和州禹锡》)而激烈的韩愈更抗争道:"跋前踬后,动辄得咎。暂为御史,遂窜南夷。三年博士,冗不见治。命与仇谋,取败几时!"(《进学解》)既然命运是如此的不公平,不明智,那么,我们不妨设想一下可能有的另一种安排。如果天遂人愿,这些著名的作家都能一一得志,他们一个个"才展休明代"的话,结果又如何呢?只怕中国历史上未必能够增加几个杰出的政治家、军事家;而中国的文学史上则肯定会减少很多著名的人物。贾谊历来被当作怀才不遇的典型,但是,喜欢作翻案文章的苏轼却在《贾谊论》中说:

> 非才之难，所以自用者实难。惜乎贾生王者之佐，而不能自用其才也。夫君子之所取者远，则必有所待；所就者大，则必有所忍。古之贤人，皆有可致之才，而卒不能行其万一者，未必皆其时君之罪，或者其自取也。愚观贾生之论，如其所言，虽三代何以远过？得君如汉文，犹且以不用死。然则是天下无尧舜，终不可以有所为耶？

板子打在贾谊的身上。看苏轼的意思，关键是要等待，要忍耐，谁叫你没有耐心呢。"文景之治"是历史上有名的太平盛世，遇到汉文帝这样的明君，应该满足了。再有牢骚，只能怪你自己了。不知苏轼自己在北宋风云变幻的党争中屡遭打击以后，观点是不是会有所改变？苏轼是这样的见解，且不去说他；清人郑板桥在其《南朝》一诗的小序中，更是就此发表了十分有趣的见解：

> 昔人谓陈后主、隋炀帝作翰林，自是当家本色。燮亦谓杜牧之、温飞卿为天子，亦足破国亡身。乃有幸而为才人，不幸而有天位者，其遇不遇，不在寻常眼孔中也。

郑板桥对于"幸"和"不幸"、"遇"和"不遇"的看法，确实没有落在"寻常眼孔"之中。按照"寻常眼孔"去看，郑板桥不算不遇，他也曾不无自豪地自称"康熙秀才、雍正举人、乾隆进士"；难为他有这样的见解。有趣的是：天才往往缺乏自知之明，文学天才则尤其如此。他们常常需要命运来给他们掌握方向。就拿吴敬梓来说，如果他少年得志，青云直上，自秀才至举人，由举人至进士，乃至于点翰林，入内阁，大展宏图起来，乾隆时期的政治也未必有所改善。如果他通过博学鸿词的考试，被皇上"大用"，而他在官场的染缸里依然保持着自己的清白，充其量是乾隆时期多了一个循吏，一个清官，但中国古代小说的损失就太大了。如果吴敬梓没有那么坎坷的经历，那么，"家声科第从来美"，难免要继承科举世家的传统继续走下去。父亲对吴敬梓的教育是"四书五经"，传统的"修身、齐家、治国、平天下"那一套。全椒吴家是著名的科举世家，吴敬梓的高祖吴沛有五个儿子，其中有四个培养成了进士，两个是明朝的进士，两个是清朝的进士。王士禛在《池北偶谈》中对全椒吴家科举的鼎盛称羡不已：

全椒吴氏兄弟同胞五人，其四皆进士：长国鼎，前癸未进士，官中书舍人；三国缙，顺治己丑进士；四国对，顺治戊戌进士，榜眼及第，官翰林侍读；五国龙，

> 亦前癸未进士，官礼科都给事中；国对、国龙，孪生也。国龙子晟，康熙丙辰进士；昺，辛未进士，榜眼及第。

吴国对是探花及第，并非榜眼，王士禛记错了，其他均没有问题。照理说，王士禛和吴国对乃同榜进士，功名大事，不可能记错。话说回来，吴家的这六个进士加起来，其中一个榜眼，一个探花，也没有一个吴敬梓的贡献大。吴敬梓最引为自豪的曾祖吴国对是顺治十五年的探花，可吴国对有多少政绩，在历史上有多少贡献？实在是政绩平平。他才能平庸，思想也没有什么高明之处。据说他的书法极好，八股文章很出色，方嶟为吴敬梓《文木山房集》所作的序中说，吴国对"其所为制义，衣被海内"，我们现在也只能说他非常善于考试，如此而已。吴国对属于司马迁所谓的"富贵而名磨灭者"。如果吴家不是出了一个吴敬梓，谁还知道安徽全椒出了一个吴国对呢！幸亏吴国对一支后来衰落了，吴敬梓的父亲不会钻营，是个"守规矩与绳墨，实方圆而枘凿"的穷教官，吴敬梓在父亲去世以后又遇到了那么一场家难，受到那么多的冷眼和轻蔑。幸亏他在科场上并不顺利，考官没有看上他的八股文章，说他是"文章大好人大怪"，这才给我们保留下来这样一位天才的讽刺作家，使我们今天还能读到这样犀利的讽刺巨著。其中家难的影响尤其值得我们重视：正是这场家难激发了吴敬梓的叛逆反抗意识，正是族人的鄙视，甚至"乡里传为子弟戒"，才将吴敬梓驱往繁荣开放、人文荟萃、处处得风气之先的南京城，使他结识了一大批学者文人，呼吸到了时代思潮的新鲜空气，开阔了眼界，并进一步从个人的坎坷和不幸中解脱出来，看到了知识分子的整体命运，看到了全社会的腐败和没落。

命运就像一个老人在人生的歧路上等待着我们的天才，他坚决地阻止天才离开属于自己的领域："抛弃你那些庸俗的功名欲望吧，认识你自己！"

门第傲人

庾信的名作《哀江南赋》，其序中曰："潘岳之文采，始述家风；陆机之辞赋，先陈世德。"所谓述家风、陈世德，一方面是门第的自豪，一方面是不忘根本的意思。屈原的《离骚》，开首就说："帝高阳之苗裔兮，朕皇考曰伯庸。"李白的诗中直将汉代的飞将军李广视为自己的先祖："本家陇西人，先为汉边将。功略盖天地，名飞青云上。"李白究竟是不是李广的后裔，恐怕谁也无法证明了。陶渊明那样超脱豁达的人，也要在《命子》诗中追述祖德："悠悠我祖，爰自陶唐。邈焉虞宾，历世重光。御龙勤夏，豕韦翼商。穆穆司徒，厥族以昌。"一直追溯到了远古时代的陶唐氏。恐怕没有什么确切的根据，说说好听、高兴罢了。

吴敬梓出身名门望族，他终身都保持着家世门第的自豪感。小说第三十回，郭铁笔恭维杜慎卿："尊府是一门三鼎甲，四代六尚书。门生故吏，天下都散满了。督、抚、司、道，在外头做，不计其数。管家们出去，做的是九品杂职官。"杜慎卿事后对季苇萧说:"他一见我偏生有这些恶谈,却亏他访得的确。"即是说,郭铁笔阿谀奉承,令人讨厌,但杜家门楣高贵,也是事实。杜家就是影射的吴家,这里透露出作者的一种门第自豪感。有趣的是,吴家虽然科甲鼎盛,却也没有像小说里郭铁笔奉承的杜家那么兴旺。将小说中的杜家和现实中的吴家相比较,杜家人物的功名普遍地被提高了。吴敬梓的曾祖吴国对是探花,叔曾祖吴国龙的儿子吴晟是榜眼,只能算是一门"二"鼎甲。四代六尚书是没有的事,吴家没有人任过尚书。杜少卿的原型就是作者吴敬梓自己,杜少卿的父亲正是以吴敬梓的嗣父吴霖起为原型。吴霖起一生坎坷,他在康熙二十五年(1686)成为拔贡以后,候选长达二十八年之久。直到康熙五十三年(1714)才被选为江苏赣榆县的县学教谕。其心情之愤激抑郁,可想而知。最高统治者在理论上都知道教育重要,因为教育关系到士人的素养、官僚的素质,乃至国家的气运,是不能马虎的。但教官是最穷的官,这正是一个讽刺。谁也不想当那个教谕。下第的举人都不爱当,只能在贡生中去物色。在《儒林外史》中,杜少卿的父亲则被"提升"为赣州府的太守。杜慎卿对鲍廷玺说:"我家共是七大房,这做礼部尚书的太老爷是我五房的,七房的太老爷是中过状元的,后来一位大老爷,做江西赣州府知府,这是我的伯父。"吴家并没有出过状元,也没人当过礼部尚书。这里说的"江西赣州府知府",原型就是吴敬梓的嗣父。杜少卿藐视王知县说:"像这拜知县做老师的事,只好让三哥你们做。不要说先曾祖、先祖,就先君在日,这样知县不知见过多少!他果然仰慕我,他为甚么不先来拜我,倒叫我拜他?况且倒运做秀才,见了本处知县,就要称他老师!王家这一宗灰堆里的进士,他拜我做老师我还不要,我会他怎的?所以北门汪家今日请我去陪他,我也不去。"盐商过生日,请王知县去,王知县请杜少卿作陪,杜少卿不客气地说:"你回他我家里有客,不得到席。这人也可笑得紧,你要做这热闹事,不会请县里暴发的举人进士陪?我那得工夫替人家陪官!"作为一个家道中落的世家子弟,杜少卿对暴发户的那种反感是十分自然的。

这种门第观念也从其他正面人物的言谈中表现出来。虞华轩对余大先生说:"举人、进士,我和表兄两家车载斗量,也不是甚么出奇东西。"余大先生则说:"若说中举人、进士,我这不曾中过的人,或者不在行;至于品行文章,令郎自有家传,愚兄也只是行所无事。"也是一种不以为意的口吻。

吴敬梓的后半生在贫困中度过,而且是越来越贫困。自身地位的急剧降落不能不在他的思想深处引起某种变化。出身世家的吴敬梓痛苦地意识到,功名富贵,多少读书人见了它就丧魂落魄,忘了廉耻,"舍着性命去求他";仗义偏多屠狗辈，反倒是那些没有文化、身份卑贱的平民，能够做出高尚的行为。作为全书知识分子榜样的王冕便带有平民知识分子的特点。世家出身的吴敬梓，将一个名士的原型，改造成一个可敬可亲、可以理解的平民知识分子的高大形象，并且选择他作为全书衡量、褒贬人物的尺度，这件事的本身就说明了长期的贫困生活在吴敬梓思想深处所引起的变化。周进在贡院里哭得死去活来，几个生意人慷慨解囊，为周进捐监进场。牛布衣四处漂泊、贫病交加，死在甘露庵。老和尚尽心尽意，为牛布衣料理后事。鲍文卿身为戏子，却知道爱惜人才，为素不相识的向知县说情。向知县封了五百两银子谢他，他分文不受。面对书办送上门来的五百两贿赂，鲍文卿无动于衷，并回答说：

> 我若是欢喜银子，当年在安东县曾赏过我五百两银子，我不敢受。自己知道是个穷命，须是骨头里挣出来的钱才做得肉，我怎肯瞒着太老爷拿这项钱？况且他若有理，断不肯拿出几百两银来寻人情；若是准了这一边的情，就要叫那边受屈，岂不丧了阴德？依我的意思，不但我不敢管，连二位老爹也不必管他。自古道"公门里好修行"，你们服侍太老爷，凡事不可坏了太老爷清名，也要各人保着自己的身家性命。

小说中向鼎称赞鲍文卿的那些话所传达的，正是作者吴敬梓自己的声音：

> 而今的人，可谓江河日下。这些中进士、做翰林的，和他说到传道穷经，他便说迂而无当；和他说到通今博古，他便说杂而不精。究竟事君交友的所在，全然看不得！不如我这鲍朋友，他虽生意是贱业，倒颇颇多君子之行。

这些中进士、做翰林的，从道德水准来看，"不如我这鲍朋友"，这其实就是吴敬梓自己的认识。前人早已注意到了这一点。卧评中便写道："秦老是极有情的人，却不读书，不做官，而不害其为正人君子。作者于此寄慨不少。"（第一回）"金有余以及众客人何其可感也。天下极豪侠极义气的事，偏是此辈不读书不做官的人做得来，此是作者微辞，亦是世间真事。"（第三回）"牛、卜二老者，乃不认字之穷人也，其为人之恳挚，交友之肫诚，反出识字有钱者之上。作者于此等处所，加意描写，其寄托良深矣。"（第二十一回）

天一评、天二评亦有同感："虽为生意人竟能躬行实践"，"光明磊落，富贵场中无此人"（第三回）。在《儒林外史》中，下层平民的善良纯洁，常常被作者有意识地用来反衬上流社会的卑鄙无耻。堕落前的匡超人的几句话"有钱的不孝父母，像我这穷人，要孝父母又不能，真乃不平之事"正是吴敬梓的点睛之笔。小说第二十回，老和尚同牛布衣的对话，第二十一回，围绕着牛浦的婚事，卜老和牛老那种穷人的纯朴善良、互相帮助、互相体贴谅解，赤诚相待，没有一点做作勉强，没有一点客套的友情，又写得何等动人。牛老和卜老的谈话，温馨之气扑面而来，作者对小人物的同情洋溢在字里行间：

> 牛老道："却是那里有这一头亲事？"卜老道："我先前有一个小女嫁在运漕贾家，不幸我小女病故了，女婿又出外经商，遗下一个外甥女，是我领来养在家里，倒大令孙一岁，今年十九岁了，你若不弃嫌，就把与你做个孙媳妇。你我爱亲做亲，我不争你的财礼，你也不争我的装奁，只要做几件布草衣服。况且一墙之隔，打开一个门就挽了过来，行人钱都可以省得的。"牛老听罢，大喜道："极承老哥相爱，明日就央媒到府上来求。"卜老道："这个又不是了。又不是我的孙女儿，我和你这些客套做甚么，如今主亲也是我，媒人也是我，只费得你两个帖子。我那里把庚帖送过来，你请先生择一个好日子，就把这事完成了。"

现在的读者会注意到,这是一件包办婚姻;但吴敬梓的目的是在写小人物的善良和相互的体谅,写那种穷苦人相濡以沫的感情。

平 常 心

抨击科举的题材，在《儒林外史》以前就已经出现在小说里。例如蒲松龄的《聊斋志异》里就有几篇抨击科举的力作：《叶生》《司文郎》《王子安》。《叶生》《司文郎》两篇着力抒发落第举子的抑郁不平之气，《司文郎》一篇更是痛骂"帘中人并鼻盲矣！"《王子安》一篇刻画举子发榜前近似疯狂的精神状态，可笑可怜。这一篇的境界已经接近吴敬梓的《儒林外史》；但吴敬梓出以现实的工笔画，蒲松龄借用亦幻亦真的漫画。再如冯梦龙的《钝秀才一朝交泰》(《警世通言》)："大概说人穷通有时，固不可以一时之得意，而自夸其能；亦不可以一时之失意，而自坠其志。"而《儒林外史》作者吴敬梓的目光则完全不同，他对怀才不遇的主题已经失去兴趣；他也不是去用老庄的精神胜利法去麻醉读者；更不是劝人知足常乐，安于命运的安排。他已经从个人的穷达浮沉中解脱出来，而去思考知识分子的整体命运。他已经不再满足于揭示科举制度的种种弊病，而是上升为对科举制度的否定。他不是在抨击科举不足以得人，而是进一步揭示出科举在毒害人，读书人在科举的诱惑下，或是变成了像周进、范进那样的腐儒，或是成为像王德、王仁那样的假道学，或是堕落为严贡生、匡超人、牛浦那样的市侩，或是沦为自吹自擂、半通不通的斗方名士。吴敬梓在小说中告诉我们，八股取士的科举制度造成了全社会虚伪势利的风气。这种风气成为周进、范进之流在科举道路上苦苦攀登、至死不悔的社会根源。周进和范进的故事不是穷通有时的老故事，周进和范进不是钝秀才的翻版。匡超人的形象更是吴敬梓的一个创造，在科举制度的诱惑之下，可塑性很强的匡超人一步一步地往下滑，终于把父亲传给他的农家子弟的那份纯洁和善良一点一点地全部丧失掉了。吴敬梓写出鲁小姐这样一位八股才女，不是要赞扬女子的才华，而是要写功名富贵对一位少女的毒害。正如贾宝玉所谓："好好的一个清净洁白女儿，也学的沽名钓誉，入了国贼禄鬼之流。这总是前人无故生事，立言竖辞，原为导后世的须眉浊物。不想我生不幸，亦且琼闺绣阁中亦染此风，真真有负天地钟灵毓秀之德。"而蒲松龄在《聊斋志异》中《颜氏》一篇里也塑造了一位八股才女，却是借以赞扬女子的才华，写她在丈夫名落孙山以后，雄赳赳地向丈夫提出挑战："君非丈夫，负此弁耳！使我易髻而冠，青紫直芥视之！"结果"以冠军应试，中顺天第四；明年成进士；授桐城令，有吏治；寻迁河南道掌印御

清　石涛《忆金陵》（其一）

史，富埒王侯"。同样是抨击科举，吴敬梓完全是一副新的目光，他的心胸更宽大，视野更开阔，忧患的意识也更加深沉。

人们在研究吴敬梓的时候，常常会遇到很多矛盾的材料。譬如，有关吴敬梓应征辟的问题，学术界争论来争论去，有人说他是装病不去，有人说他是真的有病，并非装病。其实，有病也罢，装病也罢，都很正常。再有那《金陵景物图诗》，人们发现里面还有歌功颂德的话，大为吃惊。吴敬梓自己后来连岁考也不应，放弃生员的资格；乾隆下江南的时候，他"企脚高卧向栩床"，没有去献诗献文。但是，他并不反对儿子吴烺去应试。不但不反对，而且很关心儿子的前程。当然，他不是像马二先生教育匡超人那样去培养自己的儿子，不是用功名富贵去诱惑儿子走科举的道路。吴烺"年未弱冠，手抄《十三经注疏》，较订字义，精严不少懈疏。趋庭之下，相为唱和，今都为一集"，不是那种除了八股以外一无所知的腐儒。吴烺弱冠即"自力于衣食"，奔走南北谋生。吴烺在其《归里杂感》诗下自注曰："每应岁科试，（冯粹中）辄偕烺由浦子口至张家堡坐夜行船抵滁。"吴敬梓自己拒聘博学鸿词的京试以后，并没有反对儿子去应考。这就是鲁迅所说的："我们目下的当务之急：一要生存，二要温饱，三要发展。"（《华盖集·忽然想到》）想跳出体制之外，不是饿死便是贫窘。《儒林外史》第三十二回，娄太爷对杜少卿说:"你生的个小儿子,尤其不同,将来好好教训他成个正经人物。"就是暗指吴敬梓的儿子吴烺。但吴敬梓为儿子今后的生活着想,也不得不让儿子走科举的道路。在吴敬梓看来,自己放弃科考是一种并不后悔的选择,却并不希望儿子像自己一样,因为他不希望儿子过一种饥寒交迫的生活。

其实,我们完全可以用一种平常心去分析一个伟大的作家,更不能用现在的思想去苛求他。吴敬梓毕竟是生活在那么一个时代。他真因为有病而辞去征辟的话,也不影响他的伟大,更不影响《儒林外史》的伟大。关于博学鸿词的应试,真实的情况可能是:吴敬梓本来想去试一试,抱着侥幸的心理,前面的预试他也去了,从留下的文字来看,当时的心情是愉快的。乾隆新政,大家都抱着希望。后来有病,廷试没有去成。结果这次征辟,苛绳隘取,乾隆只是作一点求贤的姿态,实际录取的人很少,使天下的士人大失所望。吴敬梓的友人程廷祚、从兄吴檠都铩羽而归,吴敬梓事后也就庆幸自己没有去。老伶王宁仲少年时曾经为南巡的康熙演出,获得"君王亲顾赐缠头"的荣宠,但后来却"潦倒梨园五十年"。吴敬梓便安慰他说:"才人多少凌云赋,白首何曾献至尊。"再譬如说吴敬梓鄙视功名富贵,可是,二十三首《金陵景物图诗》却告诉我们:吴敬梓对于他曾经应举博学鸿词科还是很在乎的。二十三首《金陵景物图诗》,首页题

"乾隆丙辰荐举博学鸿词，癸酉敕封文林郎内阁中书，秦淮寓客吴敬梓撰"，有阳文正方形"吴敬梓印"和阴文正方形"中翰之章"两个图章。另有阳文长方形"赐书楼"图记。"赐书楼"自然是指吴敬梓曾祖吴国对的赐书楼。吴敬梓曾经被荐举博学鸿词，又因儿子吴烺做官而受封"内阁中书"，这些都作为署名而写上去了，说明吴敬梓还是引以为荣的。吴敬梓在天宁寺看到吴檠的题壁诗，写了一首《百字令》，词中写道："长廊尘黦，是吾家康乐，旧曾题处。一自旁求岩穴里，争说拔茅连茹。兄应博学鸿词科入都，余时亦被荐，故云。"事情似乎是非常矛盾，其实也很正常。

唐代的李白是那么一位自负自豪的人物，杜诗所谓"天子呼来不上船"，李白自谓"安能摧眉折腰事权贵，使我不得开心颜"；然而，当唐明皇召他进宫的时候，他也便兴奋异常，"游说万乘苦不早，著鞭跨马涉远道"，"仰天大笑出门去，我辈岂是蓬蒿人"！以为这一次可以大展宏图了。金圣叹是一个恃才傲物的狂士，才气是有，狂也是真狂；可是，顺治十七年（1660），友人邵点从北京归来，向他转述顺治皇帝对词臣赞誉他的话："此是古文高手，莫以时文眼看他。"他也就激动得不得了："何人窗下无佳作，几个曾经御笔评"，"正怨灵修能浩荡，忽传虞舜撤箫韶。《凌云》更望何人读，《封禅》无如连夜烧"。感叹唏嘘，刻骨铭心。孔尚任是何等自负之人，待到康熙南巡而途经山东，他讲读经书得到康熙的赏识以后，又是那样的感激涕零："书生遭际，自觉非分；犬马图报，期诸没齿。"

其实，唐明皇对李白，不过是视作文学弄臣，只是在他和杨贵妃灯红酒绿、欢乐畅怀之际，让李白填几首歌词而已。顺治对金圣叹的欣赏，不过是一时的兴之所至罢了。金圣叹不久也就因为哭庙案而丢了脑袋。至于康熙之欣赏孔尚任，不过是作出一个重视儒学的姿态罢了。用现在的话来说，就是作秀。孔尚任虽然只是一个秀才，但是，他是孔子的后代，所谓圣裔。孔尚任把经书讲解得那么好，康熙听了高兴，夸他几句，告诉近臣，这人是个人才，如此而已。毕竟是封建社会，而且是明清时期，封建社会已经步入晚期，封建的中央集权制达到了登峰造极的地步，"道尊于势"的观念已经失去了存在的条件，乾隆最讨厌的就是动不动以"帝王师"自居的文人。我们不能去苛求古人，不要觉得有了这些事，就破坏了他们光辉的形象。

痛说科第家史

《移家赋》是吴敬梓从全椒移居南京后不久写成的,《移家赋》的内容,一言以蔽之,就是痛说科第家史。全赋连序,近四千字,其中详细描写的是四个人。一是高祖吴沛,他是"全椒吴"这个科举世家的奠基人。二是大器晚成的曾祖吴国对,他是吴敬梓父亲吴霖起的祖父,作为顺治十五年(1658)的探花,是吴敬梓最为自豪的祖先。祖父吴旦,赋中一字未提。三是父亲吴霖起,他的人品和学问,他的坎坷不遇,影响了吴敬梓的一生。其次,便是吴敬梓自己,他带着愤激悲凉的心情,反思自己前半生的经历,解释自己离开全椒、前往南京的原因。这一部分的文字最多,不吐不快,郁积于胸的愤世嫉俗的激情,喷薄而出。《移家赋》可以看作吴敬梓前半生思想的总结,真实而深刻地反映了作者当时(33—34岁)的思想状况。

吴沛—吴国对—吴旦—吴霖起—吴敬梓,我们不妨从科第的角度浏览一下这个谱系。吴沛虽然把五个儿子中的四个培养成了进士，但他自己在科场上非常坎坷。平心而论，他的运气太差。万历三十四年（1606），吴沛参加乡试，全椒令关骥恰好作为房师，分校吴沛的试卷。他非常欣赏吴沛的文章，推荐其为第一名。可是，主考不同意。关骥为吴沛力争，赌气地表示，如果不能以第一名录取，宁可等待下科再试。结果，主考拒绝关骥的提议。他自然是说了算，要不怎么叫"主考"呢！关骥一赌气不要紧，把吴沛耽误了一辈子。爱之甚，亦害之极。以后，吴沛"七战皆北"。其实，八股取士没有什么科学性，吴沛的屡战屡败，不是他的八股写得不好，而是他的运气不好。《儒林外史》卷头词所说"功名富贵无凭据"，即指八股取士其实没有什么凭据。一切皆有可能，中与不中，早中晚中，充满了偶然性。说句笑话，科举的魅力就在这里。吴沛本人是科场的失败者，但是，他把五个儿子中的四个培养成了进士，又冲淡了他科场失败者的形象。用时下的话来说，就是教子有方。吴国对是科场上的胜利者，虽然是"晚遇"，但毕竟是探花。在吴沛的四个进士儿子中，科名最高；然而，吴国对以后，吴家的这一分支却逐渐滑坡，一蹶不振。吴国对四个儿子，吴旦、吴勔只是秀才，未能再过会试一关。孙子一辈，吴旦的儿子吴霖起，即吴敬梓的父亲，只是拔贡。吴敬梓亦是秀才终世。也就是说，吴国对以后，连续三代，都是科场的失败者。吴敬梓的儿子吴烺，虽然献赋行在，赐了个举人，任了个内阁中书的闲职,却依然没有解决贫困的问题。看来,运气已经被吴国对用尽。

从《移家赋》里可以看出如下三点。其一,吴敬梓当时还远未达到创作《儒林外史》所必须具有的思想境界和认识水平。《移家赋》中没有一个字批判八股取士的科举制度,没有一个字否定功名富贵。恰恰相反,吴敬梓还在赋中为吴家科举发迹的奠基人高祖吴沛大唱赞歌,还在想象曾祖吴国对探花及第、深得恩宠、富贵荣华、如花似锦的种种情景。平心而论,八股取士的科举制度盛行于明清两代,历时五百多年,自然有其历史的合理性。对于统治者来说,要增加官僚的流动性,防止阶级的固化,要规范、束缚读书人的思想,要有一种示人以公平、便于操作的衡文标准,似乎找不到更好的办法。但一种制度推行既久,不思改进,必然弊病丛生,离设立时的初衷越来越远。八股的格式规范经历了一个变化的过程,最后是变成一个僵化的东西。如鲁迅在《透底》里所说:"八股原是蠢笨的产物。一来是考官嫌麻烦——他们的头脑大半是阴沉木做的——什么代圣贤立言,什么起承转合,文章气韵,都没有一定的标准,难以捉摸,因此,一股一股地定出来,算是合于功令的格式,用这格式来'衡文',一眼就看得出多少轻重。二来,连应试的人也觉得又省力,又不费事了。这样的八股,无论新旧,都应当扫荡。"社会是一个官本位的社会,官把世界上的一切好处都占了，兼济天下成为觅取功名富贵的遮羞布，在这种情况下，与功名利禄捆绑在一起的科举的腐败、信仰的崩溃都成为必然。其二，父亲去世后的一场家难，给了他极大的刺激，使他一下子成熟了许多。家道的中落增加了他的阅历，培养了他对各种势利和虚伪现象的敏感，激发了他的叛逆反抗意识。其三，《移家赋》中最深情的文字，是吴敬梓对父亲的回忆。他陪同父亲，在赣榆度过了八年教谕生涯。父亲的为人、父亲的坎坷、官场的负淘汰现象，给青少年时期的吴敬梓留下了终生难忘的印象。父亲去世时，吴敬梓二十三岁。将《移家赋》的这段文字，结合《文木山房集》里的诗词，结合《儒林外史》中涉及杜少卿父亲的描写，可以看出吴敬梓父亲的为人和经历对吴敬梓的深刻影响。对父亲的回忆，正是吴敬梓心中最柔软的那个角落。

《移家赋》全文三千余字，直接叙述其父吴霖起生平的部分占六分之一左右。《移家赋》中，吴敬梓对父亲的描述，概括起来，主要有如下六点：一、学识广博；二、孝顺母亲；三、淡泊名利；四、刚正不阿；五、热心公益；六、仕途淹蹇。不难想象，在世俗社会中，吴霖起这样的人，很容易给人古板、固执、不知变通的印象。本来就是一个小小教谕，结果还被上司寻隙罢了官。改变不了环境，又不愿改变自己，其结果必然是坎坷不遇。

雍正八年（1730），吴敬梓移家南京前夕，此时的吴敬梓,"田庐尽卖,乡里传为子弟戒"(《减字木兰花》之一)。这一年的除夕,吴敬梓在客中,想起他已经去世九年的父亲和去世十七年的母亲,想到双亲还没有好好地安葬,想到自己"落魄诸生十二年",辜负了父亲的殷切期望,含泪写下这样的诗句:"哀哀吾父,九载乘箕天上去。弓冶箕裘,手捧遗经血泪流。劬劳慈母,野屋荒棺抛露久。未卜牛眠,何日泷冈共一阡。"心情非常沉痛。四年以后,又是一个除夕之夜,每逢佳节倍思亲,吴敬梓又写下《乳燕飞》,词中有云:"令节穷愁里,念先人,生儿不孝,他乡留滞。……家声科第从来美。叹颠狂,齐竽难合,胡琴空碎。数亩田园生计好,又把膏腴轻弃。应愧煞谷贻孙子,倘博将来椎牛祭,总难酬罔极深恩矣。"愧对父母,尤其是辜负父亲对自己的厚望。痛心疾首,往事并非如烟,直教人不堪回首。

　　吴敬梓继承了父亲的很多优秀的品质。从他的勤学,孝悌的观念和身体力行,对名利的超脱,捐资先贤祠的义举,都可以看出父亲对他的影响。吴敬梓继承了父亲的一身傲骨,明知"独正者危,至方则阂",明知"守规矩与绳墨,实方圆而枘凿",他宁可"守子云之玄,安黔娄之贫",也要按照父亲的榜样,做一个正直的人。吴敬梓的叛逆反抗意识,虽然并非传承于他的父亲,但也和吴敬梓目睹父亲"守规矩与绳墨,实方圆而枘凿"的遭遇不无关系。虽然父亲不希望吴敬梓成为一个名利之徒,但还是希望他获得功名，重振家业。待到吴敬梓写作《儒林外史》的时候，他的思想已经起了巨大的变化。在迁居南京以后，与大量失意贫穷知识分子的朝夕相处，和进步学者的频繁接触，从理论上深化了他对社会的认识，产生了"如何父师训，专储制举才"的反思。这就越出了博取功名以重振家业、光宗耀祖的观念。他终于冲破个人穷达荣辱的局限，从个人的坎坷与不幸中解脱出来。看到了全社会的腐败和没落，去进一步考虑知识分子的整体命运，去思考造成这一命运的社会根源。这是吴敬梓思想上的巨大飞跃。艺术家的本能迫使他把自己的观察和思考写出来。正是因为他的思想实现了巨大的升华，他才能写出《儒林外史》这样深刻犀利的讽刺巨著。

《儒林外史》中的杜少卿的原型，正是吴敬梓；杜少卿父亲的原型，正是吴霖起。我们看小说怎么描写杜少卿的父亲，就可以隐隐约约地看出吴霖起的为人，《移家赋》中那些概括性的描述，也变得清晰起来。吴敬梓在小说中借高翰林的嘲笑，从反面给杜少卿的父亲作了一份鉴定："做官的时候，全不晓得敬重上司，只是一味希图着百姓说好；又逐日讲那些'敦孝弟，劝农桑'的呆话。这些话是教养题目文章里的词藻，他竟拿着当了真，惹的上司不喜欢，把个官弄掉了。"在官本位的社会里，官员的好不好，不是百姓说了算。在《聊斋志异》的名篇《梦狼》里，有类似的言语，说得更加直接。贪官白甲对弟弟说："弟日居衡茅，故不知仕途之关窍耳。黜陟之权,在上台不在百姓,上台喜,便是好官;爱百姓,何术能令上台喜也?"高翰林对杜少卿父亲的嘲笑,与白甲对弟弟所说的官场诀窍,有异曲同工之妙。高翰林嘲笑杜少卿父亲,另有更深的意义:无意中暴露出儒林中信仰崩溃的现实。在浑浊的官场中,真正信仰儒家伦理的人,肯定不能发达,肯定被人认为是"笨伯"。吴敬梓不是从正面来描写杜少卿父亲的为人,而是通过科场上的一个胜利者对杜父的嘲笑来反衬,这是一个很巧妙的处理。如鲁迅所说:"有明说要做,其实不做的;有明说不做,其实要做的;有明说做这样,其实做那样的;有其实自己要这么做,倒说别人要这么做的;有一声不响,而其实倒做了的。"(《推背图》)所谓"教养题目文章里的词藻",就是"明说要做,其实不做的",即是说,人人都在演戏,你却当真了,你就是傻瓜。

纵观吴家贫富分化的百年过程,从顺治十五年(1658)的探花吴国对,中经刚正不阿、坎坷不遇的吴霖起,至乾隆十九年(1754)抱绝世之才,在贫病交加中去世的秀才吴敬梓,从科举的胜利者,中经科举的失意者、失败者,到科举的叛逆者、批判者,吴霖起正是这一巨变中承上启下的过渡。

正途异路

金光大道

明清时代，乡试、会试考上来的是"正途"，其他的只能算是"异路"，是被科目中人看不起的。是所谓科甲世界。才气自负的王德就非常看不起三十年前的宗师："这是三十年前的话。那时宗师都是御史出来，本是个吏员出身，知道甚么文章！"一个秀才可以轻视御史，因为御史不是正途出身。半通不通，器小易盈，连"先儒"是已经去世之儒者都不懂的匡超人，他也俨然以正途自居："像我们这正途出身，考的是内廷教习，每日教的多是勋戚人家子弟。"他当然不是什么"正途"，只是自以为是正途罢了。迟衡山说近日朝廷征辟杜少卿，他都不就；高翰林便反驳迟衡山："征辟难道算得正途出身么？"不屑一顾。假冒的万中书说马二先生："学道三年任满，保题了他的优行。这一进京，倒是个功名的捷径，所以晓得他就得手的。"施御史便泼冷水说："这些异路功名，弄来弄去始终有限。有操守的到底要从科甲出身。"万中书自己"从京师回来，说已由序班授了中书",他谦虚地对武正字、迟衡山说:"二位先生高才久屈,将来定是大器晚成的。就是小弟这就职的事,原算不得,始终还要从科甲出身。"挺有自知之明。庄绍光征辟落选回来,在扬州有很多人欢迎他。萧柏泉奉承说:"晚生知道老先生的意思,老先生抱负大才,要从正途出身,不屑这征辟,今日回来,留待下科抢元。皇上既然知道,将来鼎甲可望。"谁知萧柏泉马屁拍在马脚上,庄绍光反驳他说:"征辟大典,怎么说不屑?若说抢元,来科一定是长兄。小弟坚卧烟霞,静听好音。"

一种制度总是培养出一种既得利益集团,这一集团就是这一制度的拥护者、鼓吹者,八股取士的科举制度既有那么长的历史,它当然培养出了一个庞大的既得利益集团,这就是所谓科甲中人。久而久之,这种既得利益集团便会制造出一种为此制度辩护的理论,而所谓"正途"对"异路"的歧视就是这一理论的组成部分。科甲中人往往借着师生关系、同年的关系,结成朋党,互通声气,他们轻蔑、排斥异路上来的官吏,这是隋唐以来就有的风气,只是到了清代越发地牢不可破了。在清代,即便是没有师生关系的官员,下级也要拜朝中的权贵为老师。在下级这方面,是为了寻找靠山;在权贵这方面,是为了笼络人才。乾隆元年(1736)的博学鸿词科,吴敬梓的挚友程廷祚因为不愿依附在大学士张廷玉门下而落选。在封建社会晚期,像程廷祚这样蔑视富贵、保持独立人格，不愿"摧眉折腰事权贵"的知识分子，是越来越少了。而那位"天下之士，思一见以为荣而不可得"的张廷玉，正是雍正和乾隆极度信任，寄予重任的人。雍正时，张廷玉任大学士、军机大臣，兼管吏部、户部、翰林院，兼任十几个修史馆的总裁官。雍正弥留之际，特颁遗命，让张廷玉配享太庙。乾隆初政时，张廷玉和鄂尔泰同为辅命大臣。乾隆称赞张廷玉"在皇考时勤慎赞襄，小心书谕"。对于这样一个得到雍正、乾隆高度信任的权贵，程廷祚竟在给他的信中不客气地加以讽刺，我们不能不对他的操守表示钦佩。

吴敬梓根据程廷祚的故事为素材，写了庄绍光征辟落选的情节。小说中写道，礼部侍郎徐基荐举庄绍光，大学士太保公想拉拢他，托徐侍郎告诉他去太保公那里走走，说太保公"欲收之门墙，以为桃李"。结果遭到庄绍光的拒绝："世无孔子，不当在弟子之列。况太保公屡主礼闱，翰苑门生不知多少，何取晚生这一个野人？这就不敢领教了。"太保便在皇帝面前进谗言："庄尚志果系出群之才，蒙皇上旷典殊恩，朝野胥悦。但不由进士出身，骤跻卿贰，我朝祖宗，无此法度，且开天下以幸进之心。"说得冠冕堂皇，完全是为国为民，那要害便是"不由进士出身"一句。其实是拉拢不成，干脆踩倒。

童生—秀才—举人—进士—翰林，是读书人最标准、最体面的正途，也是应试教育的金光大道。难怪鲁翰林、高翰林、施御史说起话来，底气都那么足。人人都在谈举业，真是人人自谓握灵蛇之珠，家家自谓抱荆山之玉。赵雪斋在杭城的名士群中有点虚名，但浦墨卿却偏要哪壶不开提哪壶："读书毕竟中进士是个了局，赵爷各样好了，到底差一个进士。不但我们说，就是他自己心里也不快活的是差着一个进士。"鲁小姐对母亲说："'好男不吃分家饭，好女不穿嫁时衣。'依孩儿的意思，总是自挣的功名好，靠着祖、父，只算做不成器！"翰林是场屋里最高的胜利者，他们的理论是：行不行，有没有学问，看你中不中。鲁翰林嘲笑杨执中"他若果有学问，为甚么不中了去？"高翰林贬低马二先生，便说："那马先生讲了半生，讲的都是些不中的举业。他要晓得'揣摩'二字，如今也不知做到甚么官了！""我朝二百年来，只有这一桩事是丝毫不走的，摩元得元，摩魁得魁。那马纯上讲的举业，只算得些门面话，其实，此中的奥妙他全然不知。他就做三百年的秀才，考二百个案首，进了大场总是没用的。"高翰林贬低迟衡山和武书："那里有甚么学问！有了学问倒不做老秀才了。"连鲁小姐都知道："几曾看见不会中进士的人可以叫做个名士的？"胜者王侯败者贼，应试教育的评价必然是如此，古代是科名至上，现在是分数至上。正如蒲松龄在《叶生》一篇结末的"异史氏曰"中所感叹的："频居康了之中，则须发之条条可丑；一落孙山之外，则文章之处处皆疵。"周进年过花甲，连个秀才还没有捞上，他已经没有怀才不遇的愤懑，所以他在自命不凡的新秀才面前直不起腰杆来。倒是生意人没有以成败论英雄，看他撞号板痛哭，便安慰他说："看令舅这个光景，毕竟胸中才学是好的，因没有人识得他，所以受屈到此田地。"金有余也说："他才学是有的，怎奈时运不济！"都堪称是周进的知己。

在儒林中还有一种不以成败论英雄的人，这就是"浙江二十年的老选家"卫体善。他自有一套评价八股的理论：

> 文章是代圣贤立言，有个一定的规矩，比不得那些杂览，可以随手乱做个，所以一篇文章，不但看出这本人的富贵福泽，并看出国运的盛衰。洪、永有洪、永的法则，成、弘有成、弘的法则，都是一脉流传，有个元灯。比如主考中出一榜人来，也有合法的，也有侥幸的，必定要经我们选家批了出来，这篇就是传文了。若是这一科无可入选，只叫做没有文章！（第十八回）

口气非常大，一是可以"看出这本人的富贵福泽"，二是可以"看出国运的盛衰"，这八股真是非同小可。如何评价八股文章的高低优劣呢？卫体善认为，不能光看中不中，因为"也有侥幸的"，这一点比鲁翰林、高翰林高明，不再是

"胜者王侯败者贼"，而是要区分"合法的"和"侥幸的"两种情况，具体问题具体分析。谁是权威的评议者呢？那就是我们选家："必定要经我们选家批了出来，这篇就是传文了。"然而，选家也不是个个都可靠，像马二先生那样的选家就靠不住："正是他把个选事坏了！"因为那马二先生"终日讲的是些杂学"，"于文章的理法，他全然不知，一味胡闹，好墨卷也被他批坏了！所以我看见他的选本，叫子弟把他的批语涂掉了读"。那么，可靠的是谁呢？只有卫体善这样的老选家，唯此一家，别无分店！

词 赋 气

马二先生谆谆告诫蘧公孙,举业文章"既不可带注疏气,尤不可带词赋气"。可见写八股文章,最要命的是词赋气。所谓"词赋气",也就是指像诗词、辞赋、骈文那种华丽的语言风格。词赋的语言很美,但是,放到八股文中却是有害无益,所以马二先生给蘧公孙打比喻说:"凡人目中,尘土屑固不可有,即金玉屑又是着得的么?"马二先生讲得不是没有道理,八股要代圣贤立言,圣贤讲的是修身、齐家、治国、平天下的大道理;这种大道理显然不能用诗词、辞赋、骈文那种华丽的语言来表达。再说,八股是议论,而诗词、辞赋、骈文是描写,是抒情,当然是水火不能相容。蘧公孙的"强项"是词赋,马二先生"向在诗上见过";现在蘧公孙要来请教八股文章的诀窍,马二先生不能不如此告诫他。蘧公孙对八股确实不在行,鲁编修曾经"出了两个题请教公孙,公孙勉强成篇。编修公看了,都是些诗词上的话,又有两句像《离骚》,又有两句'子书',不是正经文字"。但这也要怪编修公自己,当初择婿的时候,娄家公子"把蘧公孙的诗和他刻的诗话请教,极夸少年美才。鲁编修叹赏了许久"。听其言,观其行,我们发现编修公的言行颇有自相矛盾之处。他曾经说过:"八股文章若做的好,随你做甚么东西,要诗就诗,要赋就赋,都是一鞭一条痕,一掴一掌血。若是八股文章欠讲究,任你做出甚么来,都是野狐禅、邪魔外道!"蘧公孙明摆着"八股文章欠讲究",可他做的诗,鲁编修居然"叹赏了许久"。由此可见,什么理论都很难一以贯之。

八股最怕的固然是词赋气,词赋也很怕八股气。"浙江二十年的老选家"卫体善和随岑庵的诗,"'且夫''尝谓'都写在内,其余也就是文章批语上采下来的几个字眼"。这样的诗,连初学乍练的匡超人也没看上:"拿自己的诗比比,也不见得不如他。"

马二先生最反对词赋气,可是,卫体善却偏偏在这一点上拼命地攻击他:"正是他(指马二先生)把个选事坏了!他在嘉兴蘧坦庵太守家走动,终日讲的是些杂学。听见他杂览倒是好的,于文章的理法,他全然不知,一味乱闹,好墨卷也被他批坏了!所以我看见他的选本,叫子弟把他的批语涂掉了读。"所谓"杂学""杂览",在这里就是指的举业以外的学问,尤其是诗词之类。看来,马二先生八成是被蘧公孙所累,"他在嘉兴蘧坦庵太守家走动",难免有"终日讲的是些杂学"的嫌疑。"听见他杂览倒是好的",卫体善好像对马二先生的"杂览"有所肯定,再看下面"叫子弟把他的批语涂掉了读"那种咬牙切齿的口气,知道那"肯定"不过是欲贬故褒的伎俩。

笔者曾经产生过这样的疑问:《聊斋志异》里一篇篇的"异史氏曰",足证蒲松龄的骈文功底极其扎实,为什么他的八股文章却让历届的考官看不上眼,八股不就是对仗吗?听了马二先生的话,我恍然大悟:关键就在词赋气。我们不妨读一下《聊斋志异》里的名篇《叶生》结末的"异史氏曰":

> 魂从知己,竟忘死耶?闻者疑之,余深信焉。同心倩女,至离枕上之魂;千里良朋,犹识梦中之路。而况茧丝蝇迹,呕学士之心肝;流水高山,通我曹之性命者哉!嗟乎!遇合难期,遭逢不偶。行踪落落,对影长愁;傲骨嶙嶙,搔头自爱。叹面目之酸涩,来鬼物之揶揄。频居康了之中,则须发之条条可丑;一落孙山之外,则文章之处处皆疵。古今痛哭之人,卞和惟尔;颠倒逸群之物,伯乐伊谁?抱刺于怀,三年灭字;侧身以望,四海无家。人生世上,只须合眼放步,以听造物之低昂而已。天下之昂藏沦落如叶生其人者,亦复不少,顾安得令威复来,而生死从之也哉?噫!

骈文写得这么美的人，词赋气自然很重，感情又这么充沛、个性又这么强，他的八股又怎么能符合代圣贤立言的标准？

词赋气是偏向才气的，讲究的是文采，于是，又涉及八股中的一种分歧。八股不是铁板一块，有讲理法的，有讲才气的。王德、王仁是讲才气的，严贡生是讲理法的，两派到一起，免不了磕磕碰碰：

> 王德道："今岁汤父母不曾入帘？"王仁道："大哥，你不知道么？因汤父母前次入帘，都取中了些'陈猫古老鼠'的文章，不入时目，所以这次不曾来聘。今科十几位帘官，都是少年进士，专取有才气的文章。"严贡生道："这倒不然。才气也须是有法则，假若不照题位，乱写些热闹话，难道也算有才气不成？就如我这周老师，极是法眼，取在一等前列，都是有法则的老手，今科少不得还在这几个人内中。"严贡生说此话，因他弟兄两个在周宗师手里都考的是二等。二人听这话，心里明白，不讲考校的事了。

从他们的对话中可以看出，汤知县是主张法则的，二王是自认为有才气的，"都做着极兴头的馆，铮铮有名"，所以攻击汤知县"都取中了些'陈猫古老鼠'的文章，不入时目"。所谓"不入时目"，也就是说文章没有与时俱进的意思。严贡生自认为是有法则的，所以他反唇相讥二王那种所谓有才气的文章，只不过是"乱写些热闹话"。最要命的是，他将周学道推出来，说周学道"极是法眼，取在一等前列，都是有法则的老手"，这就击中了二王的要害，因为二王"在周宗师手里都考的是二等"。当然，严贡生的八股是不是有法则，二王的举业是不是有才气，那都得另说。周学道是不是"极是法眼"，就很值得怀疑。我们已经知道，范进的文章，周进看了三遍，"才晓得是天地间之至文"。世界上哪有这样的文章，看了三遍才知道它的轻重！这哪是什么"法眼"！

马二先生遇到初出茅庐的匡超人，对他进行八股文的启蒙教学，手把手地教他，"将文章按在桌上，拿笔点着，从头至尾，讲了许多虚实反正、吞吐含蓄之法与他"。他看了匡超人的习作，评价说："文章才气是有，只是理法欠些。"后来，匡超人参加院试，学道也说他"理法虽略有未清，才气是极好的"。匡超人后来在背后攻击他的启蒙老师："这马纯兄理法有余，才气不足，所以他的选本也不甚行。"虽然匡超人不该在背后攻击他的恩师，但马二先生重视理法看来是没有问题的了，谁知同一个马二先生，却有人抨击他："终日讲的是些杂学。听见他杂览倒是好的，于文章的理法，他全然不知。"这人是谁呢？这人便是马二先生的同行、浙江的老选家卫体善。同行是冤家，这句老话在卫体善身上得到了验证。

杂览杂学

马二先生实在是一个热心的人,他对谁都是一片赤诚,谆谆善诱,诲人不倦。他知道蘧公孙喜欢作诗,而作诗是做不了官的:

> 举业二字,是从古及今人人必要做的。就如孔子生在春秋时候,那时用"言扬行举"做官,故孔子只讲得个"言寡尤,行寡悔,禄在其中",这便是孔子的举业。讲到战国时,以游说做官,所以孟子历说齐梁,这便是孟子的举业。到汉朝用"贤良方正"开科,所以公孙弘、董仲舒举贤良方正,这便是汉人的举业。到唐朝用诗赋取士,他们若讲孔孟的话,就没有官做了,所以唐人都会做几句诗,这便是唐人的举业。到宋朝又好了,都用的是些理学的人做官,所以程、朱就讲理学,这便是宋人的举业。到本朝用文章取士,这是极好的法则。就是夫子在而今,也要念文章、做举业,断不讲那

"言寡尤,行寡悔"的话。何也?就日日讲究"言寡尤,行寡悔",那个给你官做?孔子的道也就不行了。(第十三回)

马二先生虽然讲得有点粗鄙,口口声声就是要做官,但里面不是没有一点思想。这一番话简直是一篇举业史纲要,从孔子到当今,从猿到人。马二先生从举业史的高度来教育好诗的蘧公孙,道理不能说不深刻。不同的时代有不同的选举制度,选举制度是教育的指挥棒。有什么样的选举制度,就有什么样的教育,也就有什么样的知识结构的要求。马二先生对这一点看得非常清楚。他告诫蘧公孙"文章总以理法为主……大约文章既不可带注疏气,尤不可带词赋气。带注疏气不过失之于少文采,带词赋气便有碍于圣贤口气,所以带词赋气尤在所忌"。真是"忠言逆耳利于身,良药苦口利于病",蘧公孙不能不敬为畏友,这都是涉及知识结构的大问题。

俗谓英雄所见略同,钦点广东学道的周进最反感的便是所谓"杂览"。童生魏好古要求学道大人面试他的诗词歌赋,谁知正犯了忌讳。本来是想显摆一下,谁知道弄巧成拙,正好撞在枪口上:

学道变了脸道:"'当今天子重文章,足下何须讲汉唐'！像你做童生的人，只该用心做文章，那些杂览，学他做甚么！况且本道奉旨到此衡文，难道是来此同你谈杂学的么？看你这样务名而不务实，那正务自然荒废，都是些粗心浮气的说话，看不得了。左右的，赶了出去！"（第三回）

今天的读者可能会觉得纳闷：《儒林外史》里不时地提到官场上的诗词唱和，为什么说是杂览、杂学呢？其实一点也不奇怪，取得功名之前，八股是正业，其他都是杂览，尤其是诗词。功名到手以后，可以学学诗，以作应酬之用。如果要描写当时的那种风气，我们不妨套用西方人的话：如果你爱一个人，你就叫他学诗吧，因为诗歌能给人带来快乐；如果你恨一个人，那就叫他学诗吧，因为诗歌能使人贫穷。桐城派的大将刘大櫆就说过："国家设科名以取天下之士……然其道皆以四书五经之书为八比之时文，至于诗，盖无所用之，而天下习为举子业者，多不能诗。其能诗者，亦不复留意举子业。呜呼，此诗之所以能穷人也。"八股可以应试，可以觅取功名，文人学子都在致力于八股，学诗被认为是荒废学业。《儒林外史》里就提到，天长杜府"他家兄弟虽有六七十个，只有这两个人（指杜少卿、杜慎卿）招接四方宾客，其余的都闭了门在家，守着田园做举业"。喜欢诗歌而尚未获得功名的人只能偷偷地学习。家里人管着，塾师看着。陈维崧所撰《徐唐山诗序》中引徐氏的话说:"昔予之为诗也,里中父老辄谯让之,其见仇者则大喜曰:'夫诗者,因能贫人贱人者也。若人而诗,吾知其长贫且贱矣。'及遇亲厚者,则又痛惜之。以故吾之为诗也,非惟不令人知也,并不令妇知。旦日,妇从门屏窥见余之侧弁而哦,若有类于为诗也,则诟厉随焉,甚且至于涕泣。盖举平生之偃蹇不第、幽忧愁苦而不免于饥寒,而皆归咎于诗之为也。"学诗被认为是荒废学业,不务正业,得志以后才来学习作诗,明代隆庆、万历时代就已是如此。

施闰章《汪舟次诗序》中说:"尝见前辈言,隆、万之间,学者窟穴帖括,舍是而及它文辞,则或以为废业;比其志得意满,稍涉声律,余力所成,无复捡括。"我们知道了这种情形,也就明白了周进和世人痛恨杂览的原因。原来学诗是使亲者痛、仇者快的事情。宋人早就在叹息诗能穷人了,但没有明人、清人这么严重。原来诗歌这种东西,业余时搞搞还不失风雅,但把主要精力投进去,就是不务正业了。这就好比琴棋书画,作为业余爱好还可以,专门干这个就失了身份,至少是玩物丧志。业余唱唱戏是风流雅兴,叫作"票友",专门干这一行就卑贱了。

娄三公子拿出杨执中的诗给鲁翰林看,鲁翰林说:"这样的人,盗虚声者多,有实学者少。我老实说:他若果有学问,为甚么不中了去?只做这两句诗当得甚么?"表现出场屋里的胜利者对杂览、杂学的轻蔑。

知识结构最标准的其实是鲁小姐:"五六岁上请先生开蒙,就读的是《四书》《五经》;十一二岁就讲书、读文章,先把一部王守溪的稿子读的滚瓜烂熟。教他做'破题''破承''起讲''题比''中比'成篇。送先生的束脩。那先生督课,同男子一样。这小姐资性又高,记心又好,到此时,王、唐、瞿、薛,以及诸大家之文,历科程墨,各省宗师考卷,肚里记得三千余篇。自己作出来的文章,又理真法老,花团锦簇。……晓妆台畔,刺绣床前,摆满了一部一部的文章,每日丹黄烂然,蝇头细批。"鲁小姐对正业和杂览分得很清:"人家送来的诗词歌赋,正眼儿也不看他。家里虽有几本甚么《千家诗》,《解学士诗》,东坡、小妹诗话之类,倒把与伴读的侍女采蘋、双红们看;闲暇时也教他诌几句诗,以为笑话。"可惜,蘧公孙舍近求远,还要去向马二先生请教八股,不知最好的老师远在天边,近在眼前。

《儒林外史》对八股文人的无知多有讽刺。范进居然不知苏轼为何人,说什么"苏轼既文章不好,查不着也罢了。这荀玫是老师要提拔的人,查不着不好意思的"。当然,我们在这里同时也看到了范进的老实,他被幕僚传为笑谈自己还不知道。小说第四回,张静斋张冠李戴,将宋朝赵匡胤雪夜访赵普的故事安到了明朝朱元璋、刘基和张士诚的头上。"知县见他说的口若悬河,又是本朝确切典故,不由得信。"那个范进更是傻乎乎地听着，还装明白地问："想是第三名？"陈和甫装神弄鬼，说是关老爷下凡，判了一首《西江月》。堂堂的进士王惠竟不知，三国的时候是不可能有《西江月》的。这些举人、进士的知识就是这么贫乏。新秀才魏好古，据和尚说："前日替这里作了一个荐亡的疏，我拿了给人看，说是倒别了三个字。像这都是作孽！"堕落以后的匡超人吹牛说："不瞒二位先生说，此五省读书的人，家家隆重的是小弟，都在书案上，香火蜡烛，供着'先儒匡子之神位'。"他居然不知"所谓'先儒'者，乃已经去世之儒者"。牛布衣点出他的谬误，他居然还强辩说："不然！所谓'先儒'者，乃先生之谓也！"亏他一副厚脸皮！

据章学诚的《答沈枫墀论学诗》所说，吴敬梓的时代正是八股和杂学界限最严的时代：

> 前明制义盛行，学问文章，远不古若，此风气之衰也。国初崇尚实学，特举词科；史馆需人，待以不次；通儒硕彦，磊落相望，可谓一时盛矣。其后史事告成，馆阁无事，自雍正初至乾隆十年许，学士又以四书文义相为矜尚。仆年十五六时，犹闻老生宿儒自尊所业，至目通经服古谓之杂学，诗古文辞谓之杂作。士不工四书文，不得为通，又成不可药之蛊矣！

清　高翔《寒窗十咏·枯荷》

这个"目通经服古谓之杂学,诗古文辞谓之杂作"的时代,恰好被吴敬梓赶上了。

举业的金针

《儒林外史》第四十九回,高翰林说:

> 老先生,"揣摩"二字,就是这举业的金针了。小弟乡试的那三篇拙作,没有一句话是杜撰,字字都是有来历的,所以才得侥幸。若是不知道揣摩,就是圣人也是不中的。那马先生讲了半生,讲的都是些不中的举业。他要晓得"揣摩"二字,如今也不知做到甚么官了!

场屋中的胜利者在得意扬扬地大谈胜利的秘诀,大谈"举业的金针","揣摩"二字,在嘲笑场屋中的失败者马二先生。吴敬梓的曾祖吴国对的飞黄腾达、青云直上,也是由于刻苦钻研八股的结果,即《移家赋》中所谓"常发愤而揣摩,遂遵道而得路"。同样的"揣摩"二字,作为"举业的金针",在《移家赋》中得到热烈赞扬;而在《儒林外史》中却成了贬抑、讽刺的对象，由此可见吴敬梓前后的思想变化有多大。

高翰林固然是书里的反面人物，但他说"'揣摩'二字，就是这举业的金针了"，却是没有说错。八股就是一要揣摩圣贤的口气，二要揣摩考官的嗜好，乃至于揣摩皇帝的嗜好。考官要看的主要就是这一点。揣摩圣贤口气的范本便是朱熹的《四书集注》。郑燮何等豁达之人，他在给四弟的家书中也谆谆嘱咐：

> 今科若能入泮，固当揣摩先辈大家文。若不幸名落孙山，亦当改弦易辙，专心从事乡场制艺。(《范县署中覆四弟墨》)

揣摩的背后是对圣贤的崇拜、对经典的崇拜。圣贤已经发现了真理，而朱熹已经把圣贤的道理阐发得淋漓尽致，后人已经没有发现真理的任务，后人的任务只是理解、体会朱熹所阐释的真理。圣人诞生以前，世界是漫漫长夜；圣人出现以后，点亮了指路的明灯、前进的灯塔。凡民百姓和文人学子只要在圣人的指引下，奋勇前进就可以了。如果你对此还有所怀疑，那你的揣摩圣贤语气，又从何谈起！吴敬梓在书里借杜少卿之口说："朱文公解经，自立一说，也是要后人与诸儒参看。而今丢了诸儒，只依朱注，这是后人固陋，与朱子不相干。"杜少卿的意思很清楚，朱熹只是一家之言，不是绝对正确。朱熹自己也并没有自认为绝对正确，所以说"与朱子不相干"。可见吴敬梓的独立精神太强，这种精神和这种心态与揣摩所需要的心态是格格不入的。

我们不要小看了这"揣摩"二字，这正是应试教育的精髓。古代没有考试大纲，如果有的话，那考试大纲的精髓就是揣摩，揣摩是纲中之纲，其余都是目。小说第七回，范进赴京去参加会试，顺便拜谒座师周进，周进勉励了高足一番，嘱咐他"只在寓静坐，揣摩精熟"。

应试的时候，"揣摩"是考试胜出的金针；入仕以后，"揣摩"又是为官的诀窍。只有认真地揣摩上司的旨意，揣摩皇帝的旨意，才能官运亨通。历史上的许多奸佞并不是饭桶，譬如唐朝的李林甫、南宋的贾似道、明朝的严嵩和魏忠贤、清朝的和珅，他们都曾经在"揣摩"二字上狠下功夫。"揣摩"是他们终身的功课，常学常新，永无止境。封建社会的各级官吏，都是对上司负责，对皇帝负责，而不对百姓负责的。封建社会没有民主的选举制度，他们的功名富贵是上司给的，是皇帝给的，也是随时可以被上司被皇帝收回去的，他们不对上司和皇帝负责，又对谁负责呢？只有官吏真正由百姓选出，他们的权力真正由百姓所赋予的时候，他们才有可能对百姓负责。人民真正掌握了任命、评价和罢免官吏的权力，官吏才有可能成为人民的公仆。完全靠说教是没有用的。榜样的力量不是无穷的，而是很有限的。一两个清官改变不了满世界的腐败。杜少卿的父亲"中个进士，做一任太守，已经是个呆子了：做官的时候，全不晓得敬重上司，只是一味希图着百姓说好；又逐日讲那些'敦孝弟，劝农桑'的呆话。这些话是教养题目文章里的词藻，他竟拿着当了真，惹的上司不喜欢，把个官弄掉了"。杜少卿父亲的"呆"就是不明白"揣摩"，就是把儒家经典里的话"当了真"，不知道那些话都是骗人的，只是"教养题目文章里的词藻"。"揣摩"作为一种为官之道，并不是从八股文开始的。我们看《战国策》里那些策士的言论，与其说他们善于言辞，不如说他们善于揣摩君主的心理更为恰当。像《战国策》里《触龙说赵太后》这样的名篇，不是揣摩之作的范例吗？当然，触龙说的道理还是很深刻的，让子女"位尊而无功，奉厚而无劳，而挟重器多"，不是对子女真正的爱。韩非的《说难》正是揣摩之术的理论总结："凡说之难，非吾知之有以说之之难也，又非吾辩之能明吾意之难也，又非吾敢横失而能尽之之难也。凡说之难，在知所说之心，可以吾说当之。"文章一开头就尖锐地指出，游说之难在揣摩之难，所谓"凡说之难，在知所说之心，可以吾说当之"。韩非在文章中不厌其详地分析了各种各样的情况："所说出于为名高者也，而说之以厚利，则见下节而遇卑贱，必弃远矣。所说出于厚利者也，而说之以名高，则见无心而远事情，必不收矣。所说阴为厚利而显为名高者也，而说之以名高，则阳收其身，而实疏之；说之以厚利，则阴用其言，显弃其身矣。"结论是：窥探颜色，揣摩其意，避其所忌，投其所好。由此可见，揣摩也是一种登龙术。

"揣摩"不但是举业的金针、为官的诀窍，而且是为学的窍门。学而优则仕，"优"的标准就是会不会"揣摩"。经史子集之中，经的数量最少，可是，经居四部之首，最受统治者的重视。自从汉武帝罢黜百家，独尊儒术以后，经学逐渐成为中国文化的主流。经学从整体上看，就是一种揣摩之学。经学的基本形式就是注释，注释不是纯客观的，是带着圣贤崇拜、经典崇拜意味的思维活动。人们常常以为今文学家是迎合人主的御用学者，古文学家则不然；其实古文学家也是一样。贾逵为了替《左传》争地位，便说《左传》"同《公羊》者什有七八"，说《左传》能够证明刘氏为尧后，汉为火德，皆与图谶相符合，而今文五经家却不能。即便是历史上那些非常具有创造性的思想家，他们的见解也常常要通过注释经典的形式发表出来。王弼的《周易注》《周易略例》《老子注》《老子指略》，向秀的《庄子注》，朱熹的《诗集传》《四书章句集注》《楚辞集注》《周易本义》，戴震的《孟子字义疏证》，王夫之的《周易外传》《尚书引义》《读四书大全说》《张子正蒙注》都是这样的著作。揣摩之道没有能够完全束缚住他们的创见，但影响了他们发表创见的形式。

应试之道也好,为官之道也好,为学之道也好,"揣摩"就是抛弃自己的独立思想、独立见解,就是不要用自己的大脑去思考,而要去迎合圣贤的思想、上司的思想、皇帝的思想。久而久之,也就磨灭了独立的思维,丧失了创造的精神,失去了表里如一的作风,培养出一种唯唯诺诺的奴性。没有真诚,没有信仰,没有理想,剩下的只有功名富贵的欲望。八股虽然早在光绪末年就已经寿终正寝,但是,揣摩的精神却依然阴魂不散。

写作精义

吴敬梓的连襟金榘和他的弟弟金两铭,据何泽翰先生的考证,就是《儒林外史》中余大先生、余二先生的原型。其实,我们也不必过于拘泥,一个文学的人物形象也不一定取材于一个生活中实有的人物,"拼凑"的可能性倒是非常大的。鲁迅说:"所写的事迹,大抵有一点见过或者听过的缘由,但决不会用这事实,只是采取一端,加以改造,或生发开去,到足以几乎完全发表我的意思为止。人物的模特儿也一样,没有专用过一个人,往往嘴在浙江,脸在北京,衣服在山西,是一个拼凑起来的脚色。"(《我怎么做起小说来》)我们研究的时候,不妨考一考人物的原型;我们欣赏的时候,最好还是把原型忘掉。《儒林外史》中余氏兄弟对功名的态度很豁达,但他们的原型金氏兄弟对功名还是很在意的,这当然是出于主题的需要。金榘、金两铭的父亲曾经在《塾训》中总结自己写作八股的经验,传授给他们兄弟。而金榘又将此宝贵的经验传授给自己的儿子金兆燕。金兆燕又传给儿子金台骏。金台骏再传他的儿子金琏。我们在金兆燕的《棕亭古文钞》卷十中看到了这篇祖传的名篇。现移录其片段如下：

> 作文要体贴书理，要揣摩圣贤语气。前后要有步骤，有针线，思路又要生发得开。凡一题到手，睁开眼孔，放开手笔。将题之前后、左右、虚处、实处，周详审度，实实在在，自出心裁，做一番新样文字出来方好。而头一篇更要紧，头一篇之破题、承、起讲，尤着实要紧，不可草草混过。起讲头须要有意思，有体格，有气焰，不可纤小取憎。至于小学论，则随意生发，无所不可。愈出愈奇，愈奇愈正，手舞足蹈，左宜右有，自入佳境。但不可冗沓驳杂以起厌耳！书法要笔笔端楷，亦开卷引人欢喜之一端也。勉之，勉之；切记，切记！

八股"要揣摩圣贤语气"，现在看来，束缚思想，自然是不足道的；但是，如果从写作方法来看，倒是讲得颇有道理。这篇文字，要言不烦，提纲挈领，简直是一部《八股写作理论》的纲领性提要！"将题之前后、左右、虚处、实处，周详审度"，是说要好好审题。为什么是"前后、左右、虚处、实处"？因为八股是要对比着展开论述的，所以要"前后、左右、虚处、实处"地去构思，去写。"有步骤，有针线"，是指文章的结构，说文章要前后呼应，这当然不能不注意。"思路又要生发得开"，"睁开眼孔，放开手笔"，这是指思维要活跃。"自出心裁，做一番新样文字出来方好"，这是说文章要有创见、有新意。"起讲头须要有意思，有体格、有气焰，不可纤小取憎"，是说文章的开头要有气势，要先声夺人，一开始就把考官吸引住。万万不能怯懦拘谨，"纤小取憎"。"愈出愈奇，愈奇愈正，手舞足蹈，左宜右有"，是一种思如涌泉、左右逢源的"佳境"。"奇"是不平常，"正"是义理。"愈出愈奇，愈奇愈正"是说见解愈新奇，而又愈符合义理，这是最理想的境界。这时候，只觉得思如涌泉、左右逢源，下笔如流水一样。这时候最忌讳"冗沓驳杂"，引起考官的厌烦，所以文中就此提出严重的警告。最后特别提醒注意书法，因为字写得好"亦开卷引人欢喜之一端也"，这个印象分是非常重要的。现在的考生也都懂得这个道理。吴敬梓的曾祖吴国对之所以能高中探花，字写得好也是一个原因。而从祖父吴晟本来拟作状元的，只是因为康熙皇帝看他的字不如戴有祺，于是戴有祺拔为状元，吴晟则屈居榜眼。

俗谓英雄所见略同，吴敬梓的高祖吴沛曾经将自己练习八股的心得归纳为《题神六秘说》《作法六秘说》两篇文章，分别用竖、翻、寻、抉、描、疏和逆、离、原、松、高、入

十二个字来加以概括。吴沛将这两篇文章传授给子孙,以指导他们的八股写作。吴沛也非常强调见解的独到:

> 翻者,洗众案之说也。圣贤立言之意有可在此不妨亦在彼者。依样说去,便觉嘈哕。我却就中另辟出一意,极新色极异味,任前说后说,不能雷同此一说,如堂宇重开,莫不希讶。阅者虽出庸中,亦能一见称异。(《题神六秘说》之二"翻")

> 高者,过乎人之谓也。凡人作文,千家一律,便如矮人观场,不能出一头地。无他,一于平而已。文家有品第,一人言之,百人逊之,则高乎百人矣;一人言之,千万人逊之,则高乎千万人矣。其法不一:可以我识见高,可以我格见高。大抵如立千仞之上,视人所能言者,皆贱;视人所能知者,皆鄙。选而后出,不惊不休。前辈作者,有创一艺,便前无古人,后无来者,是也。置之俦中,为大文,为绝调,阅者自将胆破。(《作法六秘说》之五"高")

所谓"翻",就是翻案文章。所谓"高",便是要有创见,要"前无古人,后无来者"。翻案是推翻成见,当然也是创见。所以,"翻"也就是"高","翻"和"高"是统一的。仔细考虑起来，这两篇文字和金家的祖传秘诀有一个共同的问题，就是太强调创见，强调个性。其实八股是要考生能用漂亮的文字说一堆千篇一律的废话。谁能把那些陈词滥调说得煞有介事，读起来铿锵悦耳，朗朗上口，一篇八股废话就大功告成。我疑心，明清的许多大作家、大文豪，他们之所以屡困场屋，坎坷终身，那问题便出在太有个性，他们的文章太有锋芒，太有才气，使得考官看不上。正所谓聪明反为聪明误。一有个性，一有锋芒，便离开了圣贤的口气，这是很自然的事情。八股是要代圣贤立言，不是要考你的创见。吴沛的儿子们如果真要在"翻"和"高"上狠下功夫，恐怕也不会考出四个进士来。如果真有什么"前无古人，后无来者"的惊世骇俗之论，那就真的要让考官"胆破"了。"胆破"是"胆破"，但"胆破"的结果可能不是钦佩，而是反感。八股代圣贤立言，圣贤的观点经过千万人的阐释，"甘蔗渣儿嚼了又嚼"，早就成为老生常谈，哪有什么"绝调"，圣贤也是"古人"，"前无古人"，岂不是连圣贤也被批倒了？录取的希望是没有了。这样的例子不胜枚举，明代的徐渭、清代的蒲松龄和吴敬梓，都是如此。有趣的是，他们往往幼年的时候，便早早地崭露头角，文名早著，或是得到名人的欣赏，以后便是屡战屡败。徐渭少年时代便享有文名，以后参加八次乡试，均铩羽而归。蒲松龄19岁应童子试，便以县、府、道试第一进学，受到山东学政施闰章的奖誉。以后则屡战屡败，屡败屡战，直到年逾古稀，才援例得了个岁贡生的科名。吴敬梓18岁进学，后来参加滁州的科考，被破格录取为第一名。后来参加乡试却是名落孙山。分析起来也毫不奇怪：少年时的崭露头角，使他们自负自信，更加地相信自己那种发扬个性的文风。幼年时锋芒毕露的风格，可以被人宽容，认为是聪明的表现，成人的锋芒毕露却不能为考官所喜欢，所谓露才扬己。

儒林写真

同中之异

一般人未必从头至尾读过《儒林外史》，但是，他很可能知道范进中举的故事。至于周进，知道的人就不一定那么多了。其实，范进中举的故事之所以令人印象深刻，完全是因为有了一个最佳配角——胡屠户。胡屠户前倨后恭的表现使故事充满了喜剧性。事实上，周进的刻画比范进更显功力，作者一直写到了这个老童生的灵魂深处。作者选择一个坎坷不遇的老童生来揭开讽刺巨著的序幕，自然是经过了精心的考虑。周进的故事直接指向全书抨击科举制度的主题。

周进和范进分明是两个十分相似的人物：他们都是出身穷苦，暮年得第。都是除了八股以外一无所知也一无所能的人。委琐、空虚、麻木、自卑，他们是典型的科举制度的受害者。周进和范进的性格都非常老实、非常窝囊。"忠厚是无用的别名"这句老话，在他们身上得到充分的证明。范进动不动就让他那凶眉恶眼的岳丈训斥，周进更是由着人捏弄。周进和范进都是凭着一丝侥幸，借着八股这块敲门砖敲开了幸福的大门,终于从社会的底层挤入统治者的行列。两人故事的高潮都是发疯:周进是久试不售,痛极而疯;范进是一朝得志,喜极而疯。两条相似的人生轨迹,两个同样遭到科举制度扭曲的灵魂。作者为什么在写完周进以后,又立即递进另一个十分相似的人物,他不是在给自己出难题吗?但我们读完以后,又并没有重复的感觉。原因在于,作者写周进,着力写他中举前的穷困潦倒,写科举制度摧残之下知识分子麻木空虚、卑微委琐的精神状态。作者写范进,着力写他中举前后社会地位的巨大变化,写科举制度所培育出来的虚伪势利、世态炎凉。穷在闹市无人问,富在深山有远亲。世界上多的是锦上添花之人,少的是雪中送炭之人。怎能不叫人感慨万分!两个人物的命运轨迹大致相同,但描写的重点并不相同,所以读起来没有重复之感。年过花甲,尚未进学,连一个秀才的资格都没有得到。这无疑是周进最大的痛点。全部的描写都围绕这一个痛点来设计,来展开。作者写周围的人怎么看他,怎么对待他。一个屡战屡败,穷困潦倒的老童生,谁能看得起他?谁都可以踩他,谁都可以嘲笑他。作者着力刻画的是周进中举前窝囊自卑的举止、空虚委琐的精神面貌。一个新进学的梅玖就那么趾高气扬,把周进尽情地羞辱。一个新进的举人更是在周进面前摆足了威风:

管家捧上酒饭，鸡、鱼、鸭、肉，堆满春台。王举人也不让周进，自己坐着吃了，收下碗去。落后和尚送出周进的饭来，一碟老菜叶，一壶热水。周进也吃了。叫了安置，各自歇宿。次早天色已晴，王举人起来洗了脸，穿好衣服，拱一拱手，上船去了。撒了一地的鸡骨头、鸭翅膀、鱼刺、瓜子壳，周进昏头昏脑，扫了一早晨。

因为周进不会奉承，一个小小的总甲，就砸碎了周进的饭碗。几十年的失败已经彻底摧毁了这个老童生的自尊自信，考了一辈子，连个秀才也不是，还有什么可说！面对梅玖那放肆的侮辱，他只有把眼泪往肚子里咽。在一个小小的秀才面前，他都直不起腰来，多么卑怯的灵魂！他已经没有一点人格的尊严。作者不动声色地慢慢写来，我们看到了周进内心的全部痛苦，对他的贡院痛哭乃至发疯也就毫不奇怪了。正是男儿有泪不轻弹，只因未到伤心处！

夏总甲的趾高气扬，梅玖的讽刺挖苦，王惠的自吹自擂，坐馆的无聊，失去饭碗的困窘，万不得已的改行，一系列的描述，把周进生活的那个环境刻画得非常深刻。作者没有去叙述周进的心理活动，但读者却清晰地看到了周进的内心活动。看到生活在周进心上刻下的一道道伤痕。周进长期地生活在蔑视和嘲弄的目光之下，长期地过着被侮辱、被损害、被压抑的精神生活。没有自尊，没有自信，没有希望。这个扭曲的灵魂需要一个表现自己的机会，这种苦闷的感情需要一个宣泄的机会。这个机会终于来临了，这就是周进的贡院之行。写周进的时候，作者也写到了周进中举前后社会地位的根本性变化，譬如说下面这些描写："汶上县的人，不是亲的也来认亲，不相与的也来认相与。忙了个把月。申祥甫听见这事，在薛家集敛了分子，买了四只鸡，五十个蛋和些炒米、欢团之类，亲自上县来贺喜。"就是这个申祥甫，当年背地里说周进的坏话，说周进见荀家有钱，编出荀玫和王惠同年的话来奉承荀家，搞得周进连一份穷塾师的工作也丢掉了。想不到那"一碟老菜叶，一壶热水"的饭也吃不成了。周进故事中前倨后恭的典型人物是梅玖。他刻薄地挖苦周进："呆，秀才，吃长斋，胡须满腮，经书不揭开，纸笔自己安排，明年不请我自来。"周进中举中进士以后，他看到周进当年写的对联，"红纸都久已贴白了"，便指责和尚说："还是周大老爷的亲笔，你不该贴在这里，拿些水喷了，揭下来，裱一裱收着才是。"但这些描写比较分散，梅玖的刻画也没有胡屠户那么具有喜剧性。

吴敬梓的讽刺出于公心，他并非要将被讽刺的人物，摁到水里去。并非出于私怨，揭人隐私，以图报复。他是在揭示社会的弊病，希望引起大众的注意和警惕，来治疗这种弊病。《儒林外史》对科举的批判达到了时代的高度。它不是仅仅批判科举的弊病，而是根本否定这一制度。小说告诉我们，科举制度是知识分子堕落的根源。展现在读者面前的，不仅是一个周进、一个范进的真实，而且是产生了周进、范进一类人物的整个社会环境、生活氛围的真实。通过梅玖、王惠、胡屠户、张静斋等一大群人物的描写，通过那些不知姓名的左邻右舍的描写，深刻地反映出促使周进和范进在科举道路上苦苦攀登，至死不悔的社会根源。从而有力地突出了人物的社会意义。科举制度在匡超人蜕变过程中的作用，同样是通过环境和习俗的描写体现出来的。作者的讽刺，归根到底，是指向那个科举制度。他对周进的讽刺里，包含着对他的同情，同情他的坎坷，痛恨那个势利的环境和风气；同时又讽刺他对八股的痴迷，讽刺他的麻木空虚、窝囊无能。这种描写，引导读者从对于人物的爱憎中解脱出来，进入对社会制度的思考。这是《儒林外史》的深刻之处。

憎而知其善

《儒林外史》描写人物,很少写好人绝对的好,写坏人便绝对的坏的,所谓"爱而知其恶,憎而知其丑"。这一点与《红楼梦》一样。事实上,生活中的人,好人往往也有私心,坏人还有良心发现之时。可怜之人,常有可恶之处;可恨之人,亦有一二可取之事。

周进这个人物,并非作者喜欢之人,窝囊麻木,除了八股之外,一无所知,也一无所能。靠着一个偶然的机会,侥幸中举,中进士,升御史,点学道,"累年蹭蹬,忽然际会风云;终岁凄凉,竟得高悬月旦",居然跻身统治者的行列。作者通过这样一个人物,写尽科举制度对知识分子的毒害。可是,作者在写出周进麻木委琐的精神状态的同时,又不忘写出他提携寒素的一番苦心:

> 这周学道虽也请了几个看文章的相公,却自心里想道:"我在这里面吃苦久了,如今自己当权,须要把卷

子都要细细看过，不可听着幕客，屈了真才。"

他看到衣衫褴褛的范进，"看看自己身上，绯袍金带，何等辉煌"，也就油然而生提携寒素之意。开始看范进的文章，"都说的是些甚么话！怪不得不进学"，后来又想："何不把范进的卷子再看一遍，倘有一线之明，也可怜他苦志。"谁知看了三遍，"才晓得是天地间之至文，真乃一字一珠！"这确实很奇怪，好文章居然要看三遍才能看出来，这周进的愚钝也就可想而知。说好听一点，周进的衡文属于慢热型。范进的文章是不是"一字一珠"的"天地间之至文"，当然要打一个问号，须知吴敬梓最看不起的便是时文专家，程晋芳所撰的《文木先生传》里说吴敬梓"生平见才士，汲引如不及；独嫉时文上如仇，其尤工者，则尤嫉之"。即便是魏好古这样肤浅的人，虽然周进训斥他"务名不务实""粗心浮气"，但看他"文字也还清通"，便"填了第二十名"。当然，周进这种阅卷的方法也很有趣，他看卷子还没有全部看完，却会先确定了范进是第一，魏好古是第二十名。先把两头卡死固定，再来考虑中间。学道大人衡文的那种主观武断、全无标准，尽在不言之中。范进当了学道，来向周进告别，周进马上想到当年有个学生荀玫，印象还不错，便嘱咐范进："贤契留意看看，果有一线之明，推情拔了他。"这是写周进的念旧。

王惠贪酷，读者对他不会有什么好感。自从他当了南昌太守，只听得"戥子声、算盘声、板子声"，"这些衙役百姓，一个个被他打得魂飞魄散，合城的人无一个不知道太爷的利害，睡梦里也是怕的"。可是，他对同年荀玫却非常慷慨，"共借了上千两的银子与荀家"。蘧公孙好名，性格肤浅，一生糊涂，枕箱一案消解之后，却能说出这样的聪明话："像这样的才是斯文骨肉朋友，有意气！有肝胆！相与了这样正人君子，也不枉了！像我娄家表叔结交了多少人，一个个出乖露丑，若听见这样话，岂不羞死！"鲁翰林信奉八股拜物教，但是，他说杨执中之流"盗虚声者多，有实学者少"，却是没有说错。鲁翰林看了女婿的文章，能看出"有两句像《离骚》，又有两句'子书'，不是正经文字"，可见他并非只会写写八股，这翰林也不是白给的。马二先生很庸俗，说是"人生世上，除了这事，就没有第二件可以出头。不要说算命、拆字是下等，就是教馆、作幕，都不是个了局。只是有本事进了学、中了举人、进士，即刻就荣宗耀祖"。赤裸裸的功名富贵的诱惑。可是，他却又有一副古道热肠。他倾囊相助，为蘧公孙买下惹祸的枕箱，将一桩弥天大祸消弭于无形之中。他资助流落杭城的匡超人，并不希图他有什么回报。

娄家公子很肤浅，想学先秦的信陵君，但为人却非常厚道。两位公子与仆人的儿子交谈，絮絮叨叨中透着亲切关心，没有一点架子。邹吉甫自己觉得不配和主人坐在一起吃饭，两位公子一定要他一起用饭。他们坐了一只小船去拜访"高士"杨执中，恰好河道里有人冒充娄府的人，只见"上流头一只大船，明晃晃点着两对大高灯：一对灯上字是'相府'，一对是'通政司大堂'"。那船上的人，个个如狼似虎，张口就骂人，态度非常蛮横。娄家公子出面将其点穿，却并没有和冒名顶替者计较。三公子道："你主人虽不是我本家，却也同在乡里，借个官衔灯笼何妨。但你们在河道里行凶打人却使不得。你们说是我家，岂不要坏了我家的声名？况你们也是知道的，我家从没有人敢做这样事。你们起来，就回去见了你们主人，也不必说在河里遇着我的这一番话，只是下次也不必如此。难道我还计较你们不成？"

何咎之有

严监生临终前的情景给读者留下了深刻的印象,那是一个经典性的镜头:

> 严监生喉咙里痰响得一进一出,一声不倒一声的,总不得断气,还把手从被单里拿出来,伸着两个指头。大侄子走上前来问道:"二叔,你莫不是还有两个亲人不曾见面?"他就把头摇了两三摇。二侄子走上前来问道:"二叔,莫不是还有两笔银子在那里,不曾吩咐明白?"他把两眼睁的的溜圆,把头又狠狠摇了几摇,越发指得紧了。奶奶抱着哥子插口道:"老爷想是因两位舅爷不在跟前,故此记念。"他听了这话,把眼闭着摇头,那手只是指着不动。赵氏慌忙揩揩眼泪,走近上前道:"爷,别人都说的不相干,只有我晓得你的意思!"……赵氏分开众人,走上前道:"爷,只有我能知道你的心事。你是为那灯盏里点的是两茎灯草,不放

心,恐费了油。我如今挑掉一茎就是了。"说罢,忙走去挑掉一茎。众人看严监生时,点一点头,把手垂下,登时就没了气。

人到了这个份上,"死去原知万事空",那财富是生未带来,死不带走的东西,是身外之物,还有什么想不开的呢!可严监生不是这样,此其所以为严监生。

  人们从这段描写中看到的是严监生的吝啬,这固然是不错的。守财奴临终光景,这个镜头给人的印象太深刻了,严监生也就因此而被人看死,定性为吝啬鬼。其实,说严监生是个守财奴,那是没有问题的;但是,说严监生如何吝啬,却是可以商榷。其实,这一镜头除了为守财奴画像以外,还可以触发无数的人生感慨。人活着是要有一点精神的,此感慨之一。对财富的聚敛之心,支撑了严监生的一生,也支撑着他生命的最后一刻。几十年来,他一点一滴,像蚂蚁一样地积攒,才有了"十多万银子"的家私。"日逐夫妻四口在家里度日,猪肉也舍不得买一斤,每常小儿子要吃时,在熟切店内买四个钱的哄他就是了。"他病得"饮食不进,骨瘦如柴",还"舍不得银子吃人参"。灯草挑掉一茎以后,严监生才无憾地离开了人间。放心吧,灯芯已经从两茎变成一茎,一路走好!一茎灯草固然费不了多少油,但是,重要的是这种节俭持家的精神不能丢,这种精神是无价的。节俭已经变成一种快乐。人生难得一知己，此感慨之二。两位侄子提的问题都没有说到点子上，可是，严监生这时候已经失去了语言表达的能力。从严监生的表情看来，他对众人之不能理解两个指头的神秘含义感到非常愤慨。此时此刻，只有赵氏和他心心相印，只有她知道"别人都说的不相干"，问题是出在灯草上。

严监生临终前的表现固然是吝啬一点；但是，他的性格又并非"吝啬"二字所能概括。在必要的时候，他又很舍得花钱。为了让两位舅爷支持赵氏的扶正，他更是大把大把地花钱。先是把王德、王仁请到一间密室里，一人送上一百两银子。又备了二十多桌酒席，"遍请诸亲六眷"，不顾王氏病危，要立赵氏为妻。严监生为王氏的葬礼，"修斋、理七、开丧、出殡，用了四五千两银子"。"赵氏感激两位舅爷入于骨髓，田上收了新米，每家两石；腌冬菜，每家也是两石；火腿，每家四只；鸡、鸭、小菜不算。"王德、王仁要赴乡试，严监生又恭恭敬敬地送上大笔盘费，"每位怀里带着两封，谢了又谢"。

严监生的妻子王氏也并不吝啬，据赵氏介绍："你也莫要说大娘的银子没用处，我是看见的。想起一年到头，逢时遇节，庵里师姑送盒子，卖花婆换珠翠，弹三弦琵琶的女瞎子不离门，那一个不受他的恩惠？况他又心慈，见那些穷亲戚，自己吃不成，也要把人吃，穿不成的，也要把人穿。"

可见王氏平日的为人。

王小二、黄梦统告到县里,严贡生见势不好,一走了事,是严监生"连在衙门使费共用去了十几两银子,官司已了"。严监生替哥哥出钱糊弄过去。从这些地方去看,严监生不能算是太吝啬,只能说是节俭,又加上怯懦。他实在是活得太累。面对着强横亲戚的包围和觊觎,如何保住这十多万家私,不能不让他煞费苦心。他对兄弟严贡生的贪婪似乎有充分的估计,所以他的方针是联合两位舅爷来对付严贡生。为了争取王氏兄弟的支持,他不惜血本,尽力巴结。对于一个守财奴来说,付出这么大的本钱已经是非常的痛苦,更可怕的是自己的身体渐渐地支撑不住。剩下孤儿寡母,如何保住这份家产,不能不使他忧虑万分。"新年不出去拜节,在家哽哽咽咽,不时哭泣,精神颠倒,恍惚不宁。过了灯节后就叫心口疼痛,初时撑着,每晚算账直算到三更鼓。"赵氏劝他"这家务事就丢开了罢",他无奈地回答:"我儿子又小,你叫我托那个?我在一日,少不得料理一日。"他要站好最后一班岗。"睡在床上,想着田上要收早稻,打发了管庄的仆人下乡去,又不放心,心里只是急躁。"作者没有直接去描写此时此刻严监生的心理活动,只是说他"早上吃过药,听着萧萧落叶打的窗子响,自觉得心里虚怯,长叹了一口气,把脸朝床里面睡下"。心情这样长期地抑郁,精神负担这样重,严监生怎能不死!在最需心理描写的地方，恰恰没有多少心理的描写，这正是中国古典小说的一个特点。但是，这并不等于说，中国古典小说的作者不明白把握人物心理的重要，只是说明他们更青睐于一种含蓄的风格罢了。

严贡生和严监生成为绝好的对比。严监生一生勤俭，严贡生挥霍成性。严监生胆小怕事，过得战战兢兢、如履薄冰；严贡生无所顾忌，活得趾高气扬、扬扬得意。严监生只有一个儿子，体弱多病；严贡生却人丁兴旺，五个儿子，个个如狼似虎。严监生拥有巨额财产，独子单传，却未见他有一日享受。严监生辛辛苦苦一辈子，所攒下的财富，都是为严贡生作嫁衣裳。严贡生该花就花，该吃就吃，花梨椅子，搬出去换肉包子，严贡生几乎把家产花光，没有看见他有一日艰难困苦。严监生天天生活在忧虑之中，严贡生则没见他有一日忧愁。严监生在诉说严贡生挥霍的同时，暴露了自己的吝啬。严贡生在嘲笑严监生不济的同时，却暴露了自己的刁钻。作者一石二鸟，让他们互相揭露，各自暴露自己的丑陋。

他总能抓住理

严贡生是读者深恶之人，可是，他总能抓住理。严家的小猪跑到邻居王小二家，王小二给送了回来。"严家说，猪到人家，再寻回来最不利市。押着出了八钱银子把小猪就卖与他。"猪在王家养到一百多斤，"不想错走到严家去，严家把猪关了"，说猪本来是他家的，"你要讨猪，照时值估价，拿几两银子来，领了猪去"。黄梦统向严家借钱，"写立借约送在严府"，"却不曾拿他的银子"。后来听人说严家的钱不是好借的，就想拿回借约，严家说，几个月过去了，"因不曾取约，他将二十两银子也不能动，误了大半年的利钱"，该是黄梦统出。严贡生为了赖掉十二两银子的船资，故意将几片云片糕遗忘在船板上，掌舵的馋嘴吃了。不怕你吃，就怕你不吃。严贡生硬说那是几百两银子制成的高级药：

掌舵的道："云片糕无过是些瓜仁、核桃、洋糖、粉面做成的了,有甚么东西?"严贡生发怒道:"放你的狗屁!我因素日有个晕病,费了几百两银子合了这一料药,是省里张老爷在上党做官带了来的人参,周老爷在四川做官带了来的黄连!你这奴才!'猪八戒吃人参果,全不知滋味'!说的好容易,是云片糕!方才这几片,不要说值几十两银子,'半夜里不见了枪头子,攮到贼肚里',只是我将来再发了晕病,却拿甚么药来医?你这奴才,害我不浅!"

可惜当时没有化验的技术,是云片糕还是高级药,反正已经吃在肚里,很难说得清楚,后悔也来不及了。可怜掌舵的"吃的甜甜的",竟没注意其中含有昂贵的黄连。千不该万不该一时嘴馋,以为"那是老爷剩下不要的"。看来,凡事都不能想当然的。最可恨是船家还一个劲地说是云片糕,难怪严贡生要生气发怒:"还说是云片糕!再说云片糕,先打你几个嘴巴!"两边吵闹的时候,脚子在旁边插嘴说:"方才若不如是着紧的问严老爷要喜钱、酒钱,严老爷已经上轿去了,都是你们拦住那严老爷,才查到这个药。"作为旁观者的脚子看得十分清楚,严贡生挖空心思演出的这幕戏,不过是为了赖掉那十二两船资。作者借旁观者的旁敲侧击,对这幕丑剧做了一个说明和总结。多亏众人说情,严老大也见好就收,顺风转弯:"既然你众人说,我又喜事匆

清　查士标《四季山水图册》(其一)

儒林外史：
名利的炙烤

匆,且放着这奴才,再和他慢慢算账!不怕他飞上天去!""骂毕,扬长上了轿,行李和小厮跟着,一哄去了。船家眼睁睁看着他走去了。"那手法竟和鲁提辖拳打镇关西如出一辙:"拔步便走,回头指着郑屠户道:'你诈死,洒家和你慢慢理会。'一头骂,一头大踏步去了。"但鲁提辖是见义勇为以后的见机行事,严贡生是厚颜无耻的无赖伎俩。

严贡生去省里参加会试,恰好这时弟弟严监生死了。回来以后,严贡生装模作样去吊唁,"到柩前叫声'老二',干号了几声,下了两拜"。王德说:"我们至亲的也不曾当面别一别,甚是惨然!"严贡生道:"岂但二位亲翁,就是我们弟兄一场,临危也不得见一面。但自古道:'公而忘私,国而忘家。'我们科场是朝廷大典,你我为朝廷办事,就是不顾私亲,也还觉得于心无愧。"孔子说过:"君子坦荡荡,小人长戚戚。"现在看来,这句话是未必确切的了。严贡生干的都是亏心的事,可他的良心并不因此有所不安,"也还觉得于心无愧"。"白天已作亏心事,半夜敲门心不惊。"这才是严贡生的市侩本色啊。

赵氏刚刚扶正,严监生死了。屋漏偏逢连夜雨,不久,严监生的儿子病死,赵氏"要立大房里第五个侄子承嗣"。严贡生的机会来了。船行水中,回家的路上,严贡生不但想好了赖掉船资的计划,而且有关吞并亡弟遗产的方案也已经胸有成竹。严贡生的计划非常狠毒,先否定赵氏的继室身份，由此打开缺口，否定她的财产继承权，如此一来，严贡生就可以一口吞并弟弟的全部家产。历年来，严贡生大肆挥霍，早已坐吃山空，恰好老二家面临绝嗣的危险，真是天赐良机。这边亲弟弟尸骨未寒，那边亲哥哥作为一个接收大员，就雄赳赳、气昂昂地打上门来。这还有没有一点人伦？我们可以想象得出来，吴敬梓是带着多么憎恨的感情，来刻画这么一个衣冠禽兽。严贡生一口咬定赵氏是小老婆，并当众宣布：这种"小老婆当家"的局面是再也不能维持下去了。况且"我们乡绅人家，这些大礼都是差错不得的"。赵氏哭闹，"号做一片"，"严贡生听着不耐烦，道：'像这泼妇，真是小家子出身，我们乡绅人家，那有这样规矩！不要恼犯了我的性子，揪着头发臭打一顿，登时叫媒人来领出发嫁！'"可怜那些家人也不向着平时"装尊，作威作福"的赵氏，认为严贡生"到底是个正经主子"，不敢也不愿和他理论。族长严振先"平日最怕的是严大老官"，那二王关键时刻又撤回了他们的支持。于是，赵氏的处境越发困难。幸好"那汤知县也是妾生的儿子"，"府尊也是有妾的"，没有向着严老大。但严老大真理在手，"务必要正名分"，他要排除万难，把官司进行到底。最后，在不屈不挠的努力之下，严贡生终于获得亡弟家产的十分之七，"仍旧立的是他二令郎"。

谁都憎恨严贡生，可谁都怕严贡生。邻居们平时让他欺负怕了，恨他是不必说；船家让他连骗带诈，敢怒而不敢言；二王虽然是假道学，也鄙视严老大的吝啬；弟弟严监生更是"终日里受大房里的气"；家人背地里骂他"臭排场"；知县、府尊都嫌他多事；族长讨厌他，却不敢得罪他。恶鬼，谁都怕，没人能治他。严贡生干的都是没理的事情，但是他总能抓住理。吴敬梓曾经经历过一场家难，父亲去世以后，族人来抢夺他的家产。严贡生正是此类族人的影子。吴敬梓对这种市侩式的人物深恶痛绝，所以一反含蓄的风格，放手大写其可恶。

王德王仁

《儒林外史》中重要的人物都有自己的故事。譬如马二先生，他有许多自己的故事：枕箱案中的见义勇为，游西湖时的迂腐，差点为洪憨仙所骗，遇匡超人，如何地资助他、教导他。再如匡超人，作者描写了他蜕变的全过程，先是由马二先生引出匡超人，然后笔头转向匡超人，写他回乡，如何孝顺他的病父，如何夜晚读书，感动了知县，进学，在杭城的名士群中他如何地受到熏染，遇到潘三以后如何越来越堕落，几乎都是跟踪式的叙述和描写。如匡超人、马二先生之类人物，他们的艺术形象主要是靠自己的故事树立起来的。

小说里的人物，可以用正面的描写，也可以用侧面的描写。烘托的手法、侧面的描写运用得好，自然会有锦上添花的效果。像严贡生这种人物，他有很多自己的故事：向张静斋和范进吹嘘自己，赖人家的猪，为儿子举办婚礼时的小气和臭排场，赖人家的钱，赖船资，夺亡弟的遗产。与此同时，又有一些侧面的描写，如严监生的揭露："家兄寸土也无，人口又多，过不得三天，一买就是五斤，还要白煮的稀烂，上顿吃完了，下顿又在门前赊鱼。当初分家，也是一样田地，白白都吃穷了。而今端了家里花梨椅子，悄悄开了后门，换肉心包子吃。你说这事如何是好？"他的二儿子结婚，又舍不得花钱，吹手迟迟不来，严贡生大发雷霆，四斗子"骨都着嘴，一路絮聒了出去，说道：'从早上到此刻，一碗饭也不给人吃，偏生有这些臭排场！'"很显然，严贡生的形象，主要是依靠属于他自己的故事。这就好比《红楼梦》里凤姐的形象，主要是靠"毒设相思计""协理宁国府""弄权铁槛寺"等一系列凤姐自己的故事；周瑞家的、兴儿等人对她的评价和议论只是起一种辅助的作用。

像权勿用这样的人物，有直接的描写，写他的进城，写他与杨执中的反目，写他被萧山县"一条链子锁去了"；可是，侧面的描写更有分量，这便是宦成在船上听到的一番话：

> 他是个不中用的货，又不会种田，又不会作生意，坐吃山崩，把些田地都弄的精光。足足考了三十多年，一回县考的覆试也不曾取。他从来肚里也莫有通过，借在个土地庙里训了几个蒙童。每年应考，混着过也罢了，不想他又倒运，那年遇着湖州新市镇上盐店里一个

123

伙计——姓杨的杨老头子来讨账,住在庙里,呆头呆脑,口里说甚么天文地理、经纶匡济的混话。他听见就像神附着的发了疯,从此不应考了,要做个高人。自从高人一做,这几个学生也不来了,在家穷的要不的,只在村坊上骗人过日子,口里动不动说:"我和你至交相爱,分甚么彼此?你的就是我的,我的就是你的。"

杭城的名士群中,赵雪斋、景兰江、支锷,都缺乏有分量的属于自己的故事。景兰江有一些零碎的描写,而支锷的形象几乎全靠潘三的一番介绍:

这一班人是有名的呆子。……那一个姓支的是盐务里一个巡商,我来家在衙门里听见说,不多几日,他吃醉了,在街上吟诗,被府里二太爷一条链子锁去,把巡商都革了,将来只好穷的淌屎!

小说描写一个人物,可以盯着他写,也可以分散地写。笔头跟着一个人物,当然容易获得集中的印象;但是,在长篇小说里,由于头绪纷繁,人物众多,中心人物、重要人物之外,一般的人物、辅助的人物都只能分散地去描写。这就要求作者采用灵活的方法来处理,中心的人物必须安排一些有分量的足以表现他思想性格的故事,或者有分量的对话,辅助的人物可以分散地、穿插地去写，让读者一点一点地去凑成一个完整的印象。在严贡生、严监生的故事中，出现了王德、王仁这样两个辅助的人物。有关"二王"的叙述，始终没有集中的描写，只有分散的、附带于他人的描写，他们的出现主要是为塑造"二严"服务。譬如作者借二王的对话来写严贡生的吝啬：

> 王仁道："老大而今越发离奇了，我们至亲，一年中也要请他几次，却从不曾见他家一杯酒。想起还是前年出贡竖旗杆，在他家扰过一席。"王德愁着眉道："那时我不曾去。他为出了一个贡，拉人出贺礼，把总甲、地方都派分子，县里狗腿差是不消说，弄了有一二百吊钱，还欠下厨子钱，屠户肉案子上的钱至今也不肯还，过两个月在家吵一回，成甚么模样！"

作者又借二王与严监生的交往，写出严监生的死因。那么一个节俭吝啬的人，为了将赵氏扶正，不得不拿出大把大把的银子来讨好二王，他的心里不知有多么痛苦！当然，二王作为文学形象，其作用也不仅是辅助，而是自有其独立的意义。

严监生是个有钱而胆小的人，他要将赵氏扶正，又怕别人说闲话，其中王氏的兄弟——二王自然是关键。于是他不惜工本地拉拢二王。王氏病重,终于同意将赵氏扶正做填房,严监生早就等着这句话,第二天就把二位舅爷请来,商量此事。严监生的用意,无非是要取得二王的首肯,使赵氏扶正的事情具有某种合法性。二王看了病危的王氏,"把脸本丧着,不则一声"。此时此刻,二王心里横梗着一个遗产的问题,他们并非在为亲妹王氏悲哀。没有得到好处,撑着,暂不表态,此时无声胜有声。严监生虽然吝啬,但也知道该花的钱是一个子也不能省的。待到两封银子递到二王的手里,二王的态度立刻大变:

> 王仁道:"方才同家兄在这里说,舍妹真是女中丈夫,可谓王门有幸。方才这一番话,恐怕老妹丈胸中也没有这样道理,还要恍恍惚惚,疑惑不清,枉为男子!"王德道:"你不知道,你这一位如夫人关系你家三代。舍妹殁了,你若另娶一人,磨害死了我的外甥,老伯老伯母在天不安,就是先父母也不安了。"王仁拍着桌子道:"我们念书的人,全在纲常上做工夫,就是做文章,代孔子说话,也不过是这个理。你若不依,我们就不上门了!"严致和道:"恐怕寒族多话。"两位道:"有我两人做主。但这事须要大做,妹丈,你再出几两银子,明日只做我两人出的,备十几席,将三党亲都请到了,趁舍妹眼见,你两口子同拜天地祖宗,立为

正室，谁人再敢放屁！"严致和又拿出五十两银子来交与，二位义形于色的去了。

好一个"义形于色"，好一个"全在纲常上做工夫"，是什么"念书的人"！现在迫不及待的不是严监生和赵氏，而是二王。难怪"赵氏感激两位舅爷入于骨髓"。"舍妹"还没有咽气，二位兄弟在这里就迫不及待地要行扶正的大礼。二王的"大做"，简直就是催死的令箭。对二王来说，这种虚伪已经成为本能，非常自然，没有一点勉强。有钱能使鬼推磨。可二王偏偏要做出慷慨激昂、义正词严的模样。此其所以为假道学。严监生死后，他的儿子又不幸夭折，夺产大戏拉开序幕，二王在紧要关头却采取了置身事外、袖手旁观的立场。

在这里我们看到，虽然小说对于二王并没有集中的描写；但是，由于作者对此类人物的熟悉，对他们内心世界的把握，这些分散的描写依然给我们留下了难忘的印象。

再如周进故事中的梅玖，也是一个很好的例子。周进自然是故事的中心，梅玖这个人物显然是个陪衬，作者写梅玖是为了写出周进所生活的那个环境。从梅玖、夏总甲、申祥甫到举人王惠，正是周进所生活的环境，这个环境就是造成周进在科举的道路上苦苦攀登、至死不悔，乃至在贡院发疯撞号板的社会根源。有关梅玖的描写是分散的，梅玖的前倨后恭，与胡屠户并无二致，只是比较分散，所以没有胡屠户那么明显罢了。梅玖虽然是个辅助的人物，但由于作者功力的深厚，依然栩栩如生，有他独立的意义。薛家集宴请时梅玖的表演是写他的"前倨"，把这位新秀才的自命不凡，那种肤浅、倨傲、尖酸刻薄，刻画得入木三分。梅玖是新进的秀才，集上请他来赴宴，这可是梅玖夸耀新身份的机会，所以他"老早到了"。周进来了，"梅玖方才慢慢的立起来和他相见"。可见他的站起来已是十二分的勉强。在谦让座位的时候，梅玖郑重其事地声明：

> 你众位是不知道我们学校规矩，老友是从来不同小友序齿的。只是今日不同，还是周长兄请上。

看来他今日是高姿态，发扬风格，权且让周进坐了上席。可恶的是，梅玖在酒席上几次三番地挖苦周进。他借着一个笑话，放肆地向可怜的老童生发起进攻：

> 他便念道："呆，秀才，吃长斋，胡须满腮，经书不揭开，纸笔自己安排，明年不请我自来。"念罢，说道："像我这周长兄如此大才，呆是不呆的了。"又掩着口道："秀才，指日就是；那'吃长斋，胡须满腮'，竟被他说一个着！"说罢，哈哈大笑。众人一齐笑

起来。

梅玖尖酸刻薄，句句刺在周进的心上。考了一辈子，年过花甲了，连个秀才都不是，这正是周进最大的隐痛。梅玖看准了这一点，借着自己新秀才的身份，拼命地加以挖苦。"如此大才"，显然是反话。如果真是有才，为什么连个秀才都不是呢？"指日就是"，当然是讽刺。大家笑够以后，梅玖又补充说："这个话不是为周长兄，他说明了是个秀才。"回手一枪，再一次确认周进不是秀才。哈哈的笑声里，梅玖陶醉在秀才身份所带来的无限满足之中。梅玖将自己的进学看得非常神秘：

> 就是侥幸的这一年，正月初一日，我梦见在一个极高的山上，天上的日头，不差不错，端端正正掉了下来，压在我头上，惊出一身的汗，醒了摸一摸头，就像还有些热。彼时不知甚么原故，如今想来，好不有准！

作者在后面借举人王惠来讽刺："比如他进过学，就有日头落在他头上，像我这发过的，不该连天都掉下来，是俺顶着的了？"关于梅玖，还有一些零碎的描写，譬如荀玫的名字还是梅玖给他起的："说自己的名字叫做'玖'，也替他起个'王'旁的名字发发兆，将来好同他一样的意思。"

可见,梅玖还真把自己的秀才身份当回事。范进当了山东学道,要责罚考了四等的梅玖,梅玖居然谎说周进是自己的业师,骗过了老实的学道大人,躲过一劫。第七回梅玖对和尚的那番话:"还是周大老爷的亲笔,你不该贴在这里,拿些水喷了,揭下来,裱一裱收着才是。"是写他的"后恭"。这些分散的描写,深一笔、浅一笔的,使读者一点一滴地凑成了一个完整的印象。

好名之累

蘧公孙出身于名士世家。祖父蘧祐、父亲蘧景玉，加上公孙，三代名士。门第清贵，家道殷实，和老阿呆杨执中、疯疯颠颠的权勿用、酸气逼人的胡三公子、呆头呆脑的景兰江之流自然不能同日而语。蘧祐为官清廉，为政宽弛，"准的词讼甚少，若非纲常伦纪大事，其余户婚田土，都批到县里去，务在安辑，与民休息"。简直是无为而治的光景。他喜欢的是琴棋书画。家里的布置是："一个小花圃，琴、樽、炉、几、竹、石、禽、鱼，萧然可爱。"蘧祐衙门里听的是"吟诗声、下棋声、唱曲声"。他拂衣归田的时候，"带着公子家眷，装着半船书画，回嘉兴去了"，显示出无官一身轻的潇洒和自在。

蘧祐的名士气质，并不适合做官，他自己也觉得"宦海风波，实难久恋"，"在风尘劳攘的时候，每怀长林丰草之思"。他的儿子蘧景玉也是一派名士风度，一出场就是一个"少年幕客"，他在范学道那里当幕僚，帮他看看卷子之

类。他好像有点使才逞能的性格,很喜欢开玩笑。他居然下套挖坑,把学道大人调理一番:

> 老先生,这件事倒合了一件故事。数年前有一位老先生点了四川学差,在何景明先生寓处吃酒,景明先生醉后大声道:"四川如苏轼的文章,是该考六等的了。"这位老先生记在心里,到后典了三年学差回来,再会见何老先生,说:"学生在四川三年,到处细查,并不见苏轼来考,想是临场规避了。"说罢将袖子掩了口笑;又道:"不知这荀玫是贵老师怎么样向老先生说的?"

可怜"范学道是个老实人,也不晓得他说的是笑话,只愁着眉道:'苏轼既文章不好,查不着也罢了,这荀玫是老师要提拔的人,查不着不好意思的。'"作者借此挖苦堂堂的学道大人,居然不知苏轼为何人。蘧景玉的第二次出场,是代替年迈的父亲去办理交接的事宜。我们看他"翩然俊雅,举动不群",谈吐文雅,不卑不亢。虽然讽刺王惠要将"吟诗声、下棋声、唱曲声"一变而为"戥子声、算盘声、板子声";但是,话说得还是非常委婉得体。蘧景玉英年早逝,教育蘧公孙的责任便落在蘧祐的身上。蘧祐对孙子的教育也是名士的一套。他对功名看得很淡,也并不热心将蘧公孙培养成一个进士,"不曾着他去从时下先生","举业也不曾十分讲究"。只是"自己教他读些经史","倒常教他做几首诗,吟咏性情,要他知道乐天知命的道理"。蘧公孙做了几首诗,蘧祐便"取几首来与二位表叔看",替他宣扬,让他早早成名。可惜蘧公孙没有继承祖父和父亲的学问和深沉,只是继承了好名的毛病。

蘧公孙因为一个偶然的机会,从王惠那里得了《高青丘集诗话》,又听得祖父说"这本书多年藏之大内,数十年来,多少才人求见一面不能,天下并没有第二本",便产生了作假的念头。这样一本谁都没有见过的海内孤本,正是作假的理想的材料。蘧公孙的沽名钓誉之心,深入骨髓。他投机取巧,视孤本为求名捷径。于是他"竟去刻了起来,把高季迪名字写在上面,下面写'嘉兴蘧来旬骏夫氏补辑'。刻毕,刷印了几百部,遍送亲戚朋友"。那效果也真不错:"浙西各郡都仰慕蘧太守公孙是个少年名士。"有了知名度,蘧公孙也就打进名士圈,吟诗作赋,"同诸名士赠答"。蘧祐后来知道了,居然"成事不说,也就此常教他做些诗词,写斗方,同诸名士赠答"。蘧祐之好名及平日之娇纵公孙,也就可想而知。谁知蘧公孙因此得名,也因此而差点丢了性命。王惠是钦犯,他送给蘧公孙的枕箱便是钦赃。偏偏蘧公孙又把枕箱的来历统统去告诉丫鬟双红。双红没文化,不知枕箱的利害,只是模模糊糊地知道,皇帝要这个箱子,王太爷不敢带在身边,给了姑爷之类。双红与宦成私奔,枕箱的秘密又为差役得知。于是，枕箱成为差役和宦成讹诈蘧公孙的工具。幸亏古道热肠的马二先生见义勇为，将枕箱赎回，一场弥天大祸消解于无形之中。蘧公孙避免了倾家荡产、破家亡身的灭顶之灾。蘧公孙差一点因名得祸，这就是好名之累啊！他在娄家表叔一番豪举落得扫兴之后，有所觉悟，"因把这做名的心也看淡了，诗话也不刷印送人了"。转而想找几个举业的朋友亲近亲近。但是，江山易改，本性难易，好名之心，深入骨髓。蘧公孙又想在马二先生的选本上"站封面"，"以附骥尾"。这当然是一个无理要求，这是涉及著作权的问题。开始的时候，遭到了马二先生的拒绝：

> 这事不过是名利二者。小弟一不肯自己坏了名，自认做趋利。假若把你先生写在第二名，那些世俗人就疑惑刻资出自先生，小弟岂不是个利徒了？若把先生写在第一名，小弟这数十年虚名，岂不都是假的了？还有个反面文章是如此算计，先生自想，也是这样算计。

谁知后来马二先生竟向蘧公孙妥协了："走到状元境，只见书店里贴了许多新封面，内有一个写道：'《历科程墨持运》。处州马纯上、嘉兴蘧骃夫同选。'"马二先生为此付出了很大的代价，浙江的所谓二十年的老选家卫体善便攻击他："他在嘉兴蘧坦庵太守家走动，终日讲的是些杂学。"

卫体善是从物以类聚、人以群分的常理去推断，其实马二先生最反对杂学，终日讲的是理法，而不是杂学。蘧公孙的好名不仅使自己受累，也株累到了马二先生。马二先生是受累于喜欢杂学的蘧公孙。

求名的途径

名利名利，名和利常常连在一起，所谓名利双收，有名有利，争名于朝，争利于市，争名夺利，名缰利锁，名利之徒，诸如此类，等等不一。因为有了名，常常就会有利，精神变物质，物质变精神，所以名和利常常连在一起。改革开放以后，很多人忽然明白了这个道理，挖空心思地炒作、作秀，追求知名度，追求品牌效应。一个冠名权要用几万几十万，乃至几千万上亿元去买。其实古代就有千金买誉的说法，战国时代的冯谖焚券为孟尝君求誉便是一例。早先为自己出名是用好事来炒作、作秀，现在是坏事也可以用来炒作，也可以提高知名度。可怕的不是做了坏事，而是好事也没做，坏事也没做，因此被人遗忘。人真是越来越聪明了。所谓不计名利，所谓不求名，不求利，否定的时候名和利也放在一起。庄子说："至人无己，神人无功，圣人无名。"是把名和利的关系看得非常透的。但名和利毕竟是不同的：名是名誉、名声，是一种舆论，是社会对个人对事物的价值评价；利是看得见、摸得着的实实在在的物质利益。利比较明显，名比较隐晦；利是直接的好处，名是间接的好处。求利容易受到鄙视，求名不易引起反感。中国传统的知识分子可以抵御利的吸引，但很难拒绝名的诱惑。有的名是无意得之，有的名是有意争取而来。有意求名和无意得名的界限往往非常模糊；所以，要对求名的行为进行鉴别是有困难的，要进行评价就更加困难。

名和选举制度关系甚大。汉代的察举制度，两晋的九品中正制，使名声成为荐举的主要依据。名声决定了一个人能否被荐举，能否跻身统治者的行列。冯梦龙所编纂的《醒世恒言》的第二卷《三孝廉让产立高名》，讲的是东汉的故事，其实就是一个求名的骗局，但冯梦龙把它当作美谈，称赞得不得了。隋唐时代，中国有了以考试为主的科举制度，这种制度使名声的因素降低，考试的成绩成为主要的因素。但是，有没有权势者的推荐还是非常重要。名声的因素、门第的因素，在唐代还是非常起作用。李白、杜甫和韩愈那样的天才，那样的自负自信，也免不了向当道的权贵献诗献文以宣扬名声。宋代以后，门第的因素大大削弱，考试的作用大大提高，名声的作用进一步降低，追求虚名而在场屋里失败的人被人看不起。科场上的胜利者们藐视这些有名而未能在科场上夺标的可怜虫。鲁翰林问娄家公子"近来可有几个有名望的人"，娄家公子就说有个杨执中。鲁翰林却"愁着眉道"："但这样的人，盗虚声者多，有实学者少。"泛泛地看，鲁翰林说得不无道理；但鲁翰林所谓实学，其实只是举业。举业行就有学问，举业不行，那就没学问。他的女儿受他影响，说："几曾看见不会中进士的人可以叫做个名士的？"鲁小姐把是不是进士作为名士的标准，这个标准太窄，可能不会得到一般人的承认，她是高标准，严要求，是恨铁不成钢，所以才这么说。

怎样才能成为名士呢？当然是先要求名。我们看《儒林外史》里形形色色的名士和准名士，他们各有各的求名之道。蘧公孙为了"做这一番大名"，竟把《高青丘集诗话》"刻了起来，把高季迪名字写在上面，下面写'嘉兴蘧来旬骖夫氏补辑'"。然后"刷印了几百部，遍送亲戚朋友。人人见了赏玩不忍释手"。然而，蘧公孙的求名之道没有普遍的意义，因为《高青丘集诗话》这种海内外孤本，可遇不可求，一般人没有这样的机会。最常用、最便捷的求名之道是自吹。

牛玉圃是个典型。他张口就来，成为一种习惯性的自吹：

> 我不瞒你说，我八轿的官也不知相与过多少，那个不要我到他衙门里去？我是懒出门。而今在这东家万雪斋家，也不是甚么要紧的人，他图我相与的官府多，有

些声势，每年请我在这里，送我几百两银，留我代笔。代笔也只是个名色，我也不奈烦住在他家那个俗地方，我自在子午宫住。你如今既认了我，我自有用的着你处。

只为我的名声太大了，一到京，住在承恩寺，就有许多人来求，也有送斗方来的，也有送扇子来的，也有送册页来的，都要我写字、做诗，还有那分了题、限了韵来要求教的。昼日昼夜打发不清。才打发清了，国公府里徐二公子不知怎样就知道小弟到了，一回两回打发管家来请，他那管家都是锦衣卫指挥，五品的前程，到我下处来了几次，我只得到他家盘桓了几天。临行再三不肯放，我说是雪翁有要紧事等着，才勉强辞了来。二公子也仰慕雪翁，尊作诗稿是他亲笔看的。

这是我二十年拜盟的朋友，我怎么不认的？我知道了。

牛玉圃的吹牛已经成了一种精神需要，他的吹牛是不问对象的，见了初出茅庐的牛浦不妨大吹一通，见了盐商万雪斋也是大吹特吹，见了船家也是吹，碰到"丰家巷婊子家掌柜的乌龟王义安"，他也照例地乱吹一通：

(牛玉圃)向牛浦道:"你快过来叩见。这是我二十年拜盟的老弟兄,常在大衙门里共事的王义安老先生。快来叩见。"……牛玉圃道:"我和你还是那年在齐大老爷衙门里相别,直到而今。"王义安道:"那个齐大老爷?"牛玉圃道:"便是做九门提督的了。"王义安道:"齐大老爷待我两个人是没的说的了。"

这些鬼话当然是说给牛浦听的。"二十年拜盟的老弟兄"是牛玉圃的口头禅,只是王义安反应迟钝,思维缓慢,配合还不够默契,还要问是哪个齐大老爷,难道除了"做九门提督的"齐大老爷之外,还有第二个齐大老爷不成?自吹成性,吹牛没了边,结果付出沉重的代价。老牛低估了小牛的贼智,让小牛着实调理了一回。他不懂后生可畏的道理,好吹牛把自己吹晕了。自吹以外,互相吹捧也是必不可少的。杨执中吹嘘权勿用"真有经天纬地之才,空古绝今之学",是"处则不失为真儒,出则可以为王佐"的人物。可惜两人相处不久,为了一点小事就闹翻了。景兰江崇拜的是赵雪斋,他吹嘘赵雪斋"诗名大,府、司、院、道,现任的官员,那一个不来拜他?人只看见他大门口,今日是一把黄伞的轿子来,明日又是七八个红黑帽子吆喝了来,那蓝伞的官不算,就不由的不怕"。

权勿用的求名之道又是一路。他没有善本可供剽窃,也没有什么当官的朋友,他是用怪异的举止来耸人耳目,以此求名。听了杨执中的"甚么天文地理、经纶匡济的混话,他听见就像神附着的发了疯,从此不应考了,要做个高人。自从高人一做,这几个学生也不来了,在家穷的要不的,只在村坊上骗人过日子"。

名士的名使那些准名士非常羡慕,牛浦偷了已故的牛布衣的诗稿,"又见那题目上都写着:'呈相国某大人','怀督学周大人','娄公子偕游莺脰湖分韵,兼呈令兄通政','与鲁太史话别','寄怀王观察',其余某太守、某司马、某明府,某少尹,不一而足"就得到启发:"这相国、督学、太史、通政以及太守、司马、明府,都是而今的现任老爷们的称呼,可见只要会做两句诗,并不要进学、中举,就可以同这些老爷们往来。何等荣耀!"名士是常常自吹、互吹,那些准名士呢,也学会了。匡超人便自吹:"小弟的选本,外国都有的!"牛浦则自吹董老爷如何地敬重他。

名与名也不一样,像杭城名士群的那种名并没有多大的实际好处,难怪被潘三看不起,说"这一班人是有名的呆子",那景兰江开头巾店,本来有两千两银子的本钱,"一顿诗做的精光"。另一位盐务里的巡商支锷,"吃醉了,在街上吟诗,被府里二太爷一条链子锁去,把巡商都革了,将来只好穷的淌屎"。潘三奉劝匡超人要做些"有想头的事",

"这样人同他混缠做甚么"。那匡超人"果然听了潘三的话,和那边的名士来往稀少"。可见名能否转化为利是不一定的。

名士的做作

我们读《世说新语》，会觉得那些名士或多或少有些做作。其实这也不奇怪，名士之所以成为名士，必有一些与众不同之处。这些与众不同之处，有些或许出于自然，有些就未必出于自然。那些并非出于自然之处当然会使人觉得做作。时时处处想着自己是个名士，必须脱俗，与庸众拉开距离，这就难免会矫情而勉强自己。同为名士，他们的层次天差地别，名士也不都是假的，也不是都靠吹的，像杜慎卿那样的名士，和牛玉圃、权勿用那些假名士相比，自不能同日而语；和蘧公孙那样并无实学的名士也无法相提并论。杜慎卿的自然条件不错，他有显赫的门第，潇洒的风度，"面如傅粉，眼若点漆，温恭尔雅，飘然有神仙之概"，"有子建之才，潘安之貌"，是"江南数一数二的才子"。他一出场，那种自负自信就给人深刻的印象。别人奉承他是府里合考二十七州县诗赋的首卷，他便"自谦"地说："这是一时应酬之作，何足挂齿。况且那日小弟小恙进场，以药物自随，草草塞责而已。"有病的情况下,"草草塞责","应酬"一下,便是一个"二十七州县诗赋的首卷"!如果好好发挥,真不知到什么光景!

萧金铉拿出自己"前日在乌龙潭春游之作"来向杜慎卿请教,杜慎卿看了,"点一点头道:'诗句是清新的。'"勉强表扬一句,接着便不客气地批评说:"如不见怪,小弟也有一句盲瞽之言。诗以气体为主,如尊作这两句:'桃花何苦红如此?杨柳忽然青可怜。'岂非加意做出来的?但上一句诗,只要添一个字,'问'桃花何苦红如此,便是《贺新凉》中间一句好词。如今先生把他做了诗,下面又强对了一句,便觉索然了。几句话,把萧金铉说的透身冰冷。"这种毒舌的风格,自然是受了魏晋风度的影响。魏晋的时候,有一种品评之风,喜欢褒贬人物,以示高明。萧金铉建议即席分韵,杜慎卿便嘲笑说:"先生,这是而今诗社里的故套,小弟看来,觉得雅的这样俗,还是清谈为妙。"季恬逸提到季苇萧,杜慎卿便说:"我也曾见过他的诗,才情是有些的。"有限的勉强的肯定。宗先生和杜慎卿套近乎,杜慎卿事后对季苇萧鄙夷地说:"韦兄,小弟最厌的人,开口就是纱帽!方才这一位宗先生说到敝年伯,他便说同他是弟兄,只怕而今敝年伯也不要这一个潦倒的兄弟!"看杜慎卿的意思,周围无一可以让他看得上的人。书办"金东崖把自己纂的《四书讲章》送来请教",金走后,"杜慎卿鼻子里冷笑了一声,向大小厮说道:'一个当书办的人都跑了回来讲究《四书》,圣贤可是这样人讲的!'"表现出极大的蔑视。从这里可以看出,作者对于儒家经典还是非常尊重的。郭铁笔奉承他家门第尊贵,他事后向季苇萧说:"他一见我,偏生有这些恶谈,却亏他访得的确。"说到山水之好,他自述"无济胜之具,就登山临水,也是勉强"。丝竹之类,他又说:"偶一听之可也,听久了,也觉嘈嘈杂杂,聒耳得紧。"他的喝酒也与众不同,他酒量极大,却"不甚吃菜","只拣了几片笋和几个樱桃下酒"。吃点心时,"杜慎卿自己只吃了一片软香糕和一碗茶,便叫收下去了,再斟上酒来"。

杜慎卿既然自命不凡,世无知己,也就常常会顾影自怜,自我欣赏。用现在的话来说,杜慎卿有一种自恋情结。雨花台上,杜慎卿望着万家灯火,望着长江东去,"到了亭子跟前,太阳地里看见自己的影子,徘徊了大半日"。季苇萧说要寻知己,"还当梨园中求之"。杜慎卿拍膝嗟叹道:"天下终无此一人,老天就肯辜负我杜慎卿万斛愁肠,一身侠骨!"说着,掉下泪来。韦四太爷说他"尚带着些姑娘气",或许就是指的这一类事情。

杜慎卿可以大把地花钱,办一个莫愁湖花会,让六七十个唱旦的戏子来选美。但是,当鲍廷玺跪下来向他借钱的时候,可把他吓了一跳,他说自己的钱要留着准备中举以后使唤。不借倒也罢了，他偏偏会介绍鲍廷玺去找"大老官"杜少卿，并且出主意，告诉他骗杜少卿的窍门："我这兄弟有个毛病：但凡说是见过他家太老爷的，就是一条狗也是敬重的。你将来先去会了王胡子，这奴才好酒，你买些酒与他吃，叫他在主子跟前说你是太老爷极欢喜的人，他就连三的给你银子用了。"他给鲍廷玺出主意去骗杜少卿的银子，却不愿意暴露自己，所以他特意叮嘱鲍廷玺："他若是问你可认得我，你也说不认得。"难怪娄太爷说："慎卿虽有才情，也不是甚么厚道人。"莫愁湖的选秀大会，使他在江南博得了风流才子的名声。他明白，资助鲍廷玺却是稳赔不赚的买卖。作者显然是有意将杜慎卿的精明悭吝与杜少卿的糊涂滥施作一对比，借两位名士对金钱的不同态度将两人区分开来。对杜慎卿是讽刺其俊爽背后的吝啬算计，对杜少卿的描写，则反映了吴敬梓对当年纨绔习气的反思和否定。

杜慎卿最上心的事是娶妾，我们看他抓得很紧。先是见媒婆沈大脚，接着是听了季苇萧的鬼话，去神乐观看"男美"，耽误了一天。"次日便去看定了妾，下了插定，择三日内过门，便忙着搬河房娶妾去了。"可谓密锣紧鼓、马不停蹄。可是，他偏偏要向季苇萧自辩说："这也为嗣续大计，无可奈何……我太祖高皇帝云：'我若不是妇人生，天下妇人都杀尽！'妇人那有一个好的？小弟性情，是和妇人隔着三间屋就闻见他的臭气。"一听说神乐观有位"飘逸风流"的男美,他一个劲地打听情况:"你且说这人怎的?""你几时去同他来?""他住在那里?""他姓甚么?""次早起来,洗脸,擦肥皂,换了一套新衣服,遍身多熏了香。"结果是让季苇萧大大地作弄了一番,那所谓的美男竟是一个肥胖的道士:"一副油晃晃的黑脸,两道重眉,一个大鼻子,满腮胡须,约有五十多岁的光景。"

莫愁湖的选美比赛,是刻画杜慎卿的重头戏之一。如俞晓红老师所分析:"杜慎卿所关注的,乃是《请宴》《窥醉》《借茶》《刺虎》《思凡》这五出。《请宴》写红娘邀宴,张生表演将赴高唐的心态与情状;《窥醉》演妓女谢金莲与书生赵汝州的饮酒欢会事;《借茶》演张文远调戏阎婆惜事;《刺虎》演宫娥色诱李自成部将、灌醉后刺杀事;《思凡》则演小尼姑难耐寂寞、私逃下山、寻觅情郎的故事。小说于平淡之间,写杜慎卿对诸般风月剧的醉心,映衬他自诩风流、趣味不高的个性特征,借以讽刺此人自命清高而实沽名钓誉、爱女色兼好男风的伪士绅形象。"(《〈儒林外史〉〈红楼梦〉戏曲元素比较谈》)

杜慎卿的见解往往与众不同。雨花台上,他就靖难之变发表议论:"本朝若不是永乐振作一番,信着建文软弱,久已弄成个齐梁世界了!"与一般人同情方孝孺、讨厌永乐的情绪完全相反。更突出的是,他进一步认为:"方先生迂而无当。天下多少大事,讲那皋门、雉门怎么?这人朝服斩于市，不为冤枉的。"这就说得太过分了。是所谓语不惊人死不休。难怪卧评就此说道："慎卿生平一段僻性，已从方正学一段议论中露出圭角。"

明人徐渭有篇八股文，见于清人梁章钜所撰的《制艺丛话》，题目是《今之矜也忿戾》（出于《论语·阳货》），其中写道：

> 其自视也常过高，而身心性情之际每怀不平；其视人也常过卑，而亲疏远近之间鲜能当意。义利之辨未尝不明，但其所见者自以为义，而谓天下皆利也。是非之故亦未尝不悉，但其所执者自以为是，而谓天下皆非也。

这几句话正好可以移来形容杜慎卿的为人和思想。宋人朱熹谈到陶渊明时曾说：晋、宋人物，虽曰尚清高，然个个要官职，这边一面清谈，那边一面招权纳货。陶渊明真个能不要，此所以高于晋宋人物。杜慎卿就类似朱熹所说的那种晋宋人物。

一学就会

匡超人颇有一点小聪明，学什么都很快。匡超人涉世未深，在杭城斗方名士的圈子里，耳濡目染。他的乖巧发展为投机，他的聪明发展为浮躁。强烈的功名欲望，更是使他陷没在名利场中，不自警惕，反而自得其乐。他成为速成的时文选家，初学乍练的新手，居然操持起选政来。其粗心浮躁，粗制滥造，亦可想而知。人家称赞他的时文选批，"又快又好"，他居之不疑。他读了一晚上《诗法入门》，就能作诗。胡三公子进入斗方名士的群体以后，提高了自己的社会地位，匡超人由此得到启发，知道了虚名可以转化为实利的道理。他背弃父亲的临终嘱咐，长出一肚皮的势利见识。由此可以看到环境对人的影响。孔子说："父在，观其志；父没，观其行；三年无改于父之道，可谓孝矣。"（《论语·学而》）吴敬梓以匡超人的背弃父教来贬斥他的蜕变。匡超人和杭城的名士群来往不久，已经学得沽名钓誉、自吹自擂、厚颜无耻；上了潘三的贼船以后，益发加快了堕落的速度。

杭城名士群的吹吹拍拍，难以满足匡超人对金钱的欲望，潘三的一番教诲使匡超人大开眼界。在潘三的教唆下，匡超人伪造文书、充当枪手，开始越出法律的约束。一切都安排得天衣无缝，开考的那一天，匡超人穿上军牢夜役的那一套行头，随着众人，"吆喝了进去"。他偷偷地和金跃交换了角色，替金跃"做了文章"；"那童生执了水火棍，站在那里"。文章做完，匡超人和金跃又将衣服换过来，"神鬼也不知觉"。匡超人既有贼智，又有贼胆，他第一次充当枪手，居然就如此老练。我们不能不佩服匡超人的小聪明，他学什么都是一学就会。他的八股本来没有什么功底，马二先生给他出了题，"次日，马二先生才起来，他文章已是停停当当，送了过来"。马二先生刚刚培训了他两天，他居然就当起了杭城的选家。"屈指六日之内，把三百多篇文章都批完了。"比他的启蒙老师——迂腐的马二先生快多了。马二先生对蘧公孙说"时常一个批语要做半夜，不肯苟且下笔，要那读文章的读了这一篇，就悟想出十几篇的道理"，真是对工作极端的负责任，可惜效率不高。据出资的人说："向日马二先生在家兄文海楼，三百篇文章要批两个月，催着还要发怒，不想先生批的恁快！我拿给人看，说又快又细。"八股文选是短线产品，经销商怎能不急！同样是三百篇文章，一个是"屈指六日之内"，一个是"要批两个月"。质量虽然不敢恭维，但是，新锐少年，出手不凡，那速度和效

明　吴彬　《岁华纪胜图·登高》

儒林外史：
名利的炙烤

益却是毋庸置疑。他还会"把在胡家听的这一席话敷衍起来，做了个序文在上"，我们不能不承认他的善偷。他对牛布衣说："自从那年到杭州，至今五六年，考卷、墨卷、房书、行书、名家的稿子，还有《四书讲书》《五经讲书》《古文选本》，家里有个账，共是九十五本。"真是后生可畏。那销路也是非常的好："弟选的文章，每一回出，书店定要卖掉一万部，山东、山西、河南、陕西、北直的客人，都争着买，只愁买不到手。还有个拙稿是前年刻的，而今已经翻刻过三副板。"真是让人羡死。匡超人本来没学过作诗，为了赶赴西湖诗会，"便在书店里拿了一本《诗法入门》，点起灯来看。他是绝顶的聪明，看了一夜，早已会了。次日又看了一日一夜，拿起笔来就做，做了出来，觉得比壁上贴的还好些。当日又看，要已精而益求其精"。看了两天《诗法入门》，便会作诗，这文学理论的指导作用真是不可小觑，西湖名士的诗歌水平也就可想而知。他还挺有自知之明，已经"觉得比壁上贴的还好些"，却还要精益求精。

牛浦的小聪明也不在匡超人之下。匡超人自小还"上过几年学"，有一点文化底子，还接受过著名选家的指点；而牛浦的那点文化，却全凭自学。他自学诗歌，居然也有"一两句讲的来，不由的心里觉得欢喜"。他没有在官场混过，也没有在名士群中待过，但他冒充牛布衣，居然骗过了董瑛，没有一点破绽。官场上、名士间的那些应酬语言，居然运用得非常熟练："晚生山鄙之人，胡乱笔墨，蒙老先生同冯琢翁过奖，抱愧实多"，"小价村野之人，不知礼体，老先生休要见笑"，"晚生得蒙青目，一日地主之谊也不曾尽得，如何便要去"，"晚生即刻就来船上奉送"。

科场舞弊

《儒林外史》对科场的舞弊颇有揭露,其突出者有匡超人的当枪手代考,以及鲍文卿父子帮向知府监考时的所见所闻,等等。小说第二十六回,这样描写安庆考场的混乱情景:

> 安庆七学共考三场。见那些童生,也有代笔的,也有传递的,大家丢纸团,掠砖头,挤眉弄眼,无所不为。到了抢粉汤、包子的时候,大家推成一团,跌成一块,鲍廷玺看不上眼。有一个童生,推着出恭,走到察院土墙跟前,把土墙挖个洞,伸手要到外头去接文章,被鲍廷玺看见,要采他过来见太爷。鲍文卿拦住道:"这是我小儿不知世事。相公,你一个正经读书人,快归号里去做文章,倘若太爷看见了,就不便了。"忙拾起些土来把那洞补好,把那个童生送进号去。

吴敬梓显然是带着肯定的态度来描写鲍文卿的"宽容"。小说第三十七回，写六堂合考的时候，有人"竟带了一篇刻的经文进去"，带了也罢了，他竟糊里糊涂地把经文夹在卷子里，交了上去，结果被虞博士发现了。他不但不揭露这位考生，而且把夹带的经文悄悄地递给那位考生。那人后来去向虞博士表示感谢，虞博士说他错认了，并无其事。

我们如何去看待鲍文卿、虞博士的这种行为呢？在吴敬梓看来，这些舞弊的学子也是很可怜的，他们是在科举制度的驱使之下，在功名富贵的诱惑之下，做出很多糊涂的事情。账要记在科举制度上，吴敬梓是要把读者的憎恨转向八股取士的科举制度。孟子在《滕文公上》一篇中曾经说过这样的意思：统治者要礼貌地对待下属，从百姓那儿索取也要有一定的节制；如果统治者横征暴敛，使百姓衣食无着，铤而走险，然后施以刑罚，那就等于陷害百姓。吴敬梓对科场舞弊的态度正与此类似。我们知道，清代对科场舞弊的惩罚是最为严厉的。吴敬梓的曾祖吴国对就正好赶上了那次震惊朝野的丁酉科场大案。据金埴所撰《不下带编》卷五所载：

> 顺治十四年科丁酉，京闱及江南乡试皆被论劾。世祖章皇帝震怒，御殿亲校，可□□天仗森严，士子惊惧，多不能成文。有全椒吴公国对捧卷手战，仅书"天子独怜才"五字。御览大赏，准中举人。是科戊

戌，遂赐榜眼及第。

应该是探花及第，不是"榜眼及第"。可以从中想象出当年科场恐怖和吴国对侥幸的情形。科场的舞弊由来已久，泛泛而论，当然是一种破坏公平，破坏"游戏规则"的丑恶行为；但是，具体问题还可以具体分析。唐代的著名诗人温庭筠便是有名的枪手，孙光宪所撰《北梦琐言》卷四说："温庭筠字飞卿……每入试，押官韵作赋，凡八叉手而八韵成。多为邻铺假手，号曰'救数人'也。"想来也是一种"有偿服务"。当然，借此发泄科场失意的郁闷也是其中的原因之一。

枪手代考是比较严重的舞弊行为，还有许多其他的作弊行为。范进钦点山东学道，周进便嘱咐他，若是遇到荀玫，就照顾一下他。黄评讽刺道："不忘馒头、面筋之馈赠，多情多情！"王胡子道："后门口张二爷，他那儿子读书，少爷何不叫他考一考？"杜少卿道："他可要考？"胡子道："他是个冒籍，不敢考。"杜少卿道："你和他说，叫他去考。若有廪生多话，你就向那廪生说，是我叫他去考的。"因为杜少卿一句话，冒籍也无所谓了。荀玫刚中进士，母亲就去世了，王惠竟让他匿丧不报，以免耽误会试，一等又是三年。荀玫不敢匿丧，又想走夺情之例，托吏部掌案的金东崖商议，再去跟周司业、范通政求情，周、范二位居然说：

"可以酌量而行。"荀玫的情况不合夺情之例,"这夺情须是宰辅或九卿班上的官,倒是外官在边疆重地的亦可。若工部员外是个闲曹,不便保举夺情"。卧评感慨道:"呜呼!天下岂有报丁忧而可以'且再商议'者乎?妙在谋之以部书,而部书另自有法;谋之以老师,而老师'酌量而行'。迨至万无法想,然后只得递呈。"并且看出作者讽刺的含蓄:"此正古人所谓直书其事,不加论断,而是非立见者也。"

宋人罗大经的《鹤林玉露》甲编卷五曾经写到苏轼知贡举时的舞弊行为:

> 元祐中,东坡知贡举,李方叔就试。将锁院,坡缄封一简,令叔党持与方叔,值方叔出,其仆受简置几上。有顷,章子厚二子曰持曰援者来,取简窃观,乃《扬雄优于刘向论》一篇。二章惊喜,携之以去。方叔归,求简不得,知为二章所窃,怅惋不敢言。已而果出此题,二章皆模仿坡作,方叔几于阁笔。及折号,坡意魁必方叔也,乃章援。第十名文意与魁相似,乃章持。坡失色。二十名间,一卷颇奇,坡谓同列曰:"此必李方叔。"视之,乃葛敏修。时山谷亦预校文,曰:"可贺内翰得人,此乃仆宰太和时,一学子相从者也。"而方叔竟下第。坡出院,闻其故,大叹恨,作诗送其归,所谓"平生漫说古战场,过眼空迷日五色"者是也。

> 其母叹曰："苏学士知贡举，而汝不成名，复何望哉！"抑郁而卒。余谓坡拳拳于方叔如此，真盛德事。然卒不能增益其命之所无，反使二章得窃之以发身，而子厚小人，将以坡为有私有党，而无以大服其心，岂不重可惜哉！

苏轼有意将试题泄露于他所欣赏的李方叔，结果做事不密，反而便宜了政敌章惇的两个儿子。苏轼并非受贿卖题，他是出于爱才之心，生怕李方叔临场发挥不好，所以托人漏题于他。但是，这终究不是光明正大的行为。更为可怕的是，这件事正好落在政敌章惇的手里，让章惇小看了苏轼，"将以坡为有私有党"，难怪罗大经叹息说："岂不重可惜哉！"

芸芸众生

船到码头车到站

《儒林外史》描写人物，常常是三言两语，就刻画出一个活蹦乱跳的人物。好像泥人张、泥人常之流，三捏两捏，就捏出一个鲜活的人物。小说第二回描写的主角自然是周进，但那些其他的人物，也使人掩卷难忘。故事是从薛家集的头面人物们商议闹龙灯的一次集会引起的。薛家集说了算的人是夏总甲，试看作者如何设计夏总甲的出场：

> 正说着，外边走进一个人来，两只红眼边，一副锅铁脸，几根黄胡子，歪戴着瓦楞帽，身上青布衣服就如油篓一般，手里拿着一根赶驴的鞭子，走进门来，和众人拱一拱手，一屁股就坐在上席。这人姓夏，乃薛家集上旧年新参的总甲。

一看就是一个没有文化的人，帽子是"歪戴着"，青布衣服"就如油篓一般"；他很明白自己在薛家集举足轻重的地位，他知道和这些乡间的平头百姓实在没有必要讲什么客气，所以他"走进门来，和众人拱一拱手，一屁股就坐在上席"。何必像那些学里酸子讲那些假斯文呢！他的自我感觉非常好，大有一种船到码头车到站的光景。卧评就此感慨道："起首不写王侯将相，却先写一夏总甲。夫总甲是何功名，是何富贵，而彼意气扬扬，欣然自得，颇有'官到尚书吏到都'的景象。"围绕着周进的大量辅助人物的描写，有力地刻画出周进生活的那个环境的特点，从而揭示出周进之流在科举的道路上苦苦攀登、至死不悔的社会根源。

　　夏总甲虽说是个粗人，不会说什么"之乎者也"的话，但是，他也很会拐弯抹角地吹嘘自己。他嘱咐和尚照顾好他的驴，不经意地提醒说："我议完了事，还要到县门口黄老爹家吃年酒去哩！"他不说自己如何的有面子，却是先说"俺如今倒不如你们务农的快活了"，原因是请吃的人太多了："想这新年大节，老爷衙门里，三班六房，那一位不送帖子来，我怎好不去贺节？每日骑着这个驴，上县下乡，跑得昏头晕脑。打紧又被这瞎眼的亡人在路上打个前失，把我跌了下来，跌的腰胯生疼！"他的话通篇都是诉苦，却处处都是自吹自擂。他到处地去吃喝，却是痛苦万分，其中自有难言的苦衷："就像今日请我的黄老爹，他就是老爷面前站得起来的班头，他抬举我，我若不到，不惹他怪？"至于薛家集闹龙灯的事，夏总甲实在是懒得来管，历年来"不知累俺赔了多少"。赔了多少，我们当然不知道，但我们知道，周进终于因为不会去送礼奉承他，最后丢了饭碗。

夏总甲在书里是一个极次要的人物，有关的文字也很少，但因为作者对这类人物太熟悉了，烂熟于心，所以写来得心应手，毫不费力。再如杨执中的儿子杨老六，在书里也是一个极次要的人物。可以说是一个招之即来、挥之即去的人物，但作者写他的出场，一丝不苟：

> 才开了门，只见一个稀醉的醉汉闯将进来，进门就跌了一交，扒起来，摸一摸头，向内里直跑。杨执中定睛看时，便是他第二个儿子杨老六，在镇上赌输了，又噇了几杯烧酒，噇的烂醉，想着来家问母亲要钱再去赌，一直往里跑。杨执中道："畜生！那里去？还不过来见了邹老爷的礼！"那老六跌跌撞撞，作了个揖，就到厨下去了。看见锅里煮的鸡和肉喷鼻香，又焖着一锅好饭，房里又放着一瓶酒，不知是那里来的；不由分说，揭开锅就要捞了吃。他娘劈手把锅盖盖了。杨执中骂道："你又不害馋劳病！这是别人拿来的东西，还要等着请客！"他那里肯依，醉的东倒西歪，只是抢了吃。杨执中骂他，他还睁着醉眼混回嘴。杨执中急了，拿火叉赶着，一直打了出来。邹老爹且扯劝了一回，说道："酒菜是候娄府两位少爷的。"那杨老六虽是蠢，

又是酒后，但听见娄府，也就不敢胡闹了。他娘见他酒略醒些，撕了一只鸡腿，盛了一大碗饭，泡上些汤，瞒着老子递与他吃。吃罢，扒上床，挺觉去了。

杨执中身陷囹圄，两个儿子置若罔闻，任其生死，照旧在集上赌博。杨执中毕恭毕敬，准备迎接娄家公子，谁知那不争气的败家儿子偏偏在这个节骨眼上回家。作者用一连串的动作，写出杨老六的醉态。一个醉鬼，一个赌鬼，一点家教都没有，一点礼貌都不懂，只知道赌，只知道吃，浑浑噩噩，不明事理，杨妻平时的纵容二子，都在不言之中。杨老六喝醉了酒，但是，当他一听说酒菜是为娄家两位少爷准备的，便马上清醒了许多，"不敢胡闹"。老六的势利，娄府在地方上炙手可热的权势，于此可见。作者只用了四百多字，就刻画出一个活蹦乱跳的人物。杨执中早先也曾埋头举业，幻想着通过科举改变自己的地位。他由秀才递补为廪生，参加过十六七次乡试，却始终不能过关。杨执中蹭蹬场屋、穷困潦倒的遭遇，反映了当时一般贫困知识分子的共同命运。作者对此是同情的。杨执中自己并不避讳多年乡试名落孙山的经历，他老老实实地向娄府公子介绍这些情况，不像很多人那样，自我吹嘘，摆出清高的架子。如此贫困潦倒，他却也并不怨天尤人。终日柴米无着，还能修葺起一个书屋，里面的布置也还算雅致。杨执中并不清高，他没有条件讲清高。他正是处在做官做不成,隐居隐不了的绝境之中。杨执中虽然不喜欢自吹,但一般读书人的那点虚荣心还是有的。在他的那间破草屋里,也没有忘记挂上当年"荣选"教官的报帖。从这些地方看,"老阿呆"又似乎不呆。但人们称他为"老阿呆",不是没有缘故的。他不会谋生,不善于处理各方面的关系。他教子无方,在两个赌鬼儿子面前没有一点做父亲的威信。他既无自知之明,又无知人之明。他虽然一生坎坷,却自视甚高。说话非常随便,不注意地点场合。闲常无事,大庭广众之下,就议论起永乐皇帝来。不看对象是何许人,就"口里说甚么天文地理、经纶匡济的混话"。这就是杨执中的作风。杨执中这个人物,迂拙与油滑并存,他好像清高矜持,品茶吟诗,但内心又盼望着结交权贵。又痴又聋的老妻,家里的两个啃老族,都是杨执中形象的必要补充。

  杨老六的出场,有似《水浒传》杨志卖刀故事里牛二的出场:"杨志立未久,只见两边的人都跑入河下巷内去躲。杨志看时,只见都乱撺,口里说道:'快躲了,大虫来也!'杨志道:'好作怪!这等一片锦城池,却那得大虫来?'当下立住脚看时,只见远远地黑凛凛一大汉,吃得半醉,一步一撅撞将来。杨志看那人时,形貌生得粗丑。"有一种异曲同工之妙。

变色龙

俄罗斯作家契诃夫的名篇《变色龙》，塑造了一个势利善变的奴才，一个阿谀权贵、欺压百姓的警官奥楚蔑洛夫。他在广场处理一个狗咬伤人的案件。他的态度反复地改变：开始他说要给狗的主人一点颜色看看，后来听说是某位将军家的狗，他马上转过来责备被狗咬的人；厨师说不是将军家的狗，他又改口说："这是条野狗！用不着白费工夫说废话了……弄死它算了。"厨师说，这狗虽然不是将军家的，却是将军哥哥家的。于是奥楚蔑洛夫又改口，夸奖这条狗非常机灵，能一口咬破人的手指头。范进的岳丈胡屠户也是一条变色龙，当然，他只反复了一次，没有奥楚蔑洛夫反复的次数那么多，变的频率那么高。但是，胡屠户和范进是岳丈和女婿的关系，胡屠户的性格比奥楚蔑洛夫要丰富得多，这一形象的内涵要比奥楚蔑洛夫复杂得多。胡屠户势利归势利，前倨后恭也是事实，但他的话也不是没有一点道理。可怜他的素质就是这样，所以使人觉得好笑。范进中举以前，胡屠户非常看不起他，动辄训斥、辱骂。但范进考到五十四岁才进学得了个秀才，又有谁看得起他？别人只是不说罢了，范进的窝囊也是事实，难怪胡屠户一见他就来气。后来范进总算进学，胡屠户不也带了一瓶酒和一副大肠来庆贺了吗？胡屠户骂他只是恨铁不成钢，有点怨气也在情理之中。范进是烂忠厚没用的人，所以胡屠户不得不交代他注意自己的身份，不能再和平头百姓平起平坐，以免坏了学校的规矩。范进要借盘缠去参加乡试，胡屠户骂他"癞虾蟆想吃起天鹅肉来"，这也很正常。考中的机会确实微乎其微，范进能考上只是侥幸。如果名落孙山，那不是恰如胡屠户说的那样，把钱丢在水里吗？胡屠户是很讲实际的人，他可不是那种好高骛远的人。他建议范进："明年在我们行事里替你寻一个馆，每年寻几两银子，养活你那老不死的老娘和你老婆是正经。"虽然话说得难听一点，很伤人的自尊，但方案本身很实际。再说，胡屠户心直口快，实话实说，不会绕圈子。他是处处在替窝囊女婿着想，毕竟是一家人嘛。胡屠户虽势利，却自有天真烂漫之处，范进中了秀才，他虽然教训了一通女婿，但心里还是很高兴的，女婿进学毕竟是件喜事。他喝完酒，"横披了衣服，腆着肚子去了"。范进中举，地位大变，胡屠户展望前景，心里美滋滋的，"有我这贤婿，还怕后半世靠不着也怎的？"张静斋来奉承女婿，更是使胡屠户兴奋不已："他家里的银子，说起来比皇帝家还多些哩！"

办完事,他"千恩万谢,低着头笑迷迷的去了"。

范进中举以后,胡屠户的态度发生了一百八十度的转变:以前骂范进为"现世宝穷鬼",现在是"贤婿""老爷";以前称范母是"老不死的",现在则改称为"老太太";以前是说范进"尖嘴猴腮",现在则说"城里头那张府、周府这些老爷,也没有我女婿这样一个体面的相貌"。胡屠户的语言一下子变得温文尔雅。但是,对别人的态度还是一样,譬如称他的儿子:"我早上拿了钱来,你那该死行瘟的兄弟还不肯","如今拿了银子家去骂这死砍头短命的奴才"。还是满嘴的粗言,毕竟这是他的强项。前倨后恭,毫不奇怪,这也是风气如此,只是在胡屠户身上表现得比较突出而已。那些左邻右舍不也是一样?范进中举前后社会地位的变化,所引起的社会反响,其中所包含的世态人情,并非"势利"二字所能概括。小说第四回,作者借一个旁观者的角度,不动声色地写出范家"昔为人所怜,今为人所妒"的复杂变化:

> 何美之浑家说道:"范家老奶奶,我们自小看见他的,是个和气不过的老人家。只有他媳妇儿,是庄南头胡屠户家的女儿,一双红镶边的眼睛,一窝子黄头发,那日在这里住,鞋也没有一双,夏天靸着个蒲窝子,歪腿烂脚的,而今弄两件'尸皮子'穿起来,听见说做

了夫人，好不体面！你说那里看人去！"

范进中了举，胡屠户兴高采烈，周围人想的是，那么一个屠户，居然成了举人老爷的岳丈。这种心理活动借助于开玩笑的方式曲折地表现出来："胡老爹，你每日杀猪的营生，白刀子进去，红刀子出来，阎王也不知叫判官在簿子上记了你几千条铁棍，就是添上这一百棍，也打甚么要紧？只恐把铁棍子打完了，也算不到这笔账上来。或者你救好了女婿的病，阎王叙功，从地狱里把你提上第十七层来也不可知。""胡老爹方才这个嘴巴打的亲切。少顷范老爷洗脸还要洗下半盆猪油来！""老爹，你这手明日杀不得猪了。"新举人的岳丈是一位屠户，这显然是一个敏感的话题，"你说，那里看人去"！

胡屠户并非大恶之人，因为他的无知，没文化，所以把势利表现得那么直接和明显。

潘三眼里无难事

我们读《水浒传》，忘不了董超、薛霸，只觉得"说不尽那衙役恶处"。我们读《红楼梦》，忘不了那葫芦僧，他简直是一个教唆犯。贾雨村不明白什么叫护官符，葫芦僧吃惊道："这还了得！连这个不知，怎能作得长远！"俨然是贾雨村的导师。接着便递上一张自己抄写的"护官符"，给贾雨村讲了一番贾、史、薛、王四家"一荣俱荣、一损俱损"的道理，等于给贾雨村上了一堂生动的政治课。我们读《儒林外史》，又看到一张张衙役的丑恶嘴脸。

小说第一回，作者在王冕的故事里便插入一个翟买办。小说突出了他的狐假虎威，只见他张口闭口不离老爷："因前日本县老爷吩咐"，"老爷少不得还有几两润笔的银子"，"老爷将帖请人，谁敢不去"，"不然老爷如何得知你会画花？论理，见过老爷，还该重重的谢我一谢才是"，"叫我如何去回覆得老爷？难道老爷一县之主，叫不动一个百姓么"，"你这是难题目与我做，叫拿甚么话去回老爷"，"老爷亲自在这里传你家儿子说话，怎的慢条斯理"。在时知县面前，他恭顺殷勤，犹如一条哈巴狗；在百姓面前，他刁钻难缠，活似一条恶狗。翟买办一口气说了无数个"老爷"，狗眼看人低，一副十足的奴才相。这是一个典型的亦主亦奴的角色。在知县面前，他是奴才；在百姓面前，他是主子。翟买办因为无知而把势利见识表现得非常直接，没有一点掩饰，因而显得格外无耻。这条狗对他的主人并不忠顺，专制制度实在培养不出诚实的奴才。时知县要讨好危素，让翟买办去请王冕画画。"那时知县发出二十四两银子来。翟买办扣克了十二两，只拿十二两送与王冕，将册页取去。"小说第二回，借薛家集几位"头面人物"的对话，我们又知道了"老爷面前站得起来的班头"黄老爹和"快班李老爹"。那李老爹"这几年在新任老爷手里着实跑起来了，怕不一年要寻千把银子"。那黄老爹呢，"这几年成了正果，家里房子盖得像天宫一般，好不热闹"。一个衙役哪来这么多钱，竟然建起了豪宅。当然不是好来的，用现在的话说，那就是"灰色收入"。具体来说，黄、李二人有些什么灰色收入，小说没有写，我们也无从得知。衙役有很多生财之道，值得注意的是，他们的这些灰色收入是他们主人所不掌握的。小说第十三回，差役要利用那个枕箱夫敲诈蘧公孙，结果是古道热肠的马二先生拿出九十二两银子，将一场弥天大祸化解于无形之中。马二先生是书呆子，但危难时刻却有担当。开始的时候,宦成还在糊涂,手里掌握着要挟主人的宝贝却不知利用。那差人听了宦成和双红的对话,却已经一清二楚,胸有成竹。"那差人一脚把门踢开,走进来骂道:'你这倒运鬼!放着这样大财不发,还在这里受瘟罪!'"真是王牌抓在死人的手里,不由得叫人来气。这个差人不知是"竟弄破了好","还是'开弓不放箭'大家弄几个钱有益",一时打不定主意,便去和"一个老练的差人"商量,结果被后者"一口大啐道":"这个事都讲破!破了还有个大风?如今只是闷着同他讲,不怕他不拿出钱来。还亏你当了这几十年的门户,利害也不晓得!遇着这样事还要讲破,破你娘的头!"真是"山外青山楼外楼","强中更有强中手"。弄破了是双输,私了是双赢,连这点道理都不明白!杨执中亏空了盐店的银子,被盐商褫革追比,关在牢里;娄家公子派了家人晋爵,带了七百五十两银子去出脱他。晋爵花了二十两银子将县里的书办买通。书办随即打个禀帖,说杨执中是娄府的人,责备县里:"这项银子,非赃非帑,何以便行监禁?"如此这般。"知县听了娄府这番话,心下着慌,却又回不得盐商;传进书办去细细商酌,只得把几项盐规银子凑齐,补了这一项,准了晋爵保状,即刻把杨贡生放出监来,也不用发落,释放去了。那七百多银子都是晋爵笑纳。"小说第二十五回,写安庆府里的两个书办,知道鲍文卿是向知府的恩人,便想托鲍文卿说情,只要鲍文卿答应下来，可以送他二百两银子。谁知鲍文卿为人正直，说是"自己知道是个穷命，须是骨头里挣出来的钱才做得肉"，不肯坏了良心，"丧了阴德"。"几句说的两个书办毛骨悚然，一场没趣，扯了一个淡，罢了。"这两个书办当然不会无缘无故地替人说合官司，肯定是中间有什么好处了。小说在这里主要是要写鲍文卿的为人，写他在金钱面前的无动于衷。

衙役不但会背着长官暗中捞钱，而且还会调理长官。小说第四回，张静斋带了初出茅庐的范进去高要县打秋风。恰好回民闹事，张静斋给汤知县出了个馊主意，不受五十斤牛肉，枷死了回民的老师父。结果门子见沾不了光，透风出去，激成数百回民"鸣锣罢市，闹到县前来"。

上面说到的这些衙役，尽管也会捣鬼弄钱，但是，和布政司里当差的潘三相比，不过是小巫见大巫罢了。我们看潘三整天忙得要命，简直是日理万机。他到饭店吃饭："饭店里见是潘三爷，屁滚尿流，鸭和肉都捡上好的极肥的切来，海参杂脍加味用作料。两人先斟两壶酒。酒罢用饭，剩下的就给了店里人。出来也不算账，只盼咐得一声：'是我的。'那店主人忙拱手道：'三爷请便，小店知道。'"潘三在地方上的气焰由此可见一斑。家里设着赌局，他告诉那帮赌鬼："兄弟们，这个是匡二相公的两千钱，放与你们，今日打的头钱都是他的。"地方上出了什么案子，不往衙门那里送，却是先到潘三家里来请示，看怎么处理。潘三这里神不知鬼不觉地把事情办了，那边衙门里上司还什么都不知道呢。我们看潘三眼里竟没有什么难事，只见他果断坚决，说一不二，指挥若定，没有一丝一毫的犹豫。难怪他对杭城的名士群嗤之以鼻，"这一班人是有名的呆子"，那姓支的巡商"将来只好穷的淌屎"！他告诫匡超人"这样人同他混缠做甚么？"这样的衙蠹，真能玩贪官于股掌之上。据《清朝野史大观》里的描述，顺治时有一个猾吏，碰巧也姓潘，他的本事又非潘三可望其项背：

潘某者，忘其名，清顺治初京师大猾也。祖若父世为部吏。明亡悉收部中例案藏于家。满清入关，百度草创，纠纷不可理，群吏皆束手，潘以故得劫持上下为奸。疆臣日辇金其门，富至累巨万。初潘窟穴于吏部，久之诸部吏皆归之，奉为宗主。由是日益发舒，起大宅京师，园林邸第拟于王公。两廊下如六部例，分置各房，榜曰某部某部。凡来关说某某事者，则入某房而潘总其成。朝政交部议者，非盈其欲壑不得直，且遭严谴。家藏伪章，文书下行直省，多潜易之，奉行者莫辨焉。又招纳豪猾亡命之徒，为之耳目，有不慊意，辄暗杀之，莫得主名，内外大吏皆惮之，无有敢举发者。已而流闻禁中，清世祖以问大学士陈名夏，名夏不敢以实对。世祖震怒，命步军统领逮之。发交刑部治罪，尽得其奸状。爰书上，立置重典，并逮其党羽数十人。治罪有差。京师为之肃然。

这个潘某也正是屈才了，潘家成了影子内阁，居然井井有条、纹丝不乱。明清小说中出现了很多成功的衙蠹形象，因为人们对他们太熟悉了。蒲松龄曾经在《循良政要》一文中对衙役的嘴脸作过这样的描绘：

> 凡为衙役者，人人有舞文弄法之才，人人有欺官害民之志。盖必诱官以贪，而后可取溪壑之盈；诱官以酷，而后可以济虎狼之势。若少加词色，则必内卖官法，外诈良民，倚势作威，无所不至。往往官声之损，半由于衙蠹，良可惜也！但其人近而易亲，其言甘而易入；又善窥官长之喜怒，以为逢迎。

蒲松龄由此而感叹道："若居官数年而无言听计从之衙役，必神明之宰，廉断之官也。"我们看小说，难免会这样想，生活中的衙役是不是那么坏，现实中的司法是不是那么黑暗？其实，古代的衙役比小说里的描写还要坏，古代的司法比较小说中的描绘，更是有过之而无不及。我们看方苞的

《狱中杂记》，就知道康熙时期刑部大狱里有多么黑暗，那衙役的心有多狠。所谓的康乾盛世也不过是如此，不像眼下的电视连续剧里演的那么光明。

卜家兄弟

《儒林外史》中有一些并不起眼的人物，但也写得一丝不苟、栩栩如生，使人掩卷难忘，譬如牛浦故事中的卜家兄弟。小说第二十回，匡超人的故事几近结束，结末递入牛浦。牛浦出身贫寒，这一点与匡超人同；但是，匡超人有一个蜕变的过程，而牛浦则一出场便是卑鄙人物。马二先生点燃了匡超人功名富贵的欲望。匡超人进学以后逐渐地蜕变，渐渐地变得势利。杭城的名士群犹如一个大染缸，潘三的教唆更是使匡超人加速地堕落。牛浦则地位未变而思想已变，身处饥寒之中，却一心想着"同这些老爷们往来"。难怪卧评称牛浦"是世上第一等卑鄙人物"。围绕着牛浦这个人物，作者安排了牛老、卜老、卜信、卜诚、董瑛、牛布衣、甘露庵的老和尚等一系列辅助性的人物。又借牛浦顺手带出牛玉圃、万雪斋等人物。作者安排这些人物，一方面是出于情节的需要，一方面也是刻画人物的需要。难能可贵的是，那些辅助人物也刻画得一丝不苟。

小说借牛布衣病逝甘露庵带出老和尚,再由老和尚引出牛浦。牛浦一出场,像是一个好学的青年,只见他"右手拿着一本经折,左手拿着一本书,进门来坐在韦驮脚下,映着琉璃灯便念"。"一连念了四五日。"表面看去,那光景颇似王冕在寺庙读书的情形:"夜潜出,坐佛膝上,执策,映长明灯读之,琅琅达旦。佛像多土偶,狞恶可怖,冕小儿,恬若不见。"(宋濂《王冕传》)老和尚问他念诗做什么,他回答说:"我们经纪人家,那里还想甚么应考上进,只是念两句诗破破俗罢了。"回答还挺得体。但我们很快就知道,这种初步印象是靠不住的了。他居然撬门拥锁,把牛布衣的诗稿偷出。恰好牛布衣的诗稿中尽是与官员们的应酬之作,牛浦看了,大受启发,原来只要会作两句诗,就可以和老爷们来往。于是他干脆刻假章,冒名顶替,以牛布衣自居。作者并没有立刻让牛浦去同老爷们来往,而是插入牛浦的婚事。这当然是一桩包办婚姻,但作者无意来写礼教和爱情的矛盾。在这桩婚姻中,我们只看到双方家长的积极性,看不出当事人牛浦有什么主动的表现,牛浦当时正忙着冒充牛布衣的各项准备工作。在这里,借两边家长牛老和卜老的张罗婚事,作者把小人物之间的温馨之气描写得非常动人。替牛浦成家以后,牛老把小小的香烛店交给孙子牛浦去经营,谁知牛浦的心根本不在小店上,也不在新婚的妻子身上,他正在紧锣密鼓地进行他那冒名顶替的计划,等待着与老爷们往来的机会。机会终于来到了,一位举人董瑛慕牛布衣之名而来,于是就有了牛浦梦寐以求的与老爷的来往。在这里,我们又一次看到作者组织戏剧性场面的出色才能。牛浦郑重其事地通知二位舅爷卜诚、卜信:"明日有一位董老爷来拜,他就是要做官的人,我们不好轻慢。如今要借重大爷,明日早晨把客座里收拾干净了;还要借重二爷,捧出两杯茶来。这都是大家脸上有光辉的事,须帮衬一帮衬。"话虽然讲得很客气,其实是让二位舅爷当勤杂:一个打扫卫生,一个端茶侍候。目的是在董老爷面前装出有身份的样子。问题就出在端茶上。作者对卜家兄弟的描写极有分寸,恰到好处。卜信和卜诚并非高士,他们只是最普通的百姓。牛浦开始和几个念书的人往来,卜家兄弟"也还觉得新色,后来见来的回数多了,一个生意人家,只见这些'之乎者也'的人来讲呆话,觉得可厌"。这次董老爷要来,牛浦的目的是用董老爷"吓他一吓卜家兄弟",但卜家兄弟是粗人,没有那么多心计,"听见有官来拜,也觉喜出望外"。可怜卜信并没有见过什么老爷,当然不懂接待老爷的那些规矩,董老爷来的时候,卜信送了一遍茶就完了,也不知道送茶不该"从上面走下来"。"卜信直挺挺站在堂屋中间。"可恨的是,牛浦居然当着董瑛的面,取笑二舅爷卜信:"小价村野之人,不知礼体,老先生休要见笑。"董瑛没有看出其中的奥妙,不知"小价"即是舅爷,"牛布衣"却是牛浦,他宽容地笑笑说:"先生世外高人,何必如此计论?"卜家兄弟不但没有因为董老爷的来到而沾上一点"光辉",反而凭空受了一番羞辱。当时"卜信听见这话,头膊子都飞红了,接了茶盘,骨都着嘴进去"。卜信心里生气,"骨都着嘴",但没有当场发作,还是很顾全大局的。董老爷走后,牛浦和卜家兄弟的一番争吵,双方左一个老爷,右一个老爷,说得如火如荼:

> 牛浦送了回来,卜信气得脸通红,迎着他一顿数说道:"牛姑爷,我至不济,也是你的舅丈人、长亲!你叫我捧茶去,这是没奈何,也罢了。怎么当着董老爷臊我?这是那里来的话!"牛浦道:"但凡官府来拜,规矩是该换三遍茶,你只送了一遍,就不见了。我不说你也罢了,你还来问我这些话,这也可笑!"卜诚道:"姑爷,不是这样说,虽则我家老二捧茶,不该从上头往下走,你也不该就在董老爷跟前洒出来,不惹的董老爷笑?"牛浦道:"董老爷看见了你这两个灰扑扑的人,也就够笑的了,何必要等你捧茶走错了才笑?"卜信道:"我们生意人家,也不要这老爷们来走动,没有借了多光,反惹他笑了去!"牛浦道:"不是我说一个大胆的话,若不是我在你家,你家就一二百年也不得有个老爷走进这屋里来。"卜诚道:"没的扯淡!就算你相

与老爷,你到底不是个老爷!"牛浦道:"凭你向那个说去!还是坐着同老爷打躬作揖好,还是捧茶给老爷吃,走错路,惹老爷笑的好?"卜信道:"不要恶心!我家也不希罕这样老爷!"牛浦道:"不希罕么?明日向董老爷说,拿帖子送到芜湖县,先打一顿板子!"两个人一齐叫道:"反了!反了!外甥女婿要送舅丈人去打板子!是我家养活你这年把的不是了!就和你到县里去讲讲,看是打那个的板子?"牛浦道:"那个怕你!就和你去!"

卜诚、卜信未能免俗,家里有老爷来访,也觉得高兴。与此同时,他们也自有平民的自尊和算计。事实教训了他们,这种交往不但没有带来体面,反而使他们受到难堪的羞辱。原来受恩的外甥女婿不但不有所感激,反而说是他们沾了外甥女婿的光。这话从何说起呢?牛浦还要送他们到衙门打板子,真是反了!这里可以看出作者对牛浦很深的贬意。

牛浦和二位舅爷吵翻,竟赌气一走了事,置新婚的妻子于不顾,读者由此看到牛浦的绝情和冷酷。借牛浦的出走,又带出吹嘘成性的名士牛玉圃。故事的重心开始向牛玉圃和万雪斋转移,牛浦则退居辅助的地位。牛浦干什么总是贼头贼脑,不光是喜欢自我吹嘘。他看牛玉圃是偷眼在板缝里张望;牛玉圃发现了他,问他是何人,"牛浦得不得这一声,连忙从后面钻进舱来,便向那人作揖,下跪"。一副贱样。牛浦毕竟没见过世面,几次出乖露丑。万雪斋问他:"多少尊庚了?大号是甚么?"他居然"答应不出来",那点贼智不知哪里去了。牛玉圃事后责怪他:"方才主人问着你话,你怎么不答应?"他"眼瞪瞪的望着牛玉圃的脸说,不觉一脚蹉了个空,半截身子掉下塘去。牛玉圃慌忙来扶,亏有柳树拦着,拉了起来,鞋袜都湿透了,衣服上淋淋漓漓的半截水"。让牛玉圃损了一句:"你原来是上不的台盘的人!"但是,牛浦毕竟机灵,他渐渐地看出牛玉圃的特点,那就是好吹。牛浦也是好吹,但和牛玉圃比起来,那就是小巫见大巫了。自吹是牛玉圃的强项,也是他的弱点和要害。牛玉圃一再地给牛浦气受,牛浦不由得产生了报复之心。牛浦大大地作弄了一下牛玉圃,让他为吹牛付出了昂贵的代价。冤冤相报,牛浦自己也遭到了牛玉圃恶狠狠的报复。牛玉圃得知上当以后,不动声色,将牛浦哄上了船。船到了一个"没人烟的所在",先斥责小牛的滔天大罪,然后"叫两个夯汉把牛浦衣裳剥尽了,帽子鞋袜都不留,拿绳子捆起来,臭打了一顿",扔在岸上。可怜牛浦被扔在一个粪窖的旁边,"受了粪窖子里熏蒸的热气",得了恶性痢疾。后来有船经过看见,问他是怎么回事,他回答说:"老爹,我是芜湖县的一个秀才,因安东县董老爷请我去做馆,路上遇见强盗,把我的衣裳行李都打劫去了,只饶的一命在此。我是落难的人,

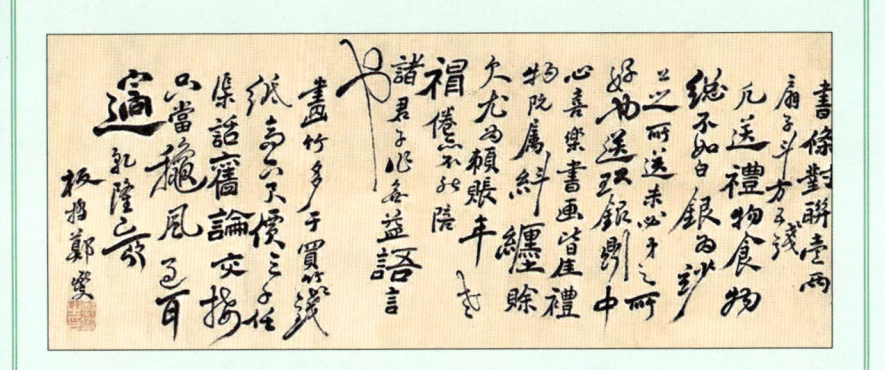

清　郑板桥："凡送礼物、食物，总不如白银为妙。"

求老爹救我一救！"亏得牛浦在粪窖子旁边还能撒谎。牛浦命大，恶性痢疾居然没死。俗说大难不死，必有后福，他终于找到董老爷，享受到贵宾的待遇，"三日两日进衙门去走走，借着讲诗为名，顺便撞两处木钟，弄起几个钱来"。但是，好景不长，牛布衣的妻子来找丈夫，石老鼠借机来敲诈，牛浦冒名顶替的事眼看就要穿帮，幸亏向知县以为是同名同姓，也就不了了之。

牛浦的经历颇有传奇色彩，贼心、贼胆、贼智，诸恶毕具，牛浦确实是"世上第一等卑鄙人物"。卜家兄弟的刻画也一丝不苟。

金钱、才艺和门第

从《儒林外史》的描写来看，作者对盐商没有好感。一个宋为富，一个万雪斋，都不是正面人物。宋为富见沈琼枝不肯就范，就说："我们总商人家，一年至少也娶七八个妾，都像这般淘气起来，这日子还过得？他走了来，不怕他飞到那里去！"万雪斋是小司客出身，"先带小货，后来就弄窝子。不想他时运好，那几年窝价陡长，他就寻了四五万银子，便赎了身出来，买了这所房子，自己行盐，生意又好，就发起十几万来"。吴敬梓作为一个没落的世家子弟，对这种暴发户有一种本能的反感。《履园丛话》卷二一说："余谓天下之势利，莫过于扬州，扬州之势利，莫过于商人，商人之势利，尤萃于奴仆。"万雪斋就是一个暴发的奴仆，吴敬梓厌恶他是非常正常的。小说中写，万家娶媳妇那天，老主子程明卿来了，万雪斋"走了出来，就由不的自己跪着，作了几个揖，当时兑了一万两银子出来，才糊的去了，不曾破相"。作者对程明卿并无好感，他是要借程明卿之手,来惩罚万雪斋,充分暴露他不光彩的出身。在这里包含着吴敬梓对金钱势力、对暴发户的敌视,也反映出他鲜明的门第意识。

但是,世界上的事情是非常复杂的,盐商与盐商也千差万别。小说是艺术,不是经济学研究的论文论著,它没有全面论述盐商问题的任务。我们没有理由去指责小说为什么写了这个,没有写那个;没有理由责备吴敬梓为什么只写盐商的消极面,不写盐商对文化的贡献。吴敬梓一个最好的朋友程晋芳就是盐商,吴敬梓多次地得到程晋芳的资助。程晋芳所撰的《文木先生传》为我们留下了吴敬梓晚年生活的宝贵资料。程晋芳不是一个唯利是图的盐商,他"独好儒术,购书五万卷,招致天下高才博学,与共讨论,四方宾客辐凑其门,由此交日广,名日高而家日替"(《两淮盐法志·文艺》)。商场如战场,全神贯注尚且会有疏漏,怎能容许程晋芳如此精力旁骛?再加上他的慷慨好施,终于到达倾家荡产的地步。吴敬梓在临去世的那一年在扬州遇到他,这时候程晋芳已经像吴敬梓一样一贫如洗。吴敬梓拉着他的手哭泣说:"子亦到我地位,此境不易处也,奈何!"话说得很真挚,也很沉痛。

吴敬梓很喜欢扬州,程晋芳《哭吴敏轩》一诗中说他:"生耽白下残烟景,死恋扬州好墓田。""扬州繁华以盐盛",扬州的繁荣主要是靠盐业,扬州文化繁荣的物质基础就是盐业的繁荣。孔尚任认为："天下有五大都会，为士大夫必游地，曰燕台，曰金陵，曰维扬，曰吴门，曰武林。"(《郭匡山广陵赠言序》)五大都会中，江浙占其四。李斗的《扬州画舫录》提到："扬州为南北之冲，四方贤士大夫无不至此。"当然，这个功劳应该记在谁的账上，那是另一回事。道光年间，清政府忍痛放弃食盐的专卖制度，两淮盐商终于全面破产。我们由此可以明白，盐商致富的基础是食盐的专卖制度。扬州固然是繁荣，但享受繁荣之果的不是一般的平民和吴敬梓那样的贫困知识分子，而是官僚和盐商，以及依附于他们的清客帮闲。尽管如此，我们不能不承认，扬州文化与盐商存在着千丝万缕的联系。成也萧何，败也萧何，扬州文化的长处和短处，光明和污垢，无不打上两淮盐商的烙印。《儒林外史》中也时时可以看到盐商文化的痕迹。

盐商的本钱有时候从官僚和缙绅那里借贷而来，《东华录》就记载着，康熙二十八年左副都御史许三礼就曾经揭发刑部尚书徐乾学"发本银十万两，交盐商项景元于扬州贸易，每月三分起利"。《儒林外史》第三十回提到盐商向杜家借钱的事：

> 那道士道："我们桃源旗领的天长杜府的本钱，就是老爷尊府？"杜慎卿道："便是。"道士满脸堆下笑来，连忙足恭道："小道不知老爷到省，就该先来拜

谒，如何反劳老爷降临？"

因为来霞士与盐商桃源旗有关系，而桃源旗的本钱又来自天长杜府，所以来霞士一听说是杜家来人才"满脸堆下笑来"热情接待。

在扬州，凡是过往的官员，照例会得到盐商的程仪。《儒林外史》第三十五回，写庄绍光征辟落选回来，路过扬州，"次早才上了江船，只见岸上有二十多乘齐整轿子歇在岸上，都是两淮总商来候庄征君，投进帖子来"。"众盐商都说是：'皇上要重用台翁，台翁不肯做官，真乃好品行。'""当晚总商凑齐六百银子到船上送盘缠，那船已是去的远了，赶不着，银子拿了回去。"

盐业是一种垄断性的行业，所以盐商对官府不但不敢得罪，而且要千方百计地奉承巴结。官府对盐商也尽量笼络，以便从中渔利。官商勾结，互相利用。《儒林外史》第三十一回，北门汪盐商家过生日，请王知县去赴宴。《儒林外史》第九回，写杨执中在盐店里管事，因为经营不善，亏空七百两银子。盐商一气之下，告到县里，杨执中被褫革追比。后来娄家公子向县里追究此事，县里受到娄府的责备，知县"心下着慌，却又回不得盐商，传进书办去细细商酌，只得把几项盐规银子凑齐，补了这一项，准了晋爵保状，即刻把杨贡生放出监来，也不用发落，释放去了"。既不能得罪娄府，又不能得罪盐商，只好如此处理了。

扬州繁华，是打秋风的首选之地，所以牛玉圃一张口就说："我是要到扬州盐院太老爷那里去说话的。"他去扬州，其实不是去"盐院太老爷那里"，而是去盐商万雪斋那里。他和万雪斋的关系其实也很一般，所以万雪斋没有请他住，他自在子午宫住。

盐商和文人的来往极其密切，在商品化程度很高的城市，书画艺术和知识出现商品化的倾向。郑板桥就为自己的书画公开标价："大幅六两。中幅四两。小幅二两。书条、对联一两。扇子、斗方五钱。凡送礼物、食物，总不如白银为妙。公之所送，未必弟之所好也。送现银，则中心喜乐，书画皆佳。礼物既属纠缠，赊欠尤为赖账。年老神倦，亦不能陪诸君子作无益语言也。"吴敬梓毕竟不是扬州人，在他的心目中，对于这种艺术的商品化似乎还不太习惯，所以我们在《儒林外史》中看到了这样的故事：

> 扬州这些有钱的盐呆子，其实可恶！就如河下兴盛旗冯家，他有十几万银子，他从徽州请了我出来，住了半年，我说："你要为我的情，就一总送我二三千银子。"他竟一毛不拔！我后来向人说："冯家他这银子该给我的。他将来死的时候，这十几万两银子，一个钱也带不去，到阴司里是个穷鬼。阎王要盖森罗宝殿，这

四个字的匾，少不的是请我写，至少也得送我一万银子！我那时就把几千与他用用，也不可知。何必如此计较！"

这是辛东之讲的故事，接下去金寓刘讲了一个故事：

前日不多时，河下方家来请我写一副对联，共是二十二个字。他叫小厮送了八十两银子来谢我，我叫他小厮到跟前，吩咐他道："你拜上你家老爷，说金老爷的字是在京师王爷府里品过价钱的：小字是一两一个，大字十两一个。我这二十二个字，平买平卖，时价二百二十两银子。你若是二百一十九两九钱，也不必来取对联。"那小厮回家去说了。方家这畜生，卖盐有钱，竟坐了轿子到我下处来，把二百二十两银子与我。我把对联递与他。他，他两把把对联扯碎了。我登时大怒，把这银子打开，一总都掼在街上，给那些挑盐的、拾粪的去了！列位！你说这样小人，岂不可恶！

两个故事，尤其是后一个故事，极富象征的意义。前一个是知识和金钱的交换，因为没有合同，所以盐呆子一毛不拔，辛东之无可奈何，只好借一个笑话来自我安慰，很有一点精神胜利的味道。后一个笑话是金钱和书法艺术作品的交换，双方在价格上发生争执,以赌气的方式结束。这里反映的是这样两种心理:在盐商这边,自认为没有金钱买不到的商品,包括十两银子一个的字。在这一点上盐商胜利了。为了表示自己有的是钱,表示自己对艺术的藐视,他把对联撕了。但盐商既然肯用重金来买金寓刘的字,说明他还是承认作品的价值,结果他却把字给撕了,就这一点来说,他又是矛盾的。在金寓刘这边,为了保持文人的清高而表示出对金钱的藐视,为了衣食生计又不得不与盐商打交道。其中的心理相当复杂,也非常矛盾。盐商与文人打交道,可能有很多不同的动机。有的是为了附庸风雅,有的是出于商人的自卑,有的是出于爱好。我们看盐商万雪斋家厅里的布置:

> 举头一看,中间悬着一个大匾,金字是"慎思堂"三字,傍边一行"两淮盐运使司盐运使荀玫书"。两边金笺对联,写:"读书好,耕田好,学好便好;创业难,守成难,知难不难。"中间挂着一轴倪云林的画。书案上摆着一大块不曾琢过的璞。十二张花梨椅子。左边放着六尺高的一座穿衣镜。

再看沈琼枝的眼里,宋为富的家里是什么光景:

> 一个小圭门里进去,三间楠木厅,一个大院落,堆

满了太湖石的山子。沿着那山石走到左边一条小巷，串入一个花园内。竹树交加，亭台轩敞，一个极宽的金鱼池，池子旁边，都是朱红栏杆，夹着一带走廊。

沈琼枝觉得是一个"极幽的所在，料想彼人也不会赏鉴"。吴敬梓痛恨的是一些文人见盐商有钱，"就销魂夺魄"。尤其是一些世家子弟忘了自己的身份，去攀附有钱的盐商。小说写到，徽州的方家，"在五河开典当行盐，就冒了籍，要同本地人作姻亲。初时这余家巷的余家还和一个老乡绅的虞家是世世为婚姻的，这两家不肯同方家做亲。后来这两家出了几个没廉耻不才的人，贪图方家赔赠，娶了他家女儿，彼此做起亲来。后来做的多了，方家不但没有分外的赔赠，反说这两家子仰慕他有钱，求着他做亲"。方家老太太入祠，"牌上的金字打着'礼部尚书''翰林学士''提督学院''状元及第'，都是余、虞两家送的。""乡绅是彭二老爷、彭三老爷、彭五老爷、彭七老爷，其余就是余、虞两家的举人、进士、贡生、监生，共有六七十位，都穿着纱帽圆领，恭恭敬敬跟着走。一班是余、虞两家的秀才，也有六七十位，穿着襕衫、头巾，慌慌张张在后边赶着走。"吴敬梓在《移家赋》中痛斥的"假荫而带狐令，卖婚而缔鸡肆。求援得援，求系得系。侯景以儿女作奴，王源之姻好唯利。贩鬻祖曾，窃贽皂隶。若敖之鬼馁而，广平之风衰矣"。就是指的这种情形。"假荫"一句，说唐代令狐楚父子相继入相以后，一些本来姓胡的人便冒充为令狐。"卖婚"一句，说唐人罗会原来操贱业，后来发家致富，依旧为人所轻视，被称作"鸡肆"。典出《朝野佥载》卷三。"求援"二句，典出《国语·晋语》，说董叔为攀附晋卿范氏，与范家结亲。叔向问他为何与范氏结亲，董叔说"欲为系援"。后来夫妇失和，范献子将董叔绑在树上，叔向路过，董叔向他求救，叔向回答说："求系既系矣，求援既援矣，又何请焉？""侯景"一句，说侯景请求与王、谢大族结亲，梁武帝说他门第不够，侯景生气说："会将吴儿女配奴。""王源"一句，指王源贪图富人满氏的聘资而与之结亲。《文选》中有一篇沈约的《奏弹王源》，就是说这件事情。下面两句，是说王源这样的行为很卑鄙，简直是出卖祖先来向皂隶换取钱物。"若敖"一句，典出《左传》鲁宣公四年，说若敖氏子文担心，越椒执政的时候，要覆灭若敖一族，祖宗将无人祭祀，鬼将要挨饿。"广平"一句，用唐人宋璟的故事。宋璟封广平公，他死后，子孙不肖，所以说："广平之风衰矣。"《儒林外史》中第四十四到第四十七回的描写，就是《移家赋》里这段文字形象化的注脚。

讽刺艺术

高层次的讽刺

《儒林外史》的贡献是多方面的，其中最大的贡献是它的讽刺艺术。而讽刺是分层次的，《儒林外史》为我们提供了一种高层次的讽刺。

讽刺的第一个关键是讽刺的武器。

讽刺针对的是负面的人物或现象，是否负面的判断，涉及判断者的价值观。价值判断是讽刺的题中应有之义。吴敬梓的价值观，基本上属于儒家。《儒林外史》褒贬人物的标准，依然是儒家的标准。或者说，吴敬梓讽刺的武器是儒家的思想。从积极的方面来说，吴敬梓发挥了儒家固有的关心现实、关心社会，批评现实的精神。从消极的方面来说，吴敬梓依然没有冲破儒家思想的樊篱。当然，这么说未免过于简单。吴敬梓从明清之际的进步思潮中汲取了批判的精神，这种思想的深度并非"儒家思想"四个字可以概括。但是，究其根源，析其核心，依然不脱儒家思想的樊篱，重点仍在伦理性的批判。必须说明的是：这个标准受到了政治态度的牵制。吴敬梓从儒家的伦理规范中悄悄地将"忠"字剔除,独取孝义诚信,并处处强调孝义诚信与功名富贵之水火不能相容。吴敬梓把王冕树为儒林的榜样,而王冕视功名富贵如瘟疫,王冕的母亲说:"做官怕不是荣宗耀祖的事,我看见这些做官的都不得有甚好收场。"则吴敬梓的政治态度由此可见一斑。

讽刺的第二个关键是选择讽刺的对象。

这一问题与前一个问题密切相关。《儒林外史》讽刺的对象,集中于势利与虚伪这两种社会现象。儒家讲仁,又讲尊卑名分,本质上就是一种虚伪;但吴敬梓身为十七世纪的一个知识分子,还认识不到儒家思想本质上的虚伪。尽管如此,儒家讲诚,讲信义,而且以此为据,谴责虚伪和势利的社会现象。

儒家以道德取人,不以贫富取人。儒家以有无道德作为人、兽之别的分界线。可是,在现实社会里,贫富取人是普遍的现象。商品经济,市场经济,一切化作商品,一切都可以交易,是所谓金钱并非万能,没有金钱则万万不能。说是"笑贫不笑娼",或许是有点夸张,但是,在迄今为止的各种社会形态里,看不起穷人是无法否认的社会常态。有钱的是成功人士,没钱的是失败者。封建社会没有充分的市场经济,但钱能通神的现象和思想却早就存在。孟子有云:"君子之泽,五世而斩。小人之泽,五世而斩。"人和家族的贫富尊卑，不会一成不变。人和家族社会地位的急骤变化，必然会引起社会评价同步的变化。这种变化反馈到当事人身上，他的自我感觉也就会随之发生变化。由富而贫的突变，构成了从车马盈门到门可罗雀的剧变。这一贫一富，一冷一热的交替变化，组成了人间的无数喜剧，为讽刺文学提供了丰富的材料。贫富是社会等级最明显、最简单的划分，科举是一般读书人最关心的事情，势利是最明显的社会病态，范进中举之所以成为《儒林外史》里最脍炙人口的故事，给所有的读者以难忘的印象，其原因就在这里。吴敬梓没有将批判的锋芒局限于对势利现象的讽刺，而是将讽刺的解剖刀深入到了人物的内心深处。吴敬梓的讽刺，批判的目光不再局限于道德评判，而是提高到了制度的层面。具体来说，涉及了对丁科举制度的批判。就读书人而言，科举制度提供了改变自身社会地位的可能性。在功名富贵的诱惑下，读书人或者变成除了八股一无所能的废物，或者侥幸获取功名，进入官场的染缸。这个染缸很黑，不管什么东西掉进去，都会变黑。吴敬梓对科举制度产生的种种弊病作了独到的观察和分析，将其当作讽刺的主要对象。

从讽刺所针对的人物而言，《儒林外史》的讽刺对象非常广泛，上自翰林、太保，下至三教九流。中心的对象是知识分子，尤其是秀才这个群体。从讽刺所针对的现象而言，围绕着功名富贵四个大字。凡是追逐、艳羡、自负其功名富贵者，即成为《儒林外史》的讽刺对象，而不论其社会地位之高低贵贱。如果仅此为止，则《儒林外史》并无与众不同之处。对名利之徒的讽刺自古就有，对世态炎凉的感慨史不绝书。吴敬梓最感兴趣的讽刺对象是：虚伪势利、利欲熏心而又自以为忠孝仁义或欲掩其真相，而使他人认为是忠孝仁义者。正是在这一点上，《儒林外史》表现出它的与众不同，吴敬梓表现出他出色的讽刺天赋。这一天赋主要体现在两个方面：一、对此类人物和现象的高度敏感、精心观察，准确捕捉其特征。二、对此类人物"良好的自我感觉"进行绘声绘色而又不动声色的描写。

热衷名利之人，常有冰雪之语。假恶丑者，依然需要一种内心的平衡，需要为自己的行为寻找到伦理的依据，以消解心中的负疚，达到内心的平静，甚至站到道德的制高点上，获得道德高尚的满足。吴敬梓讽刺的对象，往往具有良好的自我感觉。翟买办一个小小的衙役，本是一个狐假虎威的小角色，他却自认为是知县跟前叫得响的人物。因为他心里作如此想，所以想不通一个知县叫不动一个百姓的道理。时知县的本心，是要用王冕的画作为礼物去巴结危素，但他却把自己的下乡想象为"屈尊敬贤"的高尚行为。难怪他吃了闭门羹便要勃然大怒。夏总甲一个基层小吏，却颐指气使，"和众人拱一拱手，一屁股就坐在上席"，大有"官到尚书吏到都"的气象。范进的丈人不过一介屠户，却没有把中了秀才的穷女婿看在眼里，更不必说那些"做田的、扒粪的"农户。梅玖不过是一个新进的秀才，却仗着"我们学校的规矩"，趾高气扬，将老童生尽情地挖苦一顿，极尽其尖酸刻薄之能事。王德、王仁贪的是妹夫严监生的银子，可这一对兄弟的原则性最强："我们念书的人，全在纲常上做工夫！"是所谓义形于色，当仁不让。妹妹还没有断气，他们就催着严监生扶妾为正。严贡生贪婪狠毒，亲弟严监生尸骨未寒，他就雄赳赳地打上门去，要夺弟弟的遗产。严贡生一生口是心非，却句句不离道德名分。他处处要占人便宜，却说自己"从不晓得占人寸丝半粟的便宜"。陈和甫终日奔走权门，打秋风，讨一口剩菜残羹，山人是走江湖的，没钱的地方不去。见面就是奉承。可他自己却坦然地说："晚生只是个直言，并不肯阿谀趋奉。"不承认是仰人鼻息的帮闲篾片。王惠分明是一个酷吏，衙门里一片"戥子声、算盘声、板子声"，"合城的人无一个不知道太爷的利害，睡梦里也是怕的"，他却自认为"而今你我为朝廷办事，只怕也不能不如此认真"。娄家公子结交了一批不三不四的"名士"，却自以为是礼贤下士的豪举。杨执中、权勿用、张铁臂一个个出乖露丑，使两位当代信陵大为扫兴。八股本是无用之物，可是鲁翰林却认为，八股通了，一通百通；八股不通，一切等于零。他是科场上的胜利者，充满着一种胜利者的优越感。这份自豪传给了他的女儿鲁小姐。女婿不懂八股，致使鲁小姐有误我终生之憾。八股本是赚取功名的敲门砖，而马二先生却把八股视为学问，对自己选文的眼光非常自豪。因为他心里藏着这一份自豪，所以当他看到匡超人的桌子上放着一本"他新选的《三科程墨持运》"，立即就对其产生了好感。当他看到书店里摆着自己的选本，不免心里欢喜，立即上前去打听此书的销售情况。赵雪斋攀龙附凤，借着说诗，带出中翰顾老先生、通政范大人、御史苟老先生，没见他有什么惊人之作，可他却以诗人自居，俨然是杭城诗坛的风雅主持。匡超人发迹以后，变成一个无耻卑鄙的名利之徒。潘三东窗事发，没有把匡超人供出来。而匡超人却不领这份情。他坚决不去探望入狱的潘三，自说"便是我当地方官，我也是要访拿他的"。一副公而忘私的模样。人物假恶丑的本来面目与他真善美的自我感觉的错位，造就了一种喜剧的效果。

为了制造良好的自我感觉，可以吹牛，可以撒谎。斗方名士会吹，官吏会吹，衙役会吹，盐商、屠户、和尚、山人，也都精通此道。梅玖吹他进学前，梦见太阳落在他头上。他不知道，太阳的表面温度就有六千多度。王惠吹他科考时如有神助的鬼话，哄哄老实的周进。匡超人不过是一个小小的教习，他却自吹说"学生都是荫袭的三品以上的大人，出来就是督、抚、提、镇，都在我跟前磕头"。名利之徒的吹牛撒谎，沽名钓誉，达到了不择手段的地步。马二先生经不起蘧公孙的纠缠，让他站上了《历科程墨持运》的封面；牛浦借着偷来的诗稿，冒充牛布衣；在牛玉圃那里，吹牛已经成为一种习惯，一种上了瘾的嗜好。权贵和富翁，似乎都是他的挚友，他一开口就说是"二十年拜盟的朋友"。这种良好的自我感觉，不但是骗人，而且是自欺。一部《儒林外史》，简直就是一部吹牛大全。

良好的自我感觉背后，是信仰的缺失。真正有信仰的人，如杜少卿的父亲，则被高翰林看作呆子。《儒林外史》中的几位真儒，一个一个地被边缘化。不是优胜劣汰，而是一种"黄钟毁弃，瓦釜雷鸣"的负淘汰。体制是必须超越的，但体制又是不可超越的，超越是要付出代价的。事情就是这样的矛盾。我们在《儒林外史》里看到了封建社会晚期的信仰危机。统治者也不愿去遵守自己制定的伦理规范，这一现象最容易摧毁一般人对伦理的信仰。当人人都在作假的时候，诚信还有什么意义！人人戴着假面，真正变成了人生如戏。可悲的是，如鲁迅所说："看客虽然明知是戏，只要做得像，也仍然能够为它悲喜，于是这出戏就做下去了；有谁来揭穿，他们反以为扫兴。"（《马上支日记》）

着力描绘讽刺对象的自我感觉，而不去直揭对象的可恶，使讽刺获得了一种含蓄的风格。辛辣的讽刺融化在似乎是无动于衷、不动声色的描绘之中，这就是鲁迅所说的"戚而能谐，婉而多讽"，"烛幽索隐，物无遁形"。中国古代最强势的文体是诗歌和史传，恰恰这两种文体都追求一种含蓄的风格。吴敬梓的讽刺青睐于含蓄的风格，是受到了传统文化潜在的影响。

从读者的感受来看，小说越是渲染被讽刺者良好的自我感觉，讽刺的意味就越是浓郁，讽刺的效果就越强烈。发迹前的周进，只是让我们觉得他的迂腐可怜。但他提携范进，也会得到读者的好感。没有多少讽刺。当梅玖嘲笑周进的时候，我们只觉得周进可怜。讽刺主要落在梅玖的身上。周进的冬烘，可笑的成分少而可怜的成分多。他在贡院发疯，更是让人唏嘘不已。在科举制度的诱惑和毒害之下，多少读书人变成空虚愚昧，除了八股一无所知，也一无所能的人。范进的故事也与此类似。我们读范进中举的故事，一开始，没有觉得作者对范进有多少讽刺，只觉得他老实而可怜，窝囊而辛苦。讽刺的笔墨主要落在胡屠户的身上。作者用不无夸张的笔墨，写出他的前倨后恭，造成了强烈的讽刺效果。范进中举以后，他的自我感觉逐渐地好起来，我们看到他一面忸怩作态，装出守孝的模样，一面"在燕窝碗里拣了一个大虾元子送在嘴里"，看到他身为学道，不知苏轼是何人，这个科场新贵，无知到了如此地步，才觉得讽刺落到了他的身上。

吴敬梓从名门子弟坠落至一贫如洗的平民，这一段惨痛的经历，来自上流社会的蔑视和排斥，无疑培养了他对世态炎凉的痛切体验，培养了他对势利和虚伪的敏感和痛恨。与此同时，我们也要看到，乾隆时代，也正是一个统治者自我感觉良好的时代。春风得意的乾隆，自诩为"十全老人"，认为他的文治武功，古今无人可比。他不但不允许有什么权臣，甚至也不承认有什么名臣，更不承认有帝王师之类的人物。乾隆不甘心仅仅做一个守成之主，他要做一个中兴之主。乾隆时期御纂、御注、钦定的经典之多，不仅说明了最高统治者对儒家学说的重视和提倡，而且说明了乾隆兼君主和教主于一身的内心愿望。当然，传统文化的习惯，如鲁迅所说，"挂起招牌就算成功了"，这种重视和提倡并没有多大的效果。吴敬梓的晚年，已经沦为一餐一饭都难以为继的赤贫。他对所谓的盛世不会有什么好感。他早已被社会边缘化。正是这种边缘化的社会地位，这一份难得的孤独和寂寞，使他在盛世保持了一份难得的清醒。凭着这份清醒，吴敬梓看清了盛世背后的暗潮汹涌，看透了世情的势利和虚伪。可贵的是，吴敬梓的边缘化也是他自己的选择。他曾经有机会从统治者的宴席上分得一杯剩菜残羹，可是，吴敬梓放弃了。他像陶渊明一样，像嵇康一样，不愿为五斗米折腰。因为他对盛世的否定，所以他要在小说里塑造一位庄绍光这样的人物。庄绍光那种蔑视富贵、淡泊功名、独立不羁的人格，深为作者所景仰。边缘化的地位，甘于寂寞、淡泊功名的思想，贫困带来的愤激与悲凉，加强了吴敬梓批判的力度，使《儒林外史》中处处迸发出讽刺的火花。

在一个自我感觉良好的盛世，吴敬梓带着他的忧愤和悲凉，完成了他不朽的讽刺巨著，使后人永远记住了这一位文化巨人的名字。

全部书中言辞之程式

《儒林外史》第一回有卧评道:"不知姓名之三人是全部书中诸人之影子,其所谈论又是全部书中言辞之程式。"所谓"不知姓名之三人",指的是王冕放牛时所见的胖子、瘦子和胡子;所谓"全部书中言辞之程式",指的是小说中名利之徒自我吹嘘的程式。我们分析一下三人的对话,看看卧评为什么要这么说:

> 吃了一回,那胖子开口道:"危老先生回来了。新买了住宅,比京里钟楼街的房子还大些,值得二千两银子。因老先生要买,房主人让了几十两银子卖了,图个名望体面。前月初十搬家,太尊、县父母,都亲自到门来贺。留着吃酒到二三更天。街上的人,那一个不敬。"那瘦子道:"县尊是壬午举人,乃危老先生门生,这是该来贺的。"那胖子道:"敝亲家也是危老先生门生,而今在河南做知县。前日小婿来家,带二斤干鹿肉

来见惠，这一盘就是了。这一回小婿再去，托敝亲家写一封字来，去晋谒晋谒危老先生。他若肯下乡回拜，也免得这些乡户人家放了驴和猪在你我田里吃粮食。"那瘦子道："危老先生要算一个学者了。"那胡子说道："听见前日出京时，皇上亲自送出城外，携着手走了十几步，危老先生再三打躬辞了，方才上轿回去。看这光景，莫不是就要做官？"三人你一句，我一句，说个不了。

三人的谈话方式有两个要点：一是拉大旗作虎皮，借势以自重，包着自己去吓唬别人。具体来说，要和官挂上钩，官越大越好，只要能够得着。直接挂也行，拐弯抹角地挂也行。胖子谈的是危素、太尊和县父母，胡子谈的是县尊和危素，瘦子谈的是皇上和危素。关键是和官挂上钩，其他如房子、鹿肉之类，都是烟云模糊的由头而已。三人之中，又数胖子挂钩挂得巧妙，不着痕迹："敝亲家也是危老先生门生。"而且"前日小婿来家，带二斤干鹿肉来见惠，这一盘就是了"。眼前这一盘干鹿肉就是小婿与本人亲密关系的见证。从小女到小婿，从小婿到敝亲家，从敝亲家到危老先生，通过这样曲折的联系，终于和危老先生有了关系。二是吹嘘要避实就虚，以虚带实。三人谈话的中心是危素，但目的都是拉高官以自重。

这"不知姓名之三人"确实是"全部书中诸人之影子";他们的谈话方式是"全部书中言辞之程式"。王惠一见周进,便说:"足下莫不是就在我白老师手里曾考过一个案首的?"又说:"顾二哥是俺户下册书,又是拜盟的好弟兄。"好像是礼贤下士,在和一位穷塾师套近乎,其实只是为了带出"白老师"和"顾二哥"罢了。严贡生一见张静斋、范进,便吹嘘汤知县和他如何有缘。梅玖考试考到四等,身为学道的范进要责罚他,他居然撒谎说现任国子监司业周进是他的业师。杭城的名士赵雪斋对景兰江说:"前月中翰顾老先生来天竺进香,邀我们同到天竺做了一天的诗。通政范大人告假省墓,船只在这里住了一日,还约我们到船上拈题分韵,着实扰了他一天。御史荀老先生来打抚台的秋风,丢着秋风不打,日日邀我们到下处做诗。这些人都问你。现今胡三公子替湖州鲁老先生征挽诗,送了十几个斗方在我那里,我打发不清,你来得正好,分两张去做。"借着说做诗,带出中翰顾老先生、通政范大人、御史荀老先生,一连串的官,让人看了眼花缭乱。连刚刚去世的鲁翰林也被利用上了。

不但是儒林中人喜欢自吹,即便是三教九流如胡屠户、夏总甲之流,也都掌握了这种方法。女婿中了举,胡屠户向和尚"诉苦":"可不是么!自从亲家母不幸去世,合城乡绅那一个不到他家来?就是我主顾张老爷、周老爷在那里司宾，大长日子，坐着无聊，只拉着我说闲话，陪着吃酒吃饭。见了客来又要打躬作揖，累个不了。我是个闲散惯了的人，不耐烦作这些事，欲待躲着些，难道是怕小婿怪？惹绅衿老爷们看乔了，说道'要至亲做甚么呢？'"胡屠户不说自己来往的都是"绅衿老爷们"，而是诉苦说"累个不了"。胡屠户其实哪敢见什么张老爷、周老爷，那张老爷真的来了，"轿子已是到了门口，胡屠户忙躲进女儿房里不敢出来"。"合城绅衿都来吊唁"，"胡老爹上不得台盘，只好在厨房里或女儿房里，帮着量白布，秤肉，乱窜"。"乱窜"二字尤为传神，写出胡屠户想出面，却又自知"上不得台盘"的尴尬、心忙。夏总甲一个劲地埋怨，说自己倒不如务农的快活了，那目的只是要借此带出衙门的班头李老爹、黄老爹而已。手法和胡屠户如出一辙。

山人如陈和甫之流，靠打秋风过日子，喜欢自吹也是情理之中的事。他初遇王惠、荀玫，先自声明："不瞒二位老先生说，晚生数十年以来，并不在江湖上行道，总在王爷府里和诸部院大老爷衙门交往。"其实王惠、荀玫二人并不曾问他这些事情。

人说吹牛不上税，可是，好吹成性的名士牛玉圃却因为吹牛太随意吃了大亏。牛玉圃是书里最喜欢自吹的人物，张口闭口都是官："我是要到扬州盐院太老爷那里去说话的，你们小心伺候。""若有一些怠慢，就拿帖子送在江都县重处！""我不瞒你说，我八轿的官也不知相与过多少，那个不要我到他衙门里去？我是懒出门。而今在这东家万雪斋家，也不是甚么要紧的人，他图我相与的官府多，有些声势，每年请我在这里，送我几百两银，留我代笔。代笔也只是个名色，我也不耐烦住在他家那个俗地方。""我和你还是那年在齐大老爷衙门里相别，直到如今。""只为我的名声太大了，一到京，住在承恩寺，就有许多人来求，也有送斗方来的，也有送扇子来的，也有送册页来的，都要我写字、做诗，还有那分了题、限了韵来要求教的。昼日昼夜打发不清。才打发清了，国公府里徐二公子不知怎样就知道小弟到了，一回两回打发管家来请，他那管家都是锦衣卫指挥，五品的前程，到我下处来了几次，我只得到他家盘桓了几天。临行再三不肯放，我说是雪翁有要紧事等着，才勉强辞了来。二公子也仰慕雪翁，尊作诗稿是他亲笔看的。"老牛动辄训斥牛浦，牛浦又饿了一顿，一腔怨气无处发泄，恰好小牛从道士那里得知万雪斋的隐私，知道万雪斋本是程明卿的小司客，小牛此时已经掌握了老牛好吹的脾气，知道他是个有骆驼不吹牛的主，所以精心设计，在闲聊的时候，故意装作若无其事地谈到了程明卿，老牛果然上当：

牛浦道："万雪斋先生算同叔公是极好的了，但只是笔墨相与，他家银钱大事还不肯相托。李二公说，他生平有一个心腹的朋友，叔公如今只要说同这个人相好，他就诸事放心，一切都托叔公，不但叔公发财，连我做侄孙的将来都有日子过。"牛玉圃道："他心腹朋友是那一个？"牛浦道："是徽州程明卿先生。"牛玉圃笑道："这是我二十年拜盟的朋友，我怎么不认的？我知道了。"

如果说与"徽州程明卿先生"相好，雪翁连家里银钱大事都可以相托，真是太有诱惑力了。小牛提供的这个信息非常有价值。老牛对小牛的智商实在是估计不足，结果是让小牛着着实实地耍了一把。他把万雪斋深深得罪了，却还蒙在鼓里。这就是吹牛的代价啊。谁让他动不动要说是朋友，还是二十年拜盟的朋友呢！

吴敬梓逝世至今，已近二百七十周年，可是，《儒林外史》中所描写的胖子、瘦子和胡子，在生活中还常常可以看到；"全部书中言辞之程式"，在生活中还常常可以听到。难怪清人要说："慎毋读《儒林外史》，读竟乃觉日用酬酢之间无往而非《儒林外史》。"

神来之笔

严贡生自然是读者最讨厌的人物,刁钻恶毒,吝啬贪婪,没有一点好处可说。可是,严贡生那种可贵的文学想象力却常常为读者所忽略。这种想象力在他第一次出场的时候就得到了充分的证明。且说老奸巨猾的张静斋带着初出茅庐的范进去"地方肥美"的高要县"秋风一二",在关帝庙遇到了"舍下就在咫尺"的严贡生。严贡生的外表是"方巾阔服,粉底皂靴,蜜蜂眼,高鼻梁,落腮胡子"。他的外貌很容易给人一种奸诈的错觉,其实他倒是文质彬彬、很懂礼貌的,以貌取人实在是靠不住的。你看他见了张静斋、范进两位有身份的人,谈吐何等文雅,举止又是多么大方得体。严贡生先给自己做了一个自我介绍,说他"去岁宗师案临,幸叨岁荐,与我这汤父母是极好的相与"。他和汤父母是不是"极好的相与",作者没有急着去揭穿他,后面说到知县听了告状,发火说:"一个做贡生的人,忝列衣冠,不在乡里间做些好事,只管如此骗人,其实可恶!"严贡生闻风惊慌，竟是"三十六计，走为上计"。王仁就此事曾对严监生嘲笑地说："你令兄平日常说同汤公相与的，怎的这一点事就吓走了？"我们由此可以明白，所谓"极好的相与"是怎么回事。可谁说严贡生吝啬呢，你看他在两位举人面前，多么慷慨："严家家人掇了一个食盒来，又提了一瓶酒，桌上放下，揭开盒盖，九个盘子，都是鸡、鸭、糟鱼、火腿之类。严贡生请二位老先生上席，斟酒奉过来说道：'本该请二位老先生降临寒舍，一来蜗居恐怕亵尊，二来就要进衙门去，恐怕关防有碍，故此备个粗碟，就在此处谈谈，休嫌轻慢。'"萍水相逢，素不相识，就这么热情，不能不令人感动。严贡生知道钱应该花在什么地方，知道该向谁献殷勤，和他那个只知聚敛的弟弟相比，真是不可同日而语。紧接着，严贡生就为两位老先生讲述了一个美丽的故事：

> 老先生，人生万事，都是个缘法，真个勉强不来的。汤父母到任的那日，敝处阖县绅衿，公搭了一个彩棚，在十里牌迎接。弟站在彩棚门口。须臾，锣、旗、伞、扇、吹手、夜役，一队一队都过去了。轿子将近，远远望见老父母两朵高眉毛，一个大鼻梁，方面大耳，我心里就晓得是一位岂弟君子。却又出奇，几十个人在那里同接，老父母轿子里两只眼只看着小弟一个人。那时有个朋友，同小弟并站着，他把眼望一望老父母，又

把眼望一望小弟，悄悄问我："先年可曾认得这位父母？"小弟从实说："不曾认得。"他就痴心，只道父母看的是他，忙抢上几步，意思要老父母问他甚么，不想老父母下了轿，同众人打躬，倒把眼睛望了别处，才晓得从前不是看他，把他羞的要不的。次日，小弟到衙门去谒见，老父母方才下学回来，诸事忙作一团，却连忙丢了，叫请小弟进去，换了两遍茶，就像相与过几十年的一般。

看来，严贡生真是小说家的材料，他很会编故事，说得煞有介事。严贡生的八股写得怎么样，那王德、王仁曾经表示过他们的藐视：

叙些闲话，又题起严致中的话来。王仁笑着问王德道："大哥，我倒不解，他家大老那宗笔下，怎得会补起廪来的？"王德道："这是三十年前的话。那时宗师都是御史出来，本是个吏员出身，知道甚么文章！"

但八股是议论文，是骈文的功夫，我们看严贡生的叙事却是颇为内行，很有章法。先说"人生万事，都是个缘法"，这是借议论来发端，很自然地就引出了下面这个故事，而且表现了严贡生的谦虚。那口气是说，汤父母之赏识严贡生，完全是缘分，不是自己如何出类拔萃。这里有生动的细节描写，"须臾，锣、旗、伞、扇、吹手、夜役，一队一队都过去了"，情景历历如画，如在眼前。既有老父母的容貌的描绘，所谓眉毛如何，鼻梁如何，"方面大耳"之类；又有严贡生自己的感受，所谓"我心里就晓得是一位岂弟君子"。看来，"岂弟君子"自有一定的容貌，按照这种标准，严贡生"蜜蜂眼，高鼻梁，落腮胡子"的相貌是不符合条件的了。这段叙述描写中最值得称道的是，严贡生还设计了一个陪衬的角色。这个朋友并非轻浮浅薄之人，虽然他"只道父母看的是他"，但是，为慎重起见，他先问了问严贡生："先年可曾认得这位父母？"在确认了严贡生并不认识这位汤父母以后，再上前去和父母官说话。结果当然是讨了个大大的没趣，"老父母下了轿，同众人打躬，倒把眼睛望了别处"。这位朋友的尴尬，对严贡生的谦虚起了很好的衬托作用。虽然这个故事据后来的描写来看，并非事实；但我们不能不对严贡生文学的想象力给予相当的肯定。

堕落后的匡超人，他那种文学的虚构能力也不弱：

景兰江道："也和平常教书一般的么？"匡超人道："不然，不然！我们在里面也和衙门一般：公座、朱墨、笔、砚，摆的停当。我早上进去，升了公座，那学生们送书上来，我只把那日子用朱笔一点，他就下去

元　倪瓚《紫芝山房圖》

儒林外史：
名利的炙烤

了。学生都是荫袭的三品以上的大人,出来就是督、抚、提、镇,都在我跟前磕头。像这国子监的祭酒,是我的老师,他就是现任中堂的儿子,中堂是太老师。前日太老师有病,满朝问安的官都不见,单只请我进去,坐在床沿上,谈了一会出来。"

"选本总以行为主,若是不行,书店就要赔本,惟有小弟的选本,外国都有的!"

不知道外国人能不能看懂他的选本,他的选本又是谁翻译的。又不知道哪个国家搬用了中国八股取士的制度。

"书中第一等下流人物"牛浦的文学想象力也不在严贡生、匡超人之下,当然,风格有所不同:严贡生的风格老辣而又含蓄,匡超人是放开胆子胡吹,牛浦则显得有些天真烂漫,吹的中间也不乏细节的描写。请看他如何地向道士吹嘘他和董老爷的交情:

> 我一向在安东县董老爷衙门里,那董老爷好不好客!记得我初到他那里时候,才送了帖子进去,他就连忙叫两个差人出来请我的轿。我不曾坐轿,却骑的是个驴,我要下驴,差人不肯,两个人牵了我的驴头,一路走上去。走到暖阁上,走的地板格登格登的一路响。董老爷已是开了宅门,自己迎了出来,同我手挽着手,走

了进去,留我住了二十多天。我要辞他回来,他送我十七两四钱五分细丝银子,送我出到大堂上,看着我骑上了驴,口里说道:"你别处若是得意,就罢了;若不得意,再来寻我。"这样人真是难得,我如今还要到他那里去。

牛浦的故事并非完全出于虚构,他和那位董老爷确实认识,董老爷也确实欣赏他,董瑛是把牛浦当作牛布衣了。牛浦根据他那有限的经历和见识来想象董瑛礼贤下士的故事,他运用他那有限的小聪明、小才气,尽量要把事情描写得恰如其分。"十七两四钱五分细丝银子"这一细节,精确到了几钱几分,一下子露出马脚,显出了牛浦的小家子气。但是,"两个人牵了我的驴头,一路走上去。走到暖阁上,走的地板格登格登的一路响",确实是神来之笔,生动极了。话语之间,充满着憧憬和期望,他简直是陶醉于自己的梦想之中。

聋妪的妙用

娄家公子的访贤，是《儒林外史》中著名的篇章。在娄家公子访求老阿呆杨执中的过程中，读者忘不了老阿呆的妻子。杨妻不乏一般人的感情，杨执中获释回家，"老妻接着，喜从天降"。汪家店里算定了杨家过年没有柴米，要出二十四两银子，买杨家的香炉，杨执中不肯。除夕那一天，家里没有柴米，杨执中夫妻两个，"点了 枝蜡烛，把这炉摩弄了一夜，就过了年"。可是，作者为杨妻设计的主要特点是又聋又蠢，用老妪的聋为娄家公子的访贤制造了喜剧性的氛围和情节上顿挫的效果。

娄家公子第一次登门拜访，杨执中不在，娄家公子告诉她："你只向老爷说是大学士娄家便知道了。"老妪"也不晓得请进去请坐吃茶，竟自关了门进去了"。老妪显然没见过什么官，也没有跟丈夫学过文化，所以，她把"娄"听成"柳"，把"大学士"听成"大觉寺"。老阿呆晚上才回家，老婆告诉他："早上城里有两个甚么姓'柳'的来寻老爹，说他们在甚么'大觉寺'里住。"杨执中心想，姓"柳"的是什么人？他忽然想起来，当初盐商告他，打官司，县里来的那个差人就是姓柳，一定是这个差人来要钱，就怪老婆不会应对，大骂老妪是"老不死""老蠢虫"，"这样人来寻我，你只回我不在家罢了。又叫他改日来怎的？你就这样没用！"老妪不服，和他顶嘴，杨执中火了，打了老妪几个嘴巴，踢了几脚。从此以后，杨执中怕姓柳的来找他讨债，白天就出去瞎混，躲债，到晚上才回家。

这个家庭的愚昧、粗野、不睦和贫困给我们留下了深刻的印象，这就是杨执中所生活的环境。娄家公子再次来访的时候，聋妪错上加错，竟把娄家公子大骂一通："还说甚么！为你这两个人，带累我一顿拳打脚踢！今日又来做甚么？老爹不在家！还有些日子不来家哩！我不得工夫，要去烧锅做饭！说着，不由两人再问，把门关上，就进去了，再也敲不应。"老妪的加入，使娄家公子的求贤过程变得更加复杂，更加富有讽刺的喜剧色彩；求贤的主角因此而显得愈加可笑。老妪的蠢来自无知，杨执中的呆来自书呆子的迂腐。写老妪的蠢衬托出杨执中的呆，并进一步地写出娄家公子的蠢。娄府公子求贤的过程，极尽曲折，不由得使人联想起刘玄德之三顾茅庐。不同的是，刘玄德的三顾茅庐，成为一段佳话，而娄府公子的求贤，变成一幕讽刺喜剧。

无独有偶，在《红楼梦》宝玉挨打的过程中也安排了一

清　孙温《红楼梦》插图（其一）

儒林外史：
名利的炙烤

个聋妪,那种作用真有异曲同工之妙。不肖之子马上就要"大承笞挞",可是,在这样一个千钧一发之际,作者突然插入一个聋妪。宝玉急忙抓住她,央求她去后面报信:"快进去告诉:老爷要打我呢!快去,快去!要紧,要紧!"谁知聋妪把"要紧"听成"跳井",笑着说:"跳井让他跳去,二爷怕什么?""有什么不了的事?老早的完了。太太又赏了衣服,又赏了银子,怎么不了事的!"紧急呼救的机会就这样给浪费了。故事的悬念扣在宝玉能否挨打上面,聋妪的出现提供了一次难得的机会,把绷紧的弦松了一下。可宝玉偏偏遇到了一位聋妪,宝贵的机会转瞬即逝,刚刚松弛的弦又绷紧了,经过这样一次顿挫,故事更加有力地向高潮挺进。作者并没有简单地把情节设计成因为耳聋而造成误会,而是给予它意想不到的意义。"跳井"指的是金钏之死。赏衣服,给银子指的是王夫人的安抚措施。聋妪的话是对金钏事件的一种反应。"有什么不了的事?老早的完了。"我们从聋妪的口气中不难感受到大观园里人心的麻木和人情的冷酷。

破题与入话

唐宋时应举诗赋和经义的起首处，须用几句话说破题目的要义，叫破题。五代人王定保所撰《唐摭言·已落重收》："杨员外於陵省宿归第，遇程于省司，询之所试，程探靮中得赋稿示之，其破题曰：'德动天鉴，祥开日华。'"明清时八股文的头两句，亦沿称破题，并成为一种固定的程式。

科举三场考试，首场是关键。首场决定录取与否，后面的二、三场影响录取的名次。首场的八股文尤为重要。对考官来说，一篇篇的八股堆在案上，全是陈词滥调，几句套话、废话翻来覆去，不厌其烦，看来看去，不由得昏头涨脑，简直分不清什么优劣高低，所以那开篇的"破题"非常重要。考官一看破题写得稀松平常，兴趣索然，下面也就懒得细看。破题写得醒目，考官陡然一惊，也就会强打精神看下去。考生琢磨出了这个规律，所以对破题非常重视，力求一开篇就将考官的眼球吸引住。塾师教学生，也是翻来覆去地让学生练习破题的技巧。《红楼梦》第八十二回，贾代儒教贾宝玉，主要在练破题。贾代儒出了两道题："后生可畏"（见于《论语·子罕》）、"吾未见好德如好色者也"（《论语·子罕》）。贾代儒出的这两道题很有针对性，教书而兼"育人"，贾宝玉的要害就在"意淫"，就在"爱博而心劳"。《聊斋志异》的作者蒲松龄一生科场不利，但他必定是在八股，尤其是在破题上下过苦功。《司文郎》一篇，分明是抨击科举的力作，蒲松龄却不免技痒，偏偏让宋生做了两次绝妙的破题：

> 王随手一翻，指曰："阙党童子将命。"生起，求笔札。宋曳之曰："口占可也。我破已成：'于宾客往来之地，而见一无所知之人焉。'"……又翻曰："殷有三仁焉。"宋立应曰："三子者不同道，其趋一也。夫一者何也？曰仁也。君子亦仁而已矣，何必同？"

"阙党童子将命"一句，出自《论语·宪问》，全文是："阙党童子将命。或问之曰：'益者与？'子曰：'吾见其居于位也，见其与先生并行也。非求益者也，欲速成者也。'"孔子说这个童生不是求上进而是一个想走捷径的人。宋生在这里借题发挥，用"于宾客往来之地，而见一无所知之人"两句，既解释了"阙党童子将命"一句，又巧妙地嘲骂了自命不凡的余杭生。与此同时，又表现了宋生说话尖刻的特点,发泄了宋生对余杭生的轻蔑之情。真所谓一石三鸟。第二个题目"殷有三仁焉"出自《论语·微子》,全文是:"微子去之,箕子为之奴,比干谏而死。孔子曰:'殷有三仁焉。'"意思是说纣王昏暴,微子、箕子和比干是三位仁人。宋生的破题固然是很见才气;但是,性好讽刺,擅长挖苦,恐怕有失圣贤忠恕之道。作为代圣贤立言的八股来说,也是犯忌的事。宋生的身上明显地有作者蒲松龄的影子;宋生对时文之士的鄙视,正是反映了蒲松龄的爱憎。

金榘、金两铭的父亲曾经在《塾训》中总结自己写作八股的经验,传授给他们兄弟。其中特意强调:"头一篇之破题、承、起讲,尤着实要紧,不可草草混过。起讲头须要有意思,有体格、有气焰,不可纤小取憎。"

那么,八股的破题与小说有什么关系呢?我们看八股的破题和通俗小说的入话颇有相似之处。入话的来历自然有很多方面的原因:通俗小说与说话艺术有很深的因缘,入话反映了艺人静场以待观众的需要,这是原因之一;宋代以后,小说的说教意识大大加强,入话具有点明教训的作用,这是原因之二。通俗小说渐渐地变成文人的案头之作,入话的静场作用渐渐退化,但是,入话作为点明教训的作用却反而得到了加强。我们看冯梦龙的"三言",便不难明白。这些入话或长或短,有的讲故事,有的只有议论,譬如《古今小说》的《蒋兴哥重会珍珠衫》《闲云庵阮三偿冤债》,它们的入话就没有讲故事；有的开头只有一首诗词，接着就进入正式的故事，譬如《古今小说》的《穷马周遭际卖䭔媪》，开首便是一首诗："前程暗漆本难知，秋月春花各有时。静听天公分付去，何须昏夜苦奔驰？"无论如何，入话的教训是不可缺少的。

　　小说的入话本来与八股没有关系，但是，明清的文人无不受到八股的思维训练，那种训练所造成的习惯，也会或隐或显地反映出来。我们看《儒林外史》的第一回，就相当于一篇入话、一篇破题。所谓"说楔子敷陈大义，借名流隐括全文"。"楔子"是借用元杂剧的术语，楔子常用在剧本的最前面，用来介绍剧情大意，点明主旨。后来小说中也有叫楔子的，作用与杂剧中的楔子大致相当。金圣叹本的《水浒传》便有所谓"楔子"，相当于容与堂本、袁无涯本的"引首"和第一回。而《儒林外史》的第一回回目所谓"敷陈大义""隐括全文"，等于八股的破题。破题的作用便是"敷陈大义""隐括全文"。吴敬梓年轻时候在父亲的严命下，曾经在八股上狠下功夫。虽然他后来思想发生巨大变化，转而唾弃八股，但八股的思维训练不能不对他产生潜在的影响。这种影响经过改造也未必不能使用到小说的创作上，其中的得失当然不是一两句话就能说得清楚。

　　吴敬梓给第一回的任务很重：王冕的"文行出处"是全书读书人的榜样，他避功名富贵如恐不及，他"年纪不满二十岁,就把那天文、地理、经史上的大学问,无一不贯通"。第一回一开头就点破"功名富贵"四个字,并且说:"自古及今,那一个是看得破的!"卷头词说"功名富贵无凭据",又借王冕之口将矛头直指八股取士的科举制度:"这个法却定的不好!将来读书人既有此一条荣身之路,把那文行出处都看得轻了。"将科举制度与文行出处相对立。这些思想笼罩全书,不可忽视。

煞 风 景

所谓"煞风景",字面上的意思是说损坏了美好的风景,用来比喻兴高采烈之余,突发令人扫兴之事。唐人李商隐《杂纂》有《煞风景》一目,其中列举花间喝道、看花泪下、苔上铺席、斫却垂杨、花下晒裈、游春重载、石笋系马、月下把火、妓筵说俗事、果园种菜、背山起楼、花架下养鸡鸭等事。宋僧惠洪所著《冷斋夜话》卷四记载道:

> 黄州潘大临工诗多佳句,然甚贫。东坡、山谷尤喜之。临川谢无逸以书问:"有新作否?"潘答书曰:"秋来景物,件件是佳句,恨为俗氛所蔽翳。昨日闲卧,闻搅林风雨声,欣然起,题其壁曰:'满城风雨近重阳。'忽催租人至,遂败意,止此一句奉寄。"

催租人至,诗人扫兴,灵感一去不复返,这是典型的煞风景之事,而"闻者笑其迂阔"。诗歌以形象的提炼取胜,以意境的提炼取胜，所以李商隐把花间喝道、看花泪下、苔上铺席、斫却垂杨、花下晒裈等一系列破坏形象组合、破坏意境统一之事均视为大煞风景的事情。诗人在构思的时候，"精骛八极，心游万仞"，是在进行一种超时空的形象思维。诗人"倾群言之沥液，漱六艺之芳润"，是在寻找美好的形象组合。催租人的不期而至，一下子将诗人拉回到世俗的现实中来，打断了诗人的思维活动，将诗兴破坏无余，所以说是煞风景。可是，在小说里，特别是在讽刺小说里，作者却常常有意地制造煞风景的场面，以造成喜剧性的讽刺效果。吴敬梓的《儒林外史》就是这样。

《儒林外史》第四、第五回，张静斋带着范进去汤知县那里打秋风，三人鸡鸭鱼肉正吃得高兴，因为枷死了回民老师傅，激起民变，数百人将县衙围住。张静斋和范进仓皇出逃。

《儒林外史》第十回，写的是蘧公孙和鲁小姐的婚礼。一个是千金小姐，"真有沉鱼落雁之容，闭月羞花之貌"；一个是少年名士，才貌双全，名士风流。婚礼安排得极其热闹排场："娄府一门官衔灯笼就有八十多对，添上蘧太守家灯笼，足摆了三四条街，还摆不了。全副执事，又是一班细乐，八对纱灯。""此时点几十枝大蜡烛，却极其辉煌。"就在这富贵荣华、热闹异常的婚庆氛围中，作者有意连续穿插了两个煞风景的镜头，第一件是老鼠惹的祸：

副末立起，呈上戏单。忽然乒乓一声响，屋梁上掉下一件东西来，不左不右，不上不下，端端正正掉在燕窝碗里，将碗打翻。那热汤溅了副末一脸，碗里的菜泼了一桌子。定睛看时，原来是一个老鼠从梁上走滑了脚，掉将下来。那老鼠掉在滚热的汤里，吓了一惊，把碗跳翻，爬起就从新郎官身上跳了下去，把簇新的大红缎补服都弄油了。

这老鼠早不掉、晚不掉，偏偏在婚礼最热闹的时候掉下来；而且"不左不右，不上不下，端端正正掉在燕窝碗里"。那老鼠"吓了一惊，把碗跳翻，爬起就从新郎官身上跳了下去"几句，犹为传神，把老鼠给写活了。它在闯祸以后，是那么慌张，而它越慌张，就更加忙中出错。老鼠从天而降，场面极其混乱，但作者写来，从容不迫，纹丝不乱。第二件是一个乡下小使闯的祸，这个祸就闯得更大：

　　那厨役雇的是个乡下小使，他靸了一双钉鞋，捧着六碗粉汤，站在丹墀里尖着眼睛看戏。管家才掇了四碗上去，还有两碗不曾端，他捧着看戏，看到戏场上小旦装出一个妓者，扭扭捏捏的唱，他就看昏了，忘其所以然，只道粉汤碗已是端完了，把盘子向地下一掀，要倒那盘子里的汤脚，却叮当一声响，把两个碗和粉汤都打碎在地下。

因为是临时雇来的"乡下小使"，没有经过培训，所以不知规矩，所谓上不得台盘；而且平时看戏的机会想来也很少，今天天赐良机，也便"看昏了，忘其所以然"，忘记了本职工作，结果闯出祸来。由此可见，一心不可二用，实在是千古不易之真理。小使不经过一定的培训也不行。作者特意点明"他靸了一双钉鞋"，因为这双钉鞋非常关键，后来还要用到它。把碗打了，粉汤洒了也就罢了，谁知两条狗窜出来，瞎凑热闹，"咂嘴弄舌的来抢那地下的粉汤吃"，小使"怒从心上起，使尽平生气力，跷起一只脚来踢去，不想那狗倒不曾踢着，力太用猛了，把一只钉鞋踢脱了，踢起有丈把高"。看到这里，我们知道问题大了，因为前面已经有老鼠从天而降的前车之鉴。果不其然，"陈和甫坐在左边的第一席，席上上了两盘点心，一盘猪肉心的烧卖，一盘鹅油白糖蒸的饺儿，热烘烘摆在面前。又是一大深碗索粉八宝攒汤，正待举起箸来到嘴，忽然席口一个乌黑的东西的溜溜的滚了来，乒乓一声，把两盘点心打的稀烂。陈和甫吓了一惊，慌立起来，衣袖又把粉汤碗招翻，泼了一桌"。这个"乌黑的东西"正是那小使的钉鞋。如此混乱的场面，作者写来纹丝不乱，小使的心理轨迹也非常层次分明，开始是看戏入神，忘乎所以，完全进入角色。作者特意写他是在看小旦装的妓女，也就是俗话说的"看女人"，以突出他的可笑。接着是犯下第一次错误以后，慌张不知所措。狗来抢粉汤，小厮的心理由慌张一变而为"怒从心上起"。因为愤怒已极，所以"使尽平生气力，跷起一只脚来踢去"，他未曾想到，后果是那么严重。钉鞋借着小厮的"平生气力"，升到"丈把高"的高度，然后以自由落体的速度，落在点心碗里，已经使局面变得非常糟糕；谁知陈和甫慌乱之中，"衣袖又把粉汤碗招翻"，场面才变得不可收拾。作者把钉鞋的受害者设计成陈和甫，也是对这位山人的揶揄。山人能知人祸福，预测未来，却没有预测到钉鞋的从天而降。隆重喜庆的婚礼被一只老鼠、一个"上不得台盘"的小厮给搅得一塌糊涂。陈和甫自吹能够未卜先知，却未能预测到小老鼠的从天而降。看来，小厮上岗以前，必须经过严格的培训，这笔钱是不能省的。煞风景的穿插，为后来八股才女和少年名士的不和，也为鲁编修的突然病逝做了铺垫，使才子佳人的天作之合变得富有讽刺的意味。

鲁编修"开坊升了侍读"，全家皆大欢喜，正要"打点摆酒庆贺，不想痰病大发，登时中了脏，已不省人事了"。范进刚刚中举，搬进了张静斋慷慨赠送的新房，范母听说那些细瓷碗盏和银镶的杯盘，加上那些丫鬟媳妇都是自己的，高兴得哈哈大笑，却"忽然痰涌上来，不省人事"。这些都是相类的煞风景。

权勿用兴冲冲地进城，赴娄府报到。礼贤下士的娄家公子望眼欲穿，等得火急火燎。权勿用应邀前往娄府。他穿着一身孝服，戴着一个高高的白色的孝帽。进城的时候，他也不知道应该靠右走，恰好有个卖柴的乡下人，肩上一根尖头的扁担。权勿用走路，横冲直撞，乡下人低头赶路，没有注意，将权勿用的白帽子挑在了扁担尖上。权勿用发现帽子不见了，赶快去追乡里人，"七首八脚的乱跑，眼睛又不看着前面，跑了一箭多路，一头撞到一顶轿子上，把那轿子里的官几乎撞了跌下来"。那官大怒，叫夜役将他"一条链子锁起来。他又不服气，向着官指手画脚的乱吵"。真是如火如荼。

《儒林外史》第十二、十三回，写"名士大宴莺脰湖"的"一时胜会"："两边船窗四启，小船上奏着细乐，慢慢游到莺脰湖。酒席齐备，十几个阔衣高帽的管家在船头上更番斟酒上菜，那食品之精洁，茶酒之清香，不消细说。饮到月上时分，两只船上点起五六十盏羊角灯，映着月色湖光，照耀如同白日，一派乐声大作，在空阔处更觉得响亮，声闻十余里。两边岸上的人，望若神仙，谁人不羡？游了一整夜。"谁知接着便有张铁臂以猪头假充人头的诈骗案，萧山县的差人又来捉拿权勿用，说是"案据兰若庵僧慧远，具控伊徒尼僧心远被地棍权勿用奸拐霸占在家一案"。杨执中的呆，权勿用的怪，张铁臂的骗，如八仙过海，各显神通。把两个公子骗得滴溜溜地转。娄家的贵宾们一个个出乖露丑，让娄家公子大为扫兴。

杜慎卿被季苇萧恶搞，兴致勃勃地去神乐观，要会一位"男美"，结果是见到一位身材肥胖，"头戴道冠，身穿沉香色直裰，一副油晃晃的黑脸，两道重眉，一个大鼻子，满腮胡须，约有五十多岁的光景"的来霞士。

《儒林外史》第二十七回，阔别二十多年的倪廷玺与倪廷珠兄弟相逢，喜从天降。山穷水尽之际，忽然柳暗花明。至二十八回，倪廷珠猝然离世，鲍廷玺美梦破碎。

《儒林外史》第四十九回，施御史、高翰林、秦中书等人正在看戏，忽然听得"一棒锣声"，有一个官员带了二十多个快手进来，"把万中书一手揪住，用一条铁链套在颈子里，就采了出去"。

诗歌中最忌煞风景，讽刺小说却常常有意地制造煞风景的场面，诗歌和小说竟是这样的不同。吴敬梓是要给甜得发腻的千年宴席添上一点不舒服、不痛快。

击鼓传花（上）

《儒林外史》的结构是比较特别的：既没有贯穿全书的中心人物，也没有贯穿全书的中心事件。

第一回等于是全书的入话，从第二回开始，可以看作小说的正文。因为《儒林外史》的精彩部分集中在前半部，第三十七回又是全书的高潮，所以我们不妨分析一下前三十七回的大意，来看看《儒林外史》结构上的特点。从人物的角度去看，叙事的重心一直在变化。第二回是写周进，实际上直接落在周进身上的文字并不多，大量的文字在写周进周围的环境，写夏总甲、梅玖、王惠这些人物。这些辅助人物的描写使我们明白了周进贡院发疯的原因。

第三回，周进的命运发生惊天逆转，不鸣则已，一鸣惊人，老童生捐监入场，连战连捷，高歌猛进，中举，中进士，拜御史，点学道，由科举制度的受害者，一变而为科举制度的执行者。周进钦点广东学道以后，立定主意，要提携寒素，实现公平原则："我在这里面吃苦久了，如今自己当权,须要把卷子都要细细看过,不可听着幕客,屈了真才。"周进刚刚进入官场这个大染缸,还没有被染黑,还保持着早先的一份善良,还保持着对贫苦读书人的一份同情。紧接着,叙事的重心从周进渐渐地向范进转移。周进成了辅助人物,范进成为中心。直接写范进的文字并不多,突出的是胡屠户前倨后恭的表演。范进中举的前前后后,作者紧紧抓住胡屠户前倨后恭的态度反转,极尽波澜,把势利虚伪的社会风气,描写得淋漓尽致。围绕胡屠户和左邻右舍的描写,深刻地揭示出范进之流在科举道路上苦苦攀登、至死不悔的社会根源。

第四回是一个过渡性的章回,张静斋带着范进去高要县打秋风,借此带出作者最憎恨的一个人物严贡生。第五、六回开始将叙事的重心向二严、二王转移,夺产成为焦点。第七回,借严贡生的活动,叙事的文字又回到周进,由周进带出来京会试的范进,由范进带出周进指名要关照的荀玫。再由荀玫带出同榜的王惠。第八回,故事的中心变成王惠。读书人在功名富贵的诱惑下,奋战科场。多数人屡战屡败,穷困潦倒,少数人侥幸中举中进士,在官场的染缸里摸爬滚打,一圆富贵之梦,成为贪官污吏。王惠就是后一种人物的代表。王惠南昌府走马上任,作者写他如何聚敛有方,把前任的懒政变为酷政,后来又如何投降宁王,江西的第一能臣,一变而为朝廷指名通缉的要犯,宁王失败以后,王惠又如何落荒而逃。借此又带出蘧公孙，再由蘧公孙带出娄府二位公子。第九回，写二娄的访贤，带出"老阿呆"杨执中。第十回，小说最忌平铺直叙，作者将娄府公子访贤的那条线暂时搁置，启动蘧公孙婚事的这一条线。通过蘧公孙的婚事，插入鲁翰林，而娄府公子就是联系他们的中介。通过蘧公孙和鲁小姐的婚礼，我们得知上流社会从说媒、下聘到迎亲、举行婚礼的全过程，知道其中都有些什么仪式。第十一回，借蘧公孙的新婚，递入八股才女——鲁编修的女儿。蘧公孙八股不在行，鲁小姐有"误我终身"之叹。第十二回，蘧公孙婚姻之事告一段落，又续上杨执中这条线索。故事又回到娄府公子的求贤，递入权勿用、张铁臂一帮假名士、假侠客，写他们一个个出乖露丑。杨老六偷了权勿用的钱，杨执中护犊，与权勿用闹翻，友谊的小船说翻就翻。张铁臂一番谎言，骗去娄府公子五百两银子。这边两位公子还在等着开人头会，准备给大家一个惊喜。谁知壮士一去不复返，远走高飞难寻觅。可怜那未卜先知的陈和甫也没看出其中的奥妙。

第十三、十四、十五回，连着三回都是写马二先生。求贤的闹剧告一段落，叙事的重心借蘧公孙转向马二先生，中心事件是枕箱案。蘧公孙喜欢丫鬟双红，千不该，万不该，把王惠的枕箱送给了双红。枕箱送出去倒也罢了，他竟无意中把王惠的事情给双红说了。王惠是朝廷通缉的要犯，枕箱就是钦赃。蘧公孙知情不举已经是重罪，他还资助王惠，私藏钦赃，更是罪不可赦。蘧公孙政治上的幼稚愚蠢，由此可见一斑。差人听到了双红与宦成的对话，得知了枕箱的秘密，凭着他的职业敏感，他明白，这是一次发财的好机会。蘧公孙饶有家财却年轻幼稚，这正是差人理想的讹诈对象。凭着马二先生的古道热肠，慷慨解囊，一场弥天大祸消灭于无形之中。接着便是马二先生的西湖之游，钱塘自古繁华。跟着马二的足迹，一路都是景点。但马二对风景并不在意，饥肠辘辘，眼里只见美食。一路吃过去，吃啥啥香。吃饱就好，饥饿是最好的调味品。无意中却遇到了借黄白之术、设局谋骗的洪憨仙。那洪憨仙仙风道骨，口才极佳，热情礼貌，一见如故，具备骗子的各种条件和特征。洪憨仙猝死，骗局功亏一篑，马二先生躲过一劫。接着，作者借马二先生带出流落杭州，摆摊算命的匡超人。写马二先生如何热心地指导匡超人学习八股，如何地对这位来自农村的年轻人进行科举的目的性教育。又如何慷慨解囊，资助他回乡。爱之而实害之，是鲁迅所谓"慈母或爱人误进的毒药"。

从第十六回一直到第二十回，作者用五回的篇幅来写匡超人在科举的诱惑下，在环境的影响下，一步步地蜕变，最后失去了农村青年全部的纯朴和善良。先写他事父之孝，如何地尽心尽意。此时的匡超人，还是一个纯朴的农村青年。他深夜苦读，感动了知县，他命中的贵人出现了。接着写他进学以后，心态如何变化，再写杭城的一帮所谓"名士"给了他怎样的熏染。赵雪斋、景兰江、支剑峰等斗方名士，失去了中举、中进士的希望，吟诗唱和，以此奔走衙门，结交权贵。他们以名士自居，以诗会为号召，标榜风雅，自我陶醉，互相吹捧，空虚而又无聊。匡超人在他们的身上，看到了一条混迹名利场的捷径。他在潘三的教唆之下又是如何迅速地堕落，变得利欲熏心，势利无耻。先是突破道德的底线，不久又突破了法律的底线。第二十回的后半部分借匡超人带出牛布衣。作者放下匡超人，来写牛布衣的行踪。

第二十一至二十三回，牛浦是中心。牛浦地位卑微而羡慕富贵，地位未变而思想已变。作者先由牛布衣的死，带出老和尚，由老和尚带出"书中第一等卑鄙人物"牛浦。围绕牛浦的婚事，通过牛老、卜老的张罗，写出赤贫与赤贫之间的善良和温馨，相互的理解和体谅。穷人的婚礼，省到不能再省。牛浦一心扑在冒名顶替以攀附官员上，对穷人之间的婚姻没有兴趣。牛浦窃取牛布衣的遗稿，冒名顶替，自称牛布衣，并得到了不明真相的孝廉董瑛的欣赏。董瑛错认知己，以为牛浦是什么"世外高人"，被牛浦利用来装门面。牛浦与卜家兄弟闹翻，撒手而去，置新婚的妻子于不顾。作者再由牛浦带出牛玉圃。牛浦上不得台盘，几番出丑，遭牛玉圃训斥、冷落。牛浦怨恨，决定报复牛玉圃。恰好他从道士那里得知盐商万雪斋的隐私。原来万雪斋本是徽州程明卿的小司客，后来自己赎身出来，独立经营，发了大财。而程明卿自己却破产了。牛浦抓住牛玉圃好吹的弱点，顺手牵羊地利用这一隐私，调理牛玉圃。牛玉圃上当，得罪盐商，失去金主。牛玉圃报复牛浦，把他骗上船，痛揍一顿，然后扔在岸边一个粪窖旁边。牛浦为船客所救。康复以后，又以牛布衣的身份，与董知县交往。由牛浦的冒名顶替，带出牛布衣妻子的千里寻夫。石老鼠的出现，牛布衣妻子的寻夫，使牛浦面临穿帮的危险，但是，由于官员的糊涂，都被牛浦糊弄过去。

第二十四回，由牛浦的冒名顶替引出一场官司，由官司带出向知县，由向知县的被参带出戏子鲍文卿。故事的重心逐渐向鲍文卿转移。鲍文卿本为爱惜人才，并非图人报答。虽然本身并不富裕，但面对并非劳动所得，无动于衷。衙门之贿赂请托，本是常态，鲍文卿却自有其为人的底线，坚决拒绝。作者有意地将一个身操"贱业"的平民来和热衷功名富贵的儒林作对比，并且描写了向知县与鲍文卿这两个社会地位悬殊的人之间，超越恩报关系，上升为一种真挚的感情。第二十五回，由鲍文卿遇倪霜峰，带出嗣子鲍廷玺（倪廷玺）。倪霜峰当了三十七年的秀才。穷困潦倒，靠修补乐器维持生活。因度日艰难，他六个儿子，卖了四个，死了一个。鲍文卿同情倪霜峰的遭遇。过继了倪霜峰的小儿子倪廷玺，改名鲍廷玺。鲍文卿对养子视如己出。第二十六、二十七两回，鲍文卿病逝，向鼎滴水之恩，涌泉相报，为老友题写铭旌，资助丧事银两，善始善终。接着，叙事的重心转向鲍廷玺。鲍文卿一死，鲍廷玺的苦日子开始了。中心是鲍廷玺和王太太的恶姻缘。王太太好吃懒做、能打能闹，受骗嫁给了鲍廷玺。王太太会享受，"懂生活"，把握当下。钱花了是自己的，不花就不是自己的。在鲍老太、归姑爷和媒婆的共同操作下，制造了一桩恶姻缘。从中可以看到种种的世态：媒婆的欺骗，螟蛉之子的处境，人性的险恶。接着，作者插入鲍廷玺和倪廷珠意外的兄弟相逢。山穷水尽之际，忽然，鲍廷玺的亲哥倪廷珠从天而降，剧情反转，柳暗花明又一村。骨肉重逢，悲喜交加，说不尽别后情况。由鲍廷玺带出名士季苇萧。

击鼓传花(下)

第二十八回是一个过渡性的章回，倪廷珠突然得病暴死，鲍廷玺顿失靠山，回到了起点，经历了过山车一般的戏剧人生。倪廷珠来也匆匆，去也匆匆。一写功名富贵的靠不住，二写人生的无常。叙事的接力转向名士季苇萧。写季苇萧的纳妾，借季苇萧和辛东之、金寓刘的对话，嘲骂盐商的鄙陋。由季苇萧带出季恬逸。他和萧金铉为盱眙来的诸葛天申选时文，"且混他些东西吃吃再处"。借着寻房子的事，顺手转入僧官和龙三的闹剧。第二十九、三十两回，金东崖结束了龙三的胡闹，故事的重心转向杜慎卿。写他的纳妾、访问"男美"、主持花会。第三十一、三十二、三十三回，重心转入杜少卿。由鲍廷玺的求助杜慎卿，带出杜少卿。杂七杂八地写出杜少卿的豪爽，对老一辈的敬重；周围的无良小人，包括乡人、裁缝、戏子、管家，一个个如何地骗他的钱财。杜少卿一派纨绔习气，如何轻信滥施，花钱如流水，今天卖地，明天卖屋，很快地把财产挥霍殆尽。杜少卿坐吃山空，渐渐地落入窘境。作者对杜少卿的滥施是否定的，反映了作者对早年的放荡不羁、挥霍无度有所反思。接着，带出古礼专家迟衡山。他发起祭祀泰伯的建议。

第三十四回，又是一个过渡性的章回，朝廷征辟，李巡抚推荐了杜少卿。杜少卿认为出去做不成事业，徒惹高人一笑，装病辞去征辟。这是一次重大的人生选择；显示了杜少卿鄙视功名富贵的决绝意志，也曲折反映了他的政治态度。不但是拒绝征辟，而且以后不再应付岁考，这就切断了仕进之路，自觉地选择自外于体制的边缘化的人生道路。接着，写高翰林嘲笑杜少卿父子，反映了儒林和官场信仰崩溃的现实。杜少卿的诗学，他对《诗经》的新解，反映了他不为前人所拘，不为朱熹所拘的独立思考。反映了乾嘉汉学对他的启发和影响。由杜少卿的解经，带出庄绍光。写他应征辟一路上的见闻和盗贼横行的情形，反映出盛世背后治安的混乱和底层的贫困。带出解饷进京的萧昊轩。

第三十五回，仍以庄绍光为主，写他朝见皇帝的经过，如何的恩赐还山。归途中所见民不聊生的情形，地方官吏和盐商的逢迎，《高青丘文集》引起的风波，影射了雍正、乾隆时期非常猖獗的文字狱。第三十六回，平空插入一个虞博士，他是祭祀泰伯的主祭。虞博士出身贫寒，三代教书为业。乐天知命，襟怀冲淡。第三十七回，在此回以前，人物一个个地出场，又一个个地退出。但这一回，却突破前面击鼓传花的方式，一下子将众多的人物集中到一起，作者显然想把它写成全书的高潮。写泰伯祠的祭祀大典。带出寻找亲父的郭孝子。

从以上的介绍中可以看出，人物接力似的一个个往下传递，好像击鼓传花。当然，前面提到的人物，后面还可能出现，但已经不太重要。譬如说，周进的故事主要集中在小说的第二回，但是，后面还会不时地提到周进：

> 张静斋屈指一算："铭旌是用周学台的衔。……"（第四回）
>
> 严贡生道："正是。因前任学台周老师举了弟的优行……"（第六回）
>
> 严贡生没法了，回不得头，想道："周学道是亲家一族，赶到京里，求了周学道在部里告下状来，务必要正名分！"（第六回）
>
> 学道道："你先生是那一个？"梅玖道："现任国子监司业周蒉轩先生，讳进的，便是生员的业师。"范学道道："你原来是我周老师的门生。也罢，权且免打。"（第七回）

危难之时，梅玖借周进救急。忘记当初如何地挖苦老童生来。幸亏范进老实好哄，梅玖得以蒙混过关。梅玖脸皮之厚，真是无人可及。

> 学道又道："你可是周蒉轩老师的门生？"荀玫道："这是童生开蒙的师父。"学道道："是了，本道也在周老师门下。……"
>
> （和尚）又指与二位道："这里不是周大老爷的长生牌？"二人看时，一张供桌，香炉、烛台，供着个金字牌位，上写道："赐进士出身，广东提学御史，今升国子监司业周大老爷长生禄位。"……只有堂屋中间墙上还是周先生写的联对，红纸都久已贴白了，上面十个字是："正身以俟时，守己而律物。"梅玖指着向和尚道："还是周大老爷的亲笔，你不该贴在这里，拿些水喷了，揭下来，裱一裱收着才是。"（第七回）

前面薛家集一节，我们已经领教了梅玖的尖酸刻薄，写了他的"前倨"。这里又补写他的"后恭"。先前，周进穷困潦倒，梅玖视其为尘土，任意踩踏；而今周进发达，他又视其为神明，极尽阿谀奉承之能事。揭露梅玖的厚颜无耻，抨击势利的社会风气。

> 到晚，荀员外自换了青衣小帽，悄悄去求周司业、范通政两位老师，求个保举，两位都说："可以酌量而

行。"（第七回）

　　严致中道："前日才到。一向在都门敝亲家国子司业周老先生家做居停，因与通政范公日日相聚。今通政公告假省墓，约弟同行，顺便返舍走走。"（第十八回）

关于周进，第二、第三回以后并没有重要的故事要讲，之所以要不时地提起，无非是通过呼应来加强一下结构上的凝聚，当然也是顺手的利用。荀玫寻求夺情，而周进、范进的态度，揭露出两位高官伦理的堕落。

严贡生夺产的事在第六回，打官司，严贡生连连碰壁，像一只没头的苍蝇到处乱飞。但官司的结果如何，却在第十八回才有了交代：

　　浦墨卿问三公子道："严大先生我听见他家为立嗣有甚么家难官事，所以到处乱跑，而今不知怎样了？"三公子道："我昨日问他的，那事已经平复，仍旧立的是他二令郎，将家私三七分开，他令弟的妾自分了三股家私过日子。这个倒也罢了。"

荀玫的结局在第二十九回借金东崖和董书办的谈话作了交代："荀大人因贪赃拿问了。就是这三四日的事。"第十二回写了"侠客虚设人头会"，张铁臂便下落不明，竟是泥牛入海无消息。谁知道第三十七回，出来个张俊民，蘧公孙认出他，心想："这人便是在我娄表叔家弄假人头的张铁臂！""张铁臂见人看破了相，也存身不住，过几日，拉着臧蓼斋回天长去了。"

第十九回，潘三东窗事发，那款单上列出的罪状中有买嘱枪手，替人代考一条。后来如何处理的呢？一直到第二十九回，作者让金东崖自己说了出来："小儿侥幸进了一个学，不想反惹上一场是非。虽然'真的假不得'，却也丢了几两银子。"明明是由潘三安排匡超人当枪手，替金跃代考，骗了一个秀才，金东崖却硬说是"真的假不得"。不知他如何花钱摆平了这件事情。

第十三回，蘧公孙与马二先生相识不久，看到马二先生编选的《历科墨卷持运》，就提出请求，希望在封面上署名，被马二先生委婉地拒绝："这事不过是名利二者。小弟一不肯自己坏了名，自认做趋利。假若把你先生写在第二名，那些世俗人就疑惑刻资出自先生，小弟岂不是个利徒了？若把先生写在第一名，小弟这数十年虚名，岂不都是假的了？还有个反面文章是如此算计，先生自想，也是这样算计。"一直到第三十三回，我们才知道，马二先生终于向蘧公孙妥协，满足了好名的蘧公孙的请求。蘧公孙如愿以偿，站上封面："走到状元境，只见书店里贴了多少新封面，内有一个写道：'《历科程墨持运》。处州马纯上、嘉兴蘧骃夫同选。'"

叙事中心人物的接力，叙事重心的不断转移，淡化了人物的命运。中国古代小说一般都是非常重视人物命运结局的交代，作者写人，必有结局；读者看小说，必看人物的结局。而《儒林外史》却打破了这一传统，周进、范进最后的结局，付之阙如。书中的人物大多没有结局。作者真正有兴趣的是知识分子的整体命运，是世态人情的玩味，是对势利虚伪现象的讽刺。这种结构是对传统审美趣味的极大挑战。《儒林外史》依靠主题的集中来造成全书的凝聚，来弥补悬念不足带来的缺憾。一方面出于作者严肃的创作态度，一方面出于作者的创作个性。对世态的讽刺，对人情世态的揣摩，是作者的优势所在。而这种风俗画似的连缀，最能发挥作者的特长。

从中国古典小说的发展历史来看，开始的时候是追求情节的离奇。这个传统十分悠久，它培养了嗜好离奇的读者，使后来的作者不敢轻易地离开这个传统。我们看冯梦龙"三言"里收的那些短篇白话小说，无论是宋元旧作，还是明人新作，虽然写的可能是普通的市井人物，但这些市井人物仍然被安排在离奇的情节之中。巧合过多是这些故事明显的特点。凌濛初的"二拍"，他力求解决"耳目之内，日常起居"和"谲诡幻怪"之间的矛盾，提出了描写"耳目前之怪怪奇奇"的主张。其实，凌濛初所谓的"耳目前之怪怪奇奇",主要是各种民事纠纷、刑事案件。这类题材满足了将"耳目之内,日常起居"和"谲诡幻怪"统一起来的要求。尽管如此,从整体上看,"二拍"中的巧合还是非常之多。《金瓶梅》真正打破了追求离奇情节的顽强传统,人物和情节同时与传奇告别。然而,《金瓶梅》以西门庆家族的兴衰为线索,依然是以命运作为悬念。不过,这种悬念已经被大大地淡化了。到了吴敬梓的《儒林外史》,人物命运作为悬念被作者彻底地抛弃。小说失去一种吸引读者的最传统的武器,完全靠世态的讽刺、思想的深刻、直击心底的灵魂拷问来吸引读者。《儒林外史》阳春白雪的风格,使它付出了曲高和寡的代价。《儒林外史》在百姓中的影响比《三国演义》《水浒传》《西游记》小多了。但是,情节的离奇总是要以真实性的损失为代价,所以,《儒林外史》在损失悬念的同时,却更加逼近了生活,从来的小说,都没有像《儒林外史》这样接近真实的生活。

明　孙克弘《销闲清课图·展画》

儒林外史：
名利的炙烤

挑战多数

就中国古代的小说名著而言,《三国演义》《水浒传》《西游记》《聊斋志异》《红楼梦》在民间的影响都要比《儒林外史》大得多。能够把《儒林外史》从头至尾看下来的人,恐怕寥寥无几。在十几亿中国人中所占的比例一定是微乎其微。我们可以简单地解释说,这就是曲高和寡的道理,但事情并不这么简单。

中国的小说大多以情节的曲折离奇吸引人,从神话、志怪到唐人的传奇,到宋元的话本,一脉相承。追求情节离奇的作品培养了嗜好离奇情节的读者,而读者的嗜好又反过来制约着小说的创作,使作者不敢轻易地离开情节的追求。至少《三国演义》《水浒传》《西游记》《聊斋志异》的情节是很吸引人的。当然,这四部名著并非仅仅以情节的离奇而取胜。《红楼梦》并非以情节取胜,但《红楼梦》依然是把人物的命运作为全书的总悬念。不但是贾宝玉、林黛玉和薛宝钗的悲剧,而且有一大批女子不同层次的悲剧。《红楼梦》把一个爱情的悲剧，一个婚姻的悲剧写得那么真实、深刻而生动，这无疑是吸引人的重要原因。这五部小说都有悬念抓住读者，都会用人物的命运来揪住读者的心。可是，《儒林外史》却没有贯穿全书的人物，当然也就没有一个统一的悬念。《儒林外史》关心的是知识分子的整体命运，并未对一个个人物的命运作出明确的交代。周进后来怎么样了，范进后来怎么样了，书里并未有所交代。个人的命运在《儒林外史》中被充分地淡化了，因为作者的兴趣不在讲故事，而一般的读者读小说是奔着故事来的。《儒林外史》放弃统一的悬念，淡化人物命运的色彩，其实是在向多数人的审美习惯挑战。

《儒林外史》写的是普通人的日常生活，但是，吴敬梓却有意地回避着爱情。一般地说，读者不能指责作者为什么不写这个，为什么不写那个；可是，《儒林外史》的描写告诉我们，作者显然是在有意地回避爱情。《儒林外史》中写了很多婚姻，几乎没有一次出自当事人的自愿，没有一个带有浪漫色彩的爱情故事。鲁小姐和蘧公孙的婚姻，本来是才子和佳人的结合，但作者对他们的柔情没有半点兴趣，我们看到的是八股才女和少年名士之间的矛盾，听到的是鲁小姐"误我终身"的叹息，感到的是功名富贵对才子才女的毒害。在鲁小姐看来，天下哪有未中进士的名士！中进士是名士的金标准。匡超人的第一次婚姻由潘三所促成，这是匡超人充当枪手而表现出色所获得的报酬。一切都由潘三去张罗，匡超人坐享其成。匡超人早先并不认识郑家女儿，当然不能算是恋爱。匡超人的第二次婚姻，娶的是李给谏的外甥女。是李给谏主动提出来，匡超人为了攀高枝，停妻再娶，想学那"戏文上说的蔡状元招赘牛相府"的故事。作者在这里是写匡超人的蜕变和堕落。这里没有爱情，也没有浪漫。牛浦的第一个妻子是邻居卜老的外甥女。在这次婚姻中，看不到牛浦一丝一毫的积极性。他好像是在奉命行事。他忙的是去庵里偷诗稿，对这门穷人的亲事，一点都没有放在心上。牛浦后来和两位舅爷闹翻，居然一走了事，置新婚的妻子于不顾。作者在这里写出牛浦的绝情和冷酷。书中还写到鲍廷玺的两次婚姻。第一次娶的是王总管的小女儿，婚事由向知县一手包办，似乎是一桩包小而又美满的婚姻。但是，很明显，作者在这里只是为了写向鼎和鲍文卿的友谊，王总管的小女儿实际上是向鼎报答鲍文卿的一件礼物。后来王家女儿早逝，文卿也去世了，鲍老太贪图王太太家有点家产，硬逼着鲍廷玺娶那位王太太。王太太则是轻信媒婆沈大脚的一派谎言，以为廷玺是什么"武举"，家里又是如何的有钱，便答应了这门亲事。这门婚姻的动力还是功名富贵。小说还写到名士季苇萧的娶妾，季自己说："我们风流人物，只要才子佳人会合，一房两房，何足为奇！"小说第二十九回，出现一位兼有子建之才、潘安之貌的风流才子杜慎卿,好像应该有一点浪漫故事了,可是,我们只见他急急忙忙地娶妾,兴致勃勃地去会一位"男美",结果是见到一位身材肥胖,"头戴道冠,身穿沉香色直裰,一副油晃晃的黑脸,两道重眉,一个大鼻子,约有五十多岁光景"的来霞士。书中唯一的自由结合是宦成和双红的私奔,但宦成的形象显得非常俗气。作者把这次唯一的恋爱和政治讹诈连在一起,说明了作者对这种自由恋爱不以为然的态度。《儒林外史》中不美满的婚姻都不是因为家长的包办,也不是因为有了外遇,而是因为对功名富贵的追求。

《儒林外史》中没有爱情的位置,这也是《儒林外史》吃亏的原因。

题外杂谈

自食其力

隐士历来是被认为有点高尚的,但是,隐士虽然清高,无奈也要吃饭穿衣。如果有家的话,养家糊口也是不能不考虑的现实问题。陶渊明那样安贫乐道的人,饥寒之际,也有牢骚,鲁迅说他并非浑身是静穆。吴敬梓在《遗园四首》之二有云:"治生儒者事,谋道古人心。"可是,吴敬梓知道,自己除了文学以外,没有别的谋生之道。他在《移家赋》中就说过:"千户之侯,百工之技,天不予梓也,而独文梓焉。"治生的可能性,他在移家南京的时候已经想到了。吴烺弱冠之年,就四处奔走,"自力于衣食","饥鸟飞去复飞回"(《从江宁返全椒作四首》之四)。后来有了内阁中书的头衔,也依然是"寸禄难为养"。《儒林外史》中的蘧景玉说得就很实在,他向王惠这样解释父亲急流勇退、挂冠归隐的原因:"家君常说:'宦海风波,实难久恋。'况做秀才的时候,原有几亩薄产,可供饘粥;先人敝庐,可蔽风雨;就是琴、樽、炉、几、药栏、花榭,都也还有几处可以消遣。所以在风尘劳攘的时候,每怀长林丰草之思,而今却可赋'遂初'了。"吴敬梓充满着愤世嫉俗的精神,在书里借王冕母亲之口诅咒说"做官怕不是荣宗耀祖的事,我看见这些做官的都不得有甚好收场",又借蘧太守之口,说儿子的死,"只怕还是做官的报应";但是,吴敬梓清醒地看到,一般的读书人,即便是为了生活,也不得不去走科举之路,去读自己所不喜欢的八股文章。杜家是科举世家,除了杜少卿、杜慎卿以外,六七十个子弟,"其余的都闭了门在家,守着田园做举业"。明清之所谓"耕读世家",指的就是这种家族:守着田地,练习八股,准备科考。田地可以收租,是进可攻退可守的经济基础。科考是争取做官,光宗耀祖,荣华富贵。吴敬梓对此显然有过深入的思考,他深知"隐"是要付出代价的。

虞博士是《儒林外史》里最被推崇的真儒。他自有谋生之道,明白一要生存,二要温饱,三要发展的道理。他十四岁就在祁家教书。十七八岁的时候,云晴川先生对他说:"虞相公,你是个寒士,单学这些诗文无益,须要学两件寻饭吃本事。我少年时也知道地理,也知道算命,也知道选择。我而今都教了你,留着以为救急之用。"于是,虞博士就学了几件吃饭的本事。祁太公又建议虞博士读书进学,有了秀才的身份,坐馆教书也好办。薄技在身,至少可以养家糊口。虞博士也很慷慨,但是,他并不像杜少卿那样滥施恩惠。对虞博士的这些描写，反映了吴敬梓晚年连温饱都无法保证以后的一番思考。在田庐尽卖以后，千金散尽不复来，他已经从慷慨好施的豪杰，沦落为朋友资助的对象。杜少卿当了衣服，才凑出资助郭孝子的四两银子。余大先生对他说："老弟，你这些上好的基业，可惜弃了。你一个做大老官的人，而今卖文为活，怎么弄的惯？"杜少卿回答道："我而今在这里，有山川朋友之乐，倒也住惯了。不瞒表兄说，我愚弟也无甚么嗜好，夫妻们带着几个儿子，布衣蔬食，心里淡然。那从前的事，也追悔不来了。"即是说，后悔是后悔的，但现在后悔也没用了，过去的就让它过去吧。杜少卿要办席招待余大先生，却是穷得已经力所不及。恰好庄濯江送来一担礼，雪中送炭，这才解决了杜少卿的难题。杜少卿在安庆回来的路上，居然连船钱都付不出，到茶店时，身上仅剩五个钱，居然走不出茶店。幸亏遇到来道士，替他付了茶钱。遇到韦四太爷，给他十两银子，他才得以付了船钱。大老官终于到了无钱可以挥霍的地步。中山王府里有一位烈女，请虞博士作一篇碑文。虞博士为了替杜少卿解困，将碑文让给杜少卿去做。

吴敬梓在《儒林外史》中设计的四位市井奇人，也很能反映他在这方面的思考方向。这四位奇人有一些值得注意的共同特点。人们首先注意到他们不汲汲于富贵、不戚戚于贫困的人生态度。作者的主要用意确实也在这里，因为全书的倾向是否定功名富贵。但值得注意的是，四位奇人都是自食其力，都有赖以谋生的小小职业：一个是会写字的，一个是卖火纸筒子的，一个是开茶馆的，一个是做裁缝的。与此同时，他们都有文人的那些爱好和雅兴：写字的季遐年不必说，卖火纸筒子的王太围棋下得非常好，开茶馆的盖宽会画画，做裁缝的荆元"每日替人家做了生活，余下来工夫就弹琴写字，也极喜欢做诗"。无非是"琴棋书画诗酒花"。看来他们也不是一般的老百姓，他们是有文化修养的市民。他们很类似于后来的自由职业者，经济上有自立的能力，因而在思想上保持着一定的自由。虽然这种自由非常有限，但毕竟不是寄人篱下，没有仰人鼻息。吃的是自家的饭，做的是自己喜欢做的事。因为是自食其力，所以没有职业的自卑感，荆元的话最能代表他们的心态："至于我们这个贱行，是祖、父遗留下来的，难道读书识字，做了裁缝就玷污了不成？况且那些学校中的朋友，他们另有一番见识，怎肯和我们相与？而今每日寻得六七分银子，吃饱了饭，要弹琴，要写字，诸事都由得我，又不贪图人的富贵，又不伺候人的颜色，天不收，地不管，倒不快活？"快活的是"天不收，地不管"，"诸事都由得我"；自豪的是"又不贪图人的富贵，又不伺候人的颜色"；这种快活的物质基础是"每日寻得六七分银子"。如果没有这个物质基础，那就要和倪霜峰一样，当了三十七年的秀才，到最后，只为"读了这几句死书,拿不得轻,负不的重,一日穷似一日",结果落到卖儿鬻女的悲惨境地。倪霜峰还是有手艺的人,他会修理乐器;如果像周进、范进那样,屡战屡败而又无一技之长,那就更惨。当然,后来周进、范进侥幸地晚年及第,终于脱贫。我们再回过头来看看《儒林外史》第一回树立的读书人的榜样王冕,他会画画,而且画出了名,"诸暨一县都晓得是一个画没骨花卉的名笔,争着来买。到了十七八岁,不在秦家了,每日画几笔画,读古人的诗文,渐渐不愁衣食,母亲心里欢喜"。如果不是有此特长,如何能做到不愁衣食,如果不是衣食不愁,又如何隐得下去?沈琼枝之受到杜少卿的欣赏,主要是因为"盐商富贵奢华,多少士大夫见了就销魂落魄,你一个弱女子,视如土芥这就可敬的极了";另一方面,也因为沈琼枝的自食其力:"沈琼枝自从来到南京,挂了招牌,也有来求诗的,也有来买斗方的,也有来托刺绣的。"

张固所撰《幽闲鼓吹》中有这样一个人所共知的典故:

> 白尚书应举,初至京,以诗谒顾著作况。顾睹姓名,熟视白公,曰:"米价方贵,居亦弗易。"乃披卷首篇曰:"咸阳原上草,一岁一枯荣。野火烧不尽,春风吹又生。"即嗟赏曰:"道得个语,居即易矣。"因为之延誉,声名大振。

看来顾况很喜欢开玩笑,初次见面,他就拿白居易的名字开起玩笑来。玩笑归玩笑,"米价方贵,居亦弗易"却是一句实话。京城物价昂贵,亦是常情。白居易的运气还是不错的,有人"为之延誉",有人提携,"居即易矣"。但吴敬梓的运气就没有这么好了,程晋芳的《文木先生传》中感叹说:"余生平交友,莫贫于敏轩。抵淮访余,检其橐,笔砚都无,余曰:'此吾辈所倚以生,可暂离耶?'敏轩笑曰:'吾胸中自具笔墨,不烦是也。'""胸中自具笔墨"固然不假,但胸中的笔墨,看不见,摸不着,还是需要物化的形式。卖地卖屋,然后是卖书,最后连笔砚都要卖,真是到了山穷水尽的地步。

《文木先生传》中对吴敬梓晚年的贫困有具体的描写:

> 环堵萧然,拥故书数十册,日夕自娱。窘极,则以书易米。或冬日苦寒,无酒食,邀同好汪京门、樊圣谟辈五六人,乘月出城南门,绕城堞行数十里,歌吟啸呼,相与应和;逮明,入水西门,各大笑散去,夜夜如是,谓之"暖足"。余族伯祖丽山先生与有姻连,时周之。方秋,霖潦三四日,族祖告诸子曰:"比日城中米奇贵,不知敏轩作何状。可持米三斗,钱二千,往视之。"至,则不食二日矣。然先生得钱,则饮酒歌呶,

未尝为来日计。

程晋芳的《寄怀严东有》(之二),如此描写吴敬梓晚年的贫窘:"囊无一钱守,腹作干雷鸣。……近闻典衣尽,灶突无烟青。"程晋芳晚年破产,生活贫窘,就在乾隆十九年那年,他和吴敬梓在扬州相遇,吴敬梓拉着程晋芳的手哭着说:"子亦到我地位,此境不易处也,奈何!"吴敬梓猝然去世,身上只剩下典衣所剩的一点钱。友人王又曾见此窘况,立即去当时的两淮盐运使卢见曾处诉说情况。卢见曾听了不胜感伤,慷慨答应负责一切丧葬费用。

乾隆二十七年,乾隆南巡过淮,程晋芳献《江汉朝宗赋》四章。皇帝大悦,拔置第一,赐举人,授中书舍人,协办侍读事,后允力略馆纂修。此年程四十五岁,始悉弃在淮之产,偿清宿逋,举家北迁京师。乾隆三十六年,中二甲第二十四名进士,官吏部验封司,后兼文选司主事。乾隆三十八年,《四库全书》馆开,经诸大臣荐举,任编校工作。因编校卓异,乾隆皇帝特改授程晋芳为翰林院编修。乾隆四十八年秋,程晋芳负债山积,势不能支,乞假赴陕,投奔陕西巡抚毕沅,谋归老计。到毕署不一月,卒于陕西毕沅署,终年六十七岁。

鲍文卿领了他的戏班子去天长县杜家去做戏。"做了四十多天回来,足足赚了一百几十两银子。父子两个,一路感杜府的恩德不尽。"一个戏班子，演了四十多天，每天不过赚三四两银子，还感激不尽。"这季恬逸因缺少盘缠，没处寻寓所住，每日里拿着八个钱买四个吊桶底作两顿吃，晚里在刻字店一个案板上睡觉。"他等着季苇萧来救济他，谁知季苇萧抠得要死，他资助鲍廷玺五钱银子，托他带信给季恬逸，"姑老爷到南京，千万寻到状元境，劝我那朋友季恬逸回去。南京这地方是可以饿的死人的，万不可久住"！"南京这地方是可以饿的死人的"，这应该是吴敬梓切身的体会。饥肠辘辘、嗷嗷待哺的季恬逸，"知道季苇萧不来，越发慌了；又没有盘缠回安庆去，终日吃了饼坐在刻字店里出神。那一日早上，连饼也没的吃"。差一点饿死在南京。

我们由此可以明白，"南京这地方是可以饿的死人的"这句话不是随便说的。正是这种贫到彻骨的生活，才使吴敬梓在康乾盛世保持那么清醒的目光，而那种愤世嫉俗的激情更使《儒林外史》的文字处处闪耀出讽刺的火花。

信与不信之间

《儒林外史》对风水堪舆之说的讽刺，常常被人认为是在抨击风水迷信；其实，问题并不如此简单。古人对于风水迷信的态度实在是非常矛盾的。据李调元《制义科琐记》卷四"神术"中记载，吴敬梓的远祖吴谦曾经敦请浙江余姚的风水先生简尧坡寻找一块"吉址"以埋葬他的父亲吴凤。吴敬梓的伯曾祖吴国鼎曾经"携一奴及堪舆上遍历诸山，浃两岁始得石虎山之吉址"，以安葬他的父亲。吴敬梓的另一位伯曾祖吴国缙曾经上书县令、藩台，要求将农村中利用水力的磨坊"尽行撤毁，永远封禁"，原因是他认为这些磨坊破坏风水。由此可见，吴敬梓的祖上是很相信风水的。那么，吴敬梓是不是相信风水呢？《儒林外史》的第四十五回里这样描写两位风水先生余敷、余殷煞有介事、故作神秘的模样：

> 余敷正在打开拿出土来看，余殷夺过来道："等我

看。"劈手就夺过来,拿出一块土来放在面前,把头歪在右边看了一会,把头歪在左边又看了一会,拿手指头掐下一块土来,送在嘴里,歪着嘴乱嚼。嚼了半天,把一大块土就递与余敷,说道:"四哥,你看这土好不好?"余敷把土接在手里,拿着在灯底下翻过来把正面看了一会,翻过来又把反面看了一会,也掐了一块土送在嘴里,闭着嘴,闭着眼,慢慢的嚼。嚼了半日,睁开眼,又把那土拿在鼻子跟前尽着闻。又闻了半天,说道:"这土果然不好。"

吴敬梓对风水堪舆之说不是绝对不相信。在《减字木兰花》组词中,他因为自己未能为父母找到一块风水好的坟地而深为不安:"哀哀吾父,九载乘箕天上去。弓冶箕裘,手捧遗经血泪流。劬劳慈母,野屋荒棺抛露久。未卜牛眠,何日泷冈共一阡。"牛眠地,指安葬父母的风水宝地。典出《晋书·周光传》:"初,陶侃微时,丁艰,将葬,家中忽失牛而不知所在。遇一老父,谓曰:'前岗见一牛眠山污中,其地若葬,位极人臣矣。'"吴敬梓痛恨的是,那些堪舆家信口胡诌,"父做子笑,子做父笑,再没有一个相同的"。动不动就说可以发、可以做官之类。余殷甚至说:"我这地要出个状元。葬下去中了一甲第二也算不得,就把我的两只眼睛剜掉了!"真替他的两只眼睛担心。那些坟主,不过是

《雅雨山人出塞图》(局部)

儒林外史:
名利的炙烤

想借风水吉利，以求日后的飞黄腾达，搬来迁去，不惜抛洒先人骨殖。作者借迟衡山之口说："先生，只要地下干暖，无风无蚁，得安先人，足矣。那些发富发贵的话，都听不得。""小弟最恨而今术士托于郭璞之说，动辄便说，'此地可发鼎甲，可出状元'。"又借余大先生的话说："葬地只要父母安，那子孙发达的话也是渺茫。"作者更进一步借杜少卿之口，愤激地说：

> 这事朝廷该立一个法子，但凡人家要迁葬，叫他到有司衙门递个呈纸，风水具了甘结：棺材上有几尺水，几斗几升蚁。等开了，说得不错，就罢了；如说有水有蚁，挖开了不是，即于挖的时候，带一个刽子手，一刀把这奴才的狗头斫下来。那要迁坟的，就依子孙谋杀祖父的律，立刻凌迟处死，此风或可少息了。

吴敬梓的友人程廷祚写过一篇《葬术说》，抨击风水堪舆之骗术，但也没有完全否定它：

> 世之治此术者有二，一曰峦头，一曰理气。所谓理气者，尤虚诞不足信。……往往巧发奇中，不可斥其必无此理，而非士君子之所取也。然必精其术，如管辂，郭璞，吴景鸾，廖金精辈，而后效。管辂，郭璞，吴景

> 鸾，廖金精不世出，而盲师贱士，遍于天下，则簧鼓其说，以贻仁人孝子之忧者，亦何所不至哉。……惟形家十人而十其说，或一人而有前后之殊焉。则其术之荒渺无稽，而可信者百无一二，亦岂待明者而后悟耶！吉凶祝福之在天下，惟以人事为感应，此古今不易之正理也。今曰：用吾之地，则诸福可致。……人奉天者也，天之勿问，而能以地与人，而能令其地如己之意，以为福于人，是谓侵天而诬地，此不可训之甚者也。……上天之命，岂葬师所能制其轻重哉！且以富贵言之……

即是说，风水之说，不可斥其必无此理，但是，世上的葬师，动辄以富贵诱人，十之八九靠不住，当时能达到这种认识，已经很不容易。程廷祚不是绝对不相信葬术，有人替他的先人选了一块坟地，他十分感激，说是"从来葬术，持论多不一，然刘君学稼为专家，且更事多，其言宜可信。廷祚之蓄疑于心者十年而后释然之"。吴敬梓在葬术问题上的看法和程廷祚完全一致。小说中的虞博士就曾经替人看风水，"葬过了坟，那郑家谢了他十二两银子"。祁太公夸奖他真心实意替人葬坟，积了阴德。作者在这里完全是正面描写，没有一点讽刺。

与吴敬梓同时代的郑板桥，他对风水的态度也是如此的矛盾。他一方面怀疑风水之说，在《焦山双峰阁寄舍弟墨》

中说:"夫堪舆家言,亦何足信。吾辈存心,须刻刻去浇存厚,虽有恶风水,必变为善地,此理断可信也。"另一方面,郑板桥又表示出"宁可信其有,不可信其无"的态度。他在《范县署中覆郝表弟》中说:"至于该山风水,四面环河,后靠土山,不待堪舆家言,一望而知为牛眠佳地。我本不信风水,自先父母安葬后,阅三年即登贤书,成进士,出宰此邑,殊令人不能不信风水之得力也。"看来郑板桥对风水还挺内行,所以能"一望而知为牛眠佳地"。他本来不信风水,但是,实践是检验真理的标准,父母葬了一块风水好地,自己就中了进士,"殊令人不能不信风水之得力也"。

吴敬梓对风水的态度与程廷祚、郑板桥相似,在信与不信之间。但吴敬梓对风水先生的讽刺,最后还是落实到对功名富贵的抨击。

姑妄言之

吴敬梓1733年移家南京，南京离扬州并不太远。吴敬梓性喜交游，郑燮又是扬州的名士，相互之间不可能不知道。可是，在二人的文集中却见不到对方的名字，也没有材料证明他们有过交往，这真是一件奇怪的事情。吴敬梓生于1701年，卒于1754年；而郑燮生于1693年，卒于1765年。郑燮比吴敬梓年长八岁，而其卒年却晚于吴敬梓十一年。二人活动的时间区域差不多，活动的圈子也相似。乾隆十七年冬、十八年春夏之交，吴敬梓回乡的时候，都曾经绕道去游览扬州。乾隆十九年，吴敬梓再赴扬州，主要是去投靠两淮盐运使卢见曾，希望得到一些资助。卢见曾是吴、郑二人共同的朋友。卢见曾和吴敬梓的关系一般，郑燮和卢见曾的关系亲密一些。在郑燮留下的诗文中可以看到一些赠给卢氏的作品：《和雅雨山人红桥修禊》《再和雅雨四首》。卢见曾获罪于乾隆五年（1740），文人学士多为之不平。扬州八怪之一的画家高凤翰绘了一幅《雅雨山人出塞图》，在图上题诗送别的人有十多位，郑燮、吴敬梓同列其中。图的下端还有吴敬梓的题诗。

郑燮的思想与吴敬梓有一些相同之处，譬如郑燮抨击一帮名利之徒：

> 今则不然，一捧书本，便想中举、中进士、作官，如何攫取金钱、造大房屋、置多田产。起手便错走了路头，后来越做越坏，总没有个好结果。其不能发达者，乡里作恶，小头锐面，更不可当。(《范县署中寄舍弟墨第四书》)

郑燮对子女的期望也不是功名富贵的一套："我不愿子孙将来能取势位富厚。盖宦途有夷有险，运来则加官进爵，运去则身败名裂。愿子孙为农家子，安分守己，优游岁月，终身无意外风波遭遇也。"(《潍县署中寄内子》)郑燮对葬术风水的看法也和吴敬梓差不多。但是，郑燮和吴敬梓的思想也颇有一些冲突之处。郑燮对激烈否定八股的论调非常反感：

> 今人鄙薄时文，几欲摒诸笔墨之外，何太甚也？将毋丑其貌而不鉴其深乎！愚谓本朝文章，当以方百川制艺为第一，侯朝宗古文次之，其他歌诗辞赋，扯东补西，拖张拽李，皆拾古人之唾余，不能贯串，以无真气

故也。百川时文精粹湛深,抽心苗,发奥旨,绘物态,状人情,千回百折而卒造乎浅近。(《潍县署中与舍弟第五书》)

对方百川的时文佩服得五体投地。而吴敬梓则"独嫉时文士如仇,其尤工者,则尤嫉之"(程晋芳《文木先生传》)。吴敬梓就是"鄙薄时文,几欲进之笔墨之外",而郑燮则认为"何太甚也",觉得太过分了。郑燮的看法不是个别人的看法,程晋芳对于吴敬梓之"独嫉时文士如仇,其尤工者,则尤嫉之",就表示过难以接受、难以理解:"余恒以为过,然莫之能禁。"可以想象,吴敬梓对八股的抨击在当时会被大部分人认为过于偏激;但是,我们今人看来,这正是吴敬梓的不可及处。鲁迅在当时也是一样,多少人认为他偏激,几十年后,人们不能不承认鲁迅的伟大。鲁迅的深刻不可及处,正隐藏在那些貌似偏激的言辞之中。

吴敬梓颇以门第而自豪,《移家赋》中的文字,大半是在陈家风、述世德。可郑燮对世家子弟的门第自豪非常反感:

王侯将相岂有种乎?而一二失路名家,落魄贵胄,借祖宗以欺人,述先代而自大。辄曰:彼何人也,反在霄汉;我何人也,反在泥涂。天道不可凭,人事不可

问。嗟乎不知此正所谓天道人事也。(《雍正十年杭州韬光庵中寄舍弟墨》)

吴敬梓固然抱着一种家世门第的自豪感,但他的门第优越感并非阿Q式的精神胜利法,并不是那种"我们先前——比你阔的多了"的肤浅和无聊。他的门第自豪,常常是作为对抗暴发户的精神寄托,是鄙视金钱的精神寄托。吴敬梓从门阀世族的自尊自豪出发,对那些以金钱藐视门第的、暴发的盐商以及忘掉自己高贵的门第、去向盐商献媚的世家子弟发出尖刻的嘲笑。对于维护世家的尊严、藐视金钱的虞华轩等人则大加赞扬。吴敬梓在为门第自豪的同时,并不鄙视平民,对平民中颇多君子之行的人物大加赞扬,寄予深深的同情。

郑燮说过:"平生不治经学,爱读史书以及诗文词集,传奇说簿之类,靡不览究。"(《板桥自叙》)但是,自己看看"传奇说簿"还可以,子女是万万看不得的。他特意告诫儿子:"今年若能看完《史记》,明年更换他书,惟无益之小说与弹词,不宜寓目。观之非徒无益,并有害处也。"又曾经告诫弟弟说:"更有小说家言,各种传奇恶曲,及打油诗词,亦复寓目不忘,如破烂厨柜,臭油坏酱,悉贮其中,其齷齪亦耐不得。"(《郑板桥集·潍县署中寄舍弟墨第一书》)吴敬梓最亲密的朋友程晋芳虽然承认"《外史》纪儒林,刻画何工妍",但同时也为吴敬梓以《儒林外史》而著名感到非常惋惜:"吾为斯人悲,竟以稗说传。"而吴敬梓却是以极认真的态度来进行《儒林外史》的创作。他的态度是那么一丝不苟,在那么一个蔑视小说的时代,连他最知心的朋友都不能理解其意义的时代,这种态度是多么令人感动!

郑燮对八股、对小说的态度,对世家子弟的态度,都可能导致他和吴敬梓的矛盾和隔阂,这些或许就是二人同在江南文人圈里而又互不来往的原因吧。

另有一位南京文人圈的重要人物袁枚,笔者没有看到他与吴敬梓有交集的文字。当然,也有可能是笔者的孤陋寡闻所致。袁枚生于康熙五十五年(1716),卒于嘉庆三年(1798),享年八十二岁。袁枚比吴敬梓小十五岁,乾隆四年(1739)进士出身,授翰林院庶吉士。乾隆七年(1742),外调江苏,先后于溧水、江宁、江浦、沭阳共任县令七年,为官颇有声望,但仕途不顺,无意吏禄。乾隆十四年(1749),辞官隐居于南京小仓山随园。即是说,他与吴敬梓在时间上、空间上都有相遇的机会。更重要的是,袁枚与吴敬梓的两位挚友程廷祚、程晋芳关系非常亲密。程廷祚去世于乾隆三十二年(1767),程晋芳去世于乾隆四十九年(1784),袁枚先后为二位挚友写下深情的墓志铭。在袁枚所撰《征君程绵庄先生墓志铭》中,袁枚赞扬程廷祚的经学造诣和成就,肯定程廷祚不为汉学和宋学所拘的独立态度。

明　孙克弘《销闲清课图·摩帖》

儒林外史：
名利的炙烤

文中提到程廷祚给人的印象："人见之如临高山，气为之肃。"这种使人敬畏的风度，与《儒林外史》中庄绍光的形象不谋而合。文中写到，程廷祚两次赴聘博学鸿词，却因为"足绝公卿门"而"卒不遇"，写出了程廷祚不肯摧眉折腰事权贵的傲岸风骨。文中写到袁枚和程廷祚这对忘年交的密切交往："（袁枚）买山随园，所居宅相邻，益亲。每读书疑，必质先生。先生有所作，必袖来，或遣苍头索跛语。"程廷祚与袁枚是邻居，他以经学闻名于时，而袁枚是文苑中人物，少年得志，文笔好，所以请人写传记、写墓志铭的达官贵人很多。而两人居然有如此密切的关系。可见袁枚的为人确实非常开明、包容。

墓志铭又叙及袁枚、程廷祚和程晋芳三人的亲密关系："淮安有先生族孙鱼门，恢奇多闻，每假馆余所。三人连日夜语，蝉嫣不忍别。或漏尽送先生出，则两人者重剪灯对数海内人物，必首先生。"奇怪的是，袁枚和吴敬梓却没有交往的记录。没有记录未必就没有交往过。或许是后来有了过节，也就抹去了曾经交往的痕迹。袁枚年轻时，他的墨卷风行一时，袁枚对通俗小说有许多批评，见于他的《随园诗话》。这些都可能是两人产生龃龉的原因。可是，袁枚并不承认八股是学问，他很现实地把八股看作不得已的敲门砖。他在《答袁蕙缵孝廉书》中说："时文之病天下久矣，欲焚之者，岂独吾子哉？虽然，如仆者焚之可耳，吾子固不可也。

仆科第早，又无衡鉴之任，能决弃之，幸也。足下未成进士，不可弃时文；有亲在，不可不成进士。"尽管找不到吴敬梓与袁枚交往的文字，但《儒林外史》中有关沈琼枝的故事，将袁枚作为原型写了进去。在这个故事里，袁枚是一个开明怜才的知县。

雅俗之辨（上）

雅俗之分，是一个天生为知识分子准备的历史课题。阳春白雪与下里巴人的区分中，已经隐含着精英与大众之对立。雅俗之间盘根错节的关系贯穿了中国几千年的历史。雅俗之间的纠结与融合，对于民族文化的意义，无论如何估计，都不嫌过分。对于一部以知识分子为中心的长篇小说来说，雅俗之辨是一个不容回避的问题。

雅俗的区分并不天然地具有文化的性质。直到两汉时期，雅和俗的对立没有取得文化之意义，但二者之间的文化对立依然在酝酿发展中，如《论衡》有《讥俗》篇，《潜夫论》有《俗嫌》章。随着社会分工的日趋明确，雅俗对立也日趋明朗，"雅"逐渐突破政教束缚而步入文化的范围。

魏晋时期，风气大变，文学的地位得到很大提高，曹丕甚至说文章乃"经国之大业，不朽之盛事"（《典论·论文》）。当然，曹丕所谓的"文章"，也还不能等同于今人所谓的文学，其中还包括应用文。文学地位的提高，自然意味着文人地位的提升。我们读《三国志》就不难发现,"雅"字开始更多地借来形容个人的气质与精神风貌,与经学无关。与此同时,雅与经学的联系依然并行不悖地保留着。新的事物、新的社会现象、新的认识产生了,旧的事物、旧的社会现象、旧的认识依然保留着。魏晋时期,雅和俗的对立开始获得文化之意义,这一点在刘义庆编撰的《世说新语》中得到有力证明,而在晋人陈寿的《三国志》中却一点反映都没有。文学对新事物的出现表现出可贵的敏感。《世说新语》给人留下的最深刻的印象是魏晋风度。魏晋风度的特征是脱俗,和世俗拉开距离。世俗的思维趋于功利,脱俗的思维则指向审美;世俗的思维指向群体,脱俗的思维则张扬个性。脱俗的本质是对个性的张扬和对世俗价值观念的蔑视。从《世说新语》的描写中不难看出,这种脱俗的自觉已经渗透到名士生活的方方面面,成为一种无所不在的东西,即雅文化。鲁迅将《世说新语》称作"名士的教科书",我们还可以进一步地说,《世说新语》是雅文化成立的信号和象征。后世雅文化的各种因子都已萌芽于魏晋风度之中。对于一个仰慕魏晋风度,深受六朝文学熏陶的作家来说,雅俗之辨一定具有非同一般的意义。

雅俗对立文化意义的确立,关键在于文人自我意识的觉醒。道家哲学,尤其是庄子哲学,推动雅俗对立完成了从政教意义到文化意义的历史性嬗变。庄子哲学是一种脱俗哲

程十髪《儒林外史》插图（其一）

儒林外史：
名利的炙烤

学，充满蔑视世俗的精神，从《逍遥游》中宋荣子"举世誉之而不加劝，举世非之而不加沮"，即可看出庄子追求的是精神之自由。庄子对人类文明进程中人为物役的异化现象，表示了极大的忧虑，提出了返璞归真的主张。从长远来看，这种人性复归的呼唤是一种天才的预见。魏晋名士崇尚率真，欣赏性情中人，陶渊明对"心为形役"的警惕，正是从庄子那里得到了启发。"三玄"刮起的那股清谈之风是一种哲学热，那种没有统一权威，没有行政干预的自由讨论，是两汉的经学家所不敢想象的。玄学那种高度抽象的思维方式拉大了名士和俗人的距离。两汉的循规蹈矩，变成魏晋的特立独行；皓首穷经的经学宿儒，让位于畅说"三玄"的清谈之客；温良恭俭让的谦谦君子变成了自负自信、我行我素、倨傲狂放的名士。雅文化的扩展，正是以"润物细无声"的方式，缓慢而坚定地渗透到知识分子生活的方方面面，渗透到他们的血液里，融化到他们的灵魂中。从意识形态角度来看，这种文化的形成，是以儒道两家思想为主体，融汇各家思想而形成。雅文化的内容，绝非儒家所能概括，亦非儒道两家所能概括。它是由漫长的渗透所造就，较之政治与道德的传统，显得更加根深蒂固，牢不可破，也更加广泛。音乐之雅，文辞之雅，风格之雅，文体之雅，修养之雅，风度之雅，学问之雅，服饰之雅，园林之雅，饮食起居之雅……雅文化一点一点地扩大阵地，向文人生活的各个方面渗透，逐渐达到一种无所不在的程度，其结果是，雅的内涵更加丰富多彩，更加多元，也更加复杂和模糊。

知识分子的文化追求，一言以蔽之，就是一个"雅"字。知识分子通过书本阅读，经过内省的思想修炼，将人的欲望由生物性层次提高到精神性层次，由低层次的精神追求，提升到高层次的精神追求。从雅人的角度来看，世俗的欲望应该被超越，或者用哲学的语言来说，世俗的欲望应该被否定。俗与雅相比，俗是一种低级的存在。雅俗对立，是灵与肉的搏斗，是现实与超脱现实的挣扎。事实上，物欲必须要超越，但又不可能完全被超越。人努力超脱物欲跃上精神层面的努力，必然会造成一个个充满矛盾和张力的故事。

雅文化的核心是信仰，是人生价值观的体现。信仰与价值观是雅文化的灵魂。作为一种信仰、一种价值观的雅文化，必然带有理想主义的色彩，它不可能时时处处与政治需求相配合。相反，它必然地利用它的理想主义去批判现实的政治。在天下无道，知识分子群体信仰缺失，操守丧尽的情况下，雅文化变质，成为徒具形式的虚伪和做作，变成名利之徒的遮羞布。

雅文化意味着生活的精致化与审美化。诗酒雅集，品题书画，收藏金石，赏花观鱼，饮茶听琴，登临山水，皆文人雅事，袁枚诗句"琴棋书画诗酒花"可谓道尽此中真味。倪思《经锄堂杂志》卷二《声》言："松声、涧声、山禽声、夜虫声、鹤声、琴声、棋落子声、雨滴阶声、雪洒窗声、煎茶声、作茶声，皆声之至清者，而读书伊吾声为最。"雅人将生活审美化，俗人将生活功利化，雅到极至就与大众的距离非常之远了。

知识分子这一群体，虽然有穷有富，贵贱不等，分属不同阶层，但他们都非常强调雅俗之辨，雅是这一群体的自我认同。雅俗之辨意味着对俗的排斥。这一点在语言上得到充分体现。与"俗"字组成的词或词组，除与通俗的义项有关外，几乎全是贬义，如庸俗、俗体、俗务、粗俗、浅俗、媚俗、俗乐、俗调、俗吏、俗书、凡夫俗子、俗人、俗儒、俗滥、俗态、俗不可耐等，这些词很多也是书面语言。这同样与书面语言为知识分子所垄断有关。雅人落入俗事俗套，便自嘲"未能免俗"，若染上一点俗，则"无伤大雅"，若沾染太多，便"有伤大雅"。如果雅人不得已而生活在俗人中，就叫"浮沉雅俗"。如果既为俗人所欣赏，亦为雅人所欢迎，就叫"雅俗共赏"。俗词俗事经过了雅人的改造，就叫"化俗为雅"。

在俗文学中，我们常能看到对雅的讽刺，《西厢记》中红娘即嘲讽张生"风欠酸丁"。不甜不苦，不咸不辣，一个"酸"字，道尽俗人俗众对雅人雅士的鄙夷不屑，也道尽雅与俗的鸿沟巨壑。俗人鄙视雅人的迂腐，却又在内心深处怀着没文化的自卑。事情就是如此的矛盾。《儒林外史》中的差役说马二先生："怪不得人说你们'诗云子曰'的人难讲话！"潘三对杭州的斗方名士非常轻蔑，说他们"这一班人是有名的呆子"，说景兰江一边卖头巾，一边吟诗，"把那买头巾的和店邻看了都笑"，说支锷吃醉了，在街上吟诗，"被府里二太爷一条链子锁去，把巡商都革了，将来只好穷的淌屎！"戏子钱麻子，提起读书人，轻蔑地说："若遇同席有几个学里酸子，我眼角里还不曾看见他哩！"

《儒林外史》涉及广泛的社会阶层，但描写的重心在于知识分子。吴敬梓对知识分子的生存状态、精神面貌有着极为深入的观察和分析。作为一部讽刺小说，吴敬梓褒贬人物的标准是儒家伦理规范，即对功名富贵的否定和对名利之徒的讽刺，以及对势利和虚伪的讽刺。但《儒林外史》还有一个隐性评价体系，即雅俗之辨。吴敬梓熟悉六朝之典故，欣赏魏晋之风度，他心中的雅俗之辨必然异常强烈。

雅需有经济基础，王冕卖画，不做官而衣食无忧。像蘧太守这样的名士，"原有几亩薄产，可供饘粥；先人敝庐，可蔽风雨；就是琴、樽、炉、几、药栏、花榭，都也还有几处，可以消遣"，因此他可以终日琴棋书画，可以"在风尘劳攘的时候，每怀长林丰草之思"。雅文化是要将人的生物性欲求提升为精神性追求，但当温饱成为问题的时候，雅就失去了物质基础。是所谓"人生世上，难得的是这碗现成饭"。周进失了馆，只好放下读书人的架子去给商人算账；

范进穷极,也只好抱了一个下蛋的母鸡去集市上卖。倪秀才自言"从二十岁上进学,到而今做了三十七年的秀才。就坏在读了这几句死书,拿不得轻,负不的重,一日穷似一日",最后沦落到卖儿鬻子的地步。

雅俗之辨(下)

雅文化的基础是书本知识。《儒林外史》中被立为儒林标杆的人物王冕,"年纪不满二十岁,就把那天文、地理、经史上的大学问,无一不贯通"。庄绍光也是饱学之士,"十一二岁就会做一篇七千字的赋"。杜少卿钻研诗学,迟衡山精通古礼,虞华轩"自小七八岁上就是个神童。后来经史子集之书,无一样不曾熟读,无一样不讲究,无一样不通彻。到了二十多岁,学问成了,一切兵、农、礼、乐、工、虞、水、火之事,他提了头就知到尾,文章也是枚、马,诗赋也是李、杜",周进和范进都是除了八股以外一无所知之人。金东崖编了一部《四书讲章》向杜慎卿请教,金东崖走后,"杜慎卿鼻子里冷笑了一声,向大小厮说道:'一个当书办的人都跑了回来讲究《四书》,圣贤可是这样人讲的!'"表现出极大的蔑视。金东崖又拿他的书给杜少卿看,杜少卿对金说:"古人解经也有穿凿的,先生这话就太不伦了。"秀才魏好古,替人做一个荐亡的疏:"说是倒别了三个字，像这都是作孽！"张静斋、范进和汤知县说起明初刘基的典故，信口开河，卧评讽刺说："张静斋劝堆牛肉一段，偏偏说出刘老先生一则故事，席间宾主三人侃侃而谈，毫无愧怍，阅者不问而知此三人为极不通之品。"身为学道的范进，居然不知苏轼是何人。卫体善、随岑庵两位选家，做起诗来，"'且夫''尝谓'都写在内"。匡超人吹嘘自己说，"此五省读书的人，家家隆重的是小弟，都在书案上，香火蜡烛，供着'先儒匡子之神位'"，连"先儒"是"已经过世的儒"都不明白，当牛布衣给他指出，他还晓晓不休，置辩不已。

雅人能够欣赏自然之美，当"王冕放牛倦了，在绿草地上坐着。须臾，浓云密布，一阵大雨过了。那黑云边上镶着白云，渐渐散去，透出一派日光来，照耀得满湖通红。湖边上山，青一块，紫一块，绿一块。树枝上都像水洗过一番的，尤其绿得可爱。湖里有十来枝荷花，苞子上清水滴滴，荷叶上水珠滚来滚去"，见此情景，王冕不免生发学习绘画之冲动。杜慎卿"又走到山顶上，望着城内万家烟火，那长江如一条白练，琉璃塔金碧辉煌，照人眼目"。杜少卿在芜湖遥看江里，"太阳落了下去，返照照着几千根桅杆半截通红"，而八股选家马二先生，虽有古道热肠，但对于西湖美景却全无会心。

雅人的生活方式，离不开琴棋书画诗酒花。王冕善画，

"那荷花精神颜色无一不像"。蘧太守的府里有"吟诗声、下棋声、唱曲声"三样声息,但王惠接任后却换成"戥子声、算盘声、板子声"。"三声"之比,就是雅俗之比。蘧太守家里的布置:"面前一个小花圃。琴、樽、炉、几、竹、石、禽、鱼,萧然可爱。"蘧太守退休,"带着公子家眷,装了半船书画,回嘉兴去了"。虞博士愿意去南京任一个闲职,也是因为南京有山有水,风景好,家有梅花,还可与杜少卿一起喝酒赏花。

雅人是分档次的,杜慎卿那样的名士,与牛玉圃、权勿用之流的假名士,自不可同日而语,与蘧公孙那样的并无实学的名士也无法相提并论。杜慎卿门第显赫,风度潇洒,是"江南数一数二的才子"。杜慎卿清高,处处要与俗人拉开距离,如他说到山水之好言:"无济胜之具,就登山临水,也是勉强。"说到丝竹之类,他又说:"一听之可也,听久了,也觉嘈嘈杂杂,聒耳得紧。"他喝酒也与众不同,酒量极大却"不甚吃菜","只拣了几片笋和几个樱桃下酒",吃点心时也"只吃了一片软香糕和一碗茶,便叫收下去了,再斟上酒来"。萧金铉建议即席分韵,杜慎卿便嘲笑说:"先生,这是而今诗社里的故套,小弟看来,觉得雅的这样俗,还是清谈为妙。"

暴发户有了钱,便向雅靠拢,是所谓附庸风雅。盐商万雪斋,家里摆设也有了文化气息:"两边金笺对联,写:

'读书好，耕田好，学好便好；创业难，守成难，知难不难。'中间挂着一轴倪云林的画。书案上摆着一大块不曾琢过的璞。"《庚子销夏记》卷二言："倪云林六君子图，云林画在逸品，收藏家以有无论雅俗。"由此可知，盐商家里为什么要挂倪云林的画。

《儒林外史》受讽之人，虽已沦为名利之人，但依然保留着雅文化的嗜好。书中对此描写甚多，人物形象因此更显真实，也更加立体。危素虽然分不清古人之画与今人之画，但毕竟还能看出王冕之画是好画，"只把这本册页看了又看，爱玩不忍释手"，也看出"此兄不但才高，胸中见识，大是不同"，可惜下面还有一句，"将来名位不在你我之下"。周进虽是冬烘，但对风景也不无会心处，教书无聊时也注意到"河边却也有几树桃花柳树，红红绿绿，间杂好看"，"望着雨下在河里，烟笼远树，景致更妙"，比他的高足范进要强得多。周进虽然年过花甲还是童生，却有雅士常有的怀才不遇情结，商人说他"毕竟胸中才学是好的"，"因没有人识得他"，竟把他感动得痛哭流涕。

范进岳丈一贯看不起他，骂他是"现世宝穷鬼"，是"癞虾蟆想吃起天鹅肉"，但他中举后，张静斋来访，赠银送房，范进的一番对答，却是那样的文雅得体。王惠虽然贪酷鄙陋，但逃命时却带着一部海内孤本《高青丘集诗话》。二娄虽然迂腐想做当代信陵，但见到"桑阴稠密，禽鸟飞鸣"的田园风光，也不觉赞叹其"幽雅景致"。天二评就此叹其"胸中自不俗"。杨执中虽然呆滞，但好的是读书，其屋中那一副对联却风雅得体："嗅窗前寒梅数点，且任我俯仰以嬉；攀月中仙桂一枝，久让人婆娑而舞。"二娄与杨氏"谈到起更时候，一庭月色，照满书窗，梅花一枝枝如画在上面相似"。他贫穷彻骨，连大年三十都无柴米，开小押的汪家乘人之危，要用二十四两银子收他那座心爱的炉，但杨执中硬是不肯，和老妻一起"点了一枝蜡烛，把这炉摩弄了一夜，就过了年"。二娄觉得鲁翰林到底是"俗气不过的人"，但这位鲁翰林到了娄府，"见瓶、花、炉、几，位置得宜，不觉怡悦"，"但见书房两边墙壁上板缝里，都喷出香气来，满座异香袭人，鲁编修觉飘飘有凌云之思"。三公子向鲁编修说："香必得如此烧，方不觉得有烟气。"齐评就此说："俗人恐未必知之。"焚香也有雅俗之分。不难看出，没有钱也讲究不了。马二先生虽然迂腐，但文人的好名之心还是有的，当他看到自己的选本在书店发卖，就去打听卖得好不好。看见匡超人算命时还看他那本新选的《三科程墨持运》，顿时对这位青年产生好感。马二先生虽然热心功名，鼓吹举业，但也知道"那西湖山光水色，颇可以添文思"。牛浦虽是无耻之徒，也知道读诗破俗的道理，可惜其言行相悖，表里不一。

吴敬梓从一个世家子弟，最后沦为赤贫，甚至到了一餐一饭都难以为继的绝境。这一惨痛的经历，使他对雅俗之分有了深刻的反思。一方面，面对社会势利，雅俗之分是对抗世俗的精神支柱之一，《儒林外史》中充满了作家对假名士、假雅士的讽刺。另一方面，出身世家的吴敬梓痛苦地注意到，功名富贵，多少读书人见了它就丧魂落魄，忘了廉耻，"舍着性命去求他"。仗义偏多屠狗辈，反倒是那些没有文化、身份卑贱的平民，做出了高尚的行为。周进在贡院里哭得死去活来，仗义偏有屠狗辈，几个生意人慷慨解囊，为周进捐监进场。牛布衣四处漂泊，贫病交加，最后死在甘露庵，老和尚尽心尽意，为牛布衣料理后事。鲍文卿身为戏子，却知道爱惜人才，为素不相识的向知县说情。向知县封了五百两银子谢他，他分文不受。面对书办送上门来的五百两贿赂，鲍文卿无动于衷，坚决拒绝。因为吴敬梓有了这样的经历和反思，所以对杜慎卿的做作也有所讽刺。小说结尾所写的四位市井奇人，他们从事的是俗事，但又都有文化，都有雅的爱好。四人的爱好恰好就是琴棋书画：季遐年好书法，王太的棋艺非同一般，盖宽擅长绘画，荆元善于弹琴。这些描写和人物的设计，反映出吴敬梓在经历了由富而贫的经历以后对雅俗之辨痛苦而深刻的反思。通过雅俗之辨的角度，我们可以在《儒林外史》中看到一个更加多姿多彩的世界。

八股名家之鄙视八股

鲁翰林是八股的既得利益者，他之吹捧八股自在情理之中。在鲁编修的眼里，只有八股是真学问，若是说八股如何好，倒也罢了。可他偏要说八股好了，诗赋自然就好；八股不好，别的自然也不会好，所谓"野狐禅、邪魔外道"。八股通了，一通百通，八股不通，一切等于零。简直是一种八股拜物教。并非鲁翰林个人持有这种观点，相当一批科场上的胜利者持有类似的观点。例如康熙时期的诗坛领袖王士禛便在《池北偶谈》卷一三中说："予尝见一布衣有诗名者，其诗多有格格不达，以问汪纯翁编修，云：'此君坐未尝解为时文故耳。'时文虽无与诗、古文，然不解八股，即理路终不分明。近见王恽《玉堂嘉话》一条：'鹿庵先生曰：作文当从科举中来。不然，则汗漫披猖，是出入不由户也。'亦与此意同。"王士禛显然也很欣赏这种观点。

鲁编修、高侍读之流，把八股抬到至高无上的地位。他们知道，自身的价值和八股的价值已难以分割，贬低八股也就等于贬低了他们自己。既得利益之所在，所以就拼命地来吹捧八股。事实上，很多八股大家的内心深处并不看重八股。他们很清醒，知道八股不过是一块敲门砖。袁枚曾经"以制举文震海内"，后来与人谈及，"即歉然以少年刊布流传为悔"。他在《随园诗话》（卷一二）中引录了吴江徐灵胎嘲笑八股的一篇《刺时文》：

> 读书人，最不齐，烂时文，烂如泥。国家本为求才计，谁知道，变作了欺人技。三句承题，两句破题，摆尾摇头，便道是圣门高弟。可知道《三通》《四史》是何等文章？汉祖、唐宗是那一朝皇帝？案头放高头讲章，店里买新科利器；读得来肩背高低，口角嘘唏，甘蔗渣儿嚼了又嚼，有何滋味？孤负光阴，白白昏迷一世，就教他骗得高官，也是百姓朝廷的晦气！

最令人寻味的是方苞。乾隆元年（1736），他"钦奉圣谕"，"精选前朝及国朝制义，以为主司之绳尺、群士之矩矱"。方苞"校录有明制义四百八十六篇，国朝制义二百九十七篇"进呈御览。还写了一篇堂皇的《进四书文选表》大肆鼓吹八股，俨然是全国八股文的权威。可是，方苞私下里又时常表示自己看不起时文：

> 时文之于文，尤术之浅者也，而其盛行于世者，如唐顺之、归有光、金声，窥其志，亦不欲以时文自名。(《杨千木文稿序》)
>
> 时文尤术之浅者。……夫时文者，科举之士所用以牟荣利也。(《储礼执文稿序》)

有人因此而劝他放弃时文，他辩解说："(言洁尝劝余尽弃时文之学以治古文)，而余援经自治，用时文为号以召生徒，故不能弃去以减耗其日力，而两者皆久而无成。"(《刘巽五文稿序》)在《何景桓遗文序》中，方苞猛攻科举：

> 害教化败人材者无过于科举，而制义则又甚焉。盖自科举兴，而出入于其间者，非汲汲于利则汲汲于名者也。

他在给友人熊艺成的信中又说："世之人材败于科举之学，千余岁矣，而时文则尤甚焉。"(《与熊艺成书》)他在信尾特意叮嘱说："仆与足下非一日之好，故敢发其狂言，幸勿以示外人！"为何怕人知道呢？因为他在乾隆面前讲的又是一套。

方苞这样保守的程朱信徒、袁枚这样思想比较开明的自由派，他们内心深处都十分鄙视八股。可是，他们凭借八股得了功名，理智上知其无用，感情上难以割舍，加上他们在政治上拥护清朝的统治，所以，他们对八股的批判就相当有限。袁枚少年得志，二十三岁中举，二十四岁及第，自己承认"不喜时文，而平生颇得其力"。他在给友人的信中坦率地说：

> 时文之病天下久矣，欲焚之者，岂独吾子哉。虽然，如仆者焚之可耳，吾子固不可也。仆科第早，又无衡鉴之任，能决弃之，幸也。足下未成进士，不可弃时文。有亲在，不可不成进士。……以至难之术，而就至狭之境。士之低首降心，知其不可而为之者，势也。势非圣贤豪杰之所能免也。……仆劝吾子勿绝时文，乃正所以深绝之也。(《答袁蕙缥孝廉书》)

而方苞更是八股大家，借此扩大了自己的影响。所以，袁枚、方苞等人对八股科举的批判与吴敬梓无法相比。

吴、曹异同(上)

乾隆时期，几乎同时出现了两部现实主义的文学巨著《儒林外史》和《红楼梦》。这两部巨著丰富的思想容量和深厚的文化底蕴，给我们一种说不尽、道不完的感觉。鲁迅谈到《儒林外史》的时候，曾经感叹地说："伟大也要有人懂。"这句话显然同样适用于《红楼梦》。在谈到《红楼梦》的时候，鲁迅曾经说："总之自有《红楼梦》出来以后，传统的思想和写法都打破了。"其实，自有《儒林外史》出来以后，传统的思想和写法也打破了。这两部名著从内容到风格是那么不同，同时又具有很多的相通之处。两书作者的家庭家族和经历虽然很不相同，但同时具有某种相似之处。对于名著来说，风格即人，文如其人，作品与作者难以分割。

吴敬梓和曹雪芹生活在同一个康乾盛世，面对着歌舞升平的盛世，吴敬梓看到的是虚伪和势利，曹雪芹看到的是真、善、美的死亡。在封建社会回光返照的这一历史瞬间，十八世纪的两位文化巨人，更加深深地感受到一种"梦醒了无路可以走"的悲哀，从而表现出艺术大师对时代本质和发展趋势的可贵敏感。

吴敬梓和曹雪芹以不同的方式表达了对康熙的好感，对雍正的没有好感，对乾隆的失望。当然，这种感情倾向是非常含蓄的，尤其是曹雪芹。当时十分严酷的文字狱不允许作者有露骨的表达。吴敬梓留下的资料比较多，我们读《老伶行——赠七十八叟王宁仲》，满是对康熙的颂扬。《金陵景物图诗》更是说明，吴敬梓直到晚年依然保持着对康熙的好感。这些表达并非违心的颂圣之作，而是吴敬梓真实感情的证明。吴家的兴旺发达是在顺治和康熙一朝的前期。泰伯之祭，暗含着对雍正朝骨肉相残的讥刺。吴敬梓并不迂腐，他并不认为复古是一条出路。泰伯祠祭祀以后，不久就破败不堪，众名士风流云散。泰伯的高尚在一个"让"字，雍正的惭德集中在一个"夺"字。今人看到的是雍正的历史贡献，当时人看到的是骨肉相残。雍正的整顿吏治，使他在政界树敌很多。社会上沸沸扬扬的曾静一案充分说明：谴责雍正的种种传闻，由满而汉，由宫廷而市井，迅速扩散，形成了对雍正极为不利的社会舆论。《大义觉迷录》的公布，越描越黑，使各种真真假假的小道消息，获得了更为广泛的传播。聪明的乾隆一上台，立即禁止了《大义觉迷录》的传播。嗣位斗争的失败者们，怀着怨恨和痛苦，到处散布雍正改诏篡位、毒杀父皇、逼死母后的流言。而汉人则抱着旁观者的心态，观看着满族王室这一出骨肉相残的大戏。从吴敬梓的经历来看，雍正的十三年，几乎集中了吴敬梓一生的不幸。这是吴敬梓一生中思想最痛苦、最矛盾的时期，也是他思想趋于成熟的关键时期。吴敬梓的诗文中最沉痛的作品，都集中在雍正一朝。曹雪芹对康熙的态度，我们从《红楼梦》中赵嬷嬷和王熙凤谈到南巡时的兴奋和钦羡中可以有所体会。至于曹雪芹对雍正的态度，容本文在后面再作进一步的说明。吴敬梓和曹雪芹都是贫病交加，穷饿而死，他们对乾隆朝的失望可想而知。

吴敬梓是安徽全椒人，但是，《儒林外史》是在江苏的南京写成的。吴敬梓在南京度过了他的后半生。而曹雪芹的家族有四代人在南京、苏州、扬州等地生活了六十年之久。吴敬梓对江苏很有感情，"生耽白下残烟景，死恋扬州好墓田""生平爱秦淮，吟魂应恋兹"，这就是吴敬梓这位"秦淮寓客"给他最亲密的朋友留下的印象。而曹雪芹的挚友敦诚说曹雪芹"秦淮旧梦人犹在，燕市悲歌酒易醺"，"秦淮"与"燕市"同列，南京和北京并提，其中"秦淮旧梦"所指，显然是曹家在江南的那段生活。清人富察明义《题红楼梦》中所谓"曹子雪芹，出所撰《红楼梦》一部，备记风月繁华之盛"，也是指的南京。不管大观园是南是北，里面有南京"风月繁华"的影子是不争的事实。曹家的"鲜花着锦，烈火烹油之盛"，是在南京、扬州、苏州的事。

江南的人文地理对吴敬梓、曹雪芹的启迪是非常明显的。吴敬梓和曹雪芹都喝过秦淮河的水。《儒林外史》里说南京的"菜佣酒保都有六朝烟水气",吴敬梓非常欣赏六朝的名士风度,尤其欣赏阮籍、嵇康那种特立独行的作风和人格。吴敬梓对南京、扬州的喜欢有诗为证,有小说中的描写为证。从吴敬梓的诗文不难看出,他对六朝的典故是那么熟悉,又多么喜欢,津津乐道。而曹雪芹也被他的友人敦诚在诗中描写成"狂于阮步兵","步兵白眼向人斜"。这种狂傲正是魏晋风度蔑视世俗的神韵。潇湘馆的竹梢风动,林黛玉的"我爱那几竿竹子",不难使人联想到魏晋名士的"岂可一日无此君?"江南地区是经济繁荣、文化发达的地方,又是于朝政于政治高度敏感的地区。这里是清朝统治者笼络知识分子的重点地区,又是文字狱的重灾区。清王朝"博大而恶辣"的文化专制在江南被发挥得淋漓尽致。《儒林外史》和《红楼梦》都孕育于此,绝非偶然。明清的小说名著,一半以上与江浙有关,这也是不争的事实。笔者由此而联想到《桃花扇》的作者孔尚任,曾经在江南拜访过明末的遗民名士,获得过无数的灵感。《长生殿》的作者洪升是钱塘(今杭州)人。"南洪北孔"都在或明或暗地感伤一个失败的王朝。

吴敬梓和曹雪芹都对乾隆的盛世流露出深深的失望,但吴敬梓还没有达到绝望的程度,而曹雪芹则已经走到怀疑人生的地步。经历了家庭家族的沧桑之变以后，他已经把一切看透，一切都已想明白，真正是看破红尘。在曹雪芹的思想深处，人生不但无常，而且没有意义。所以贾宝玉常常会说出"化灰化烟"的"胡话"，而一句戏词"赤条条来去无牵挂"，会惹得这位怡红公子号啕大哭。曹雪芹唯一的留恋是大观园的少女们，《红楼梦》中最欢乐，写得最放松的场面，就是第四十回刘姥姥二进荣国府时大观园儿女们东倒西歪的"群笑"镜头。有关她们的回忆安慰着他，也折磨着他。他必须把这种回忆写出来，才能获得解脱。吴敬梓虽然不谈忠，但他批判的武器依然没有超出儒家学说的藩篱。而曹雪芹则明显地受到老庄的影响和佛学的吸引，充满了浓郁的"人生如梦"的虚无思想。他知道佛老足以"移性"，却依然难以拒绝它们的诱惑。他也不是如何地信老庄信佛，只不过是借此麻醉自己，减轻一下巨大的痛苦而已。吴敬梓愤世嫉俗，但目光依然在现实之中，至少有一个儿子和一群朋友值得他牵挂；而曹雪芹则试图借助哲学的抽象逃往虚幻的彼岸世界，获得解脱。曹雪芹不但是不谈忠，而且有否定一切政治的思想。在曹雪芹看来，政治上的斗争，不过是"乱哄哄你方唱罢我登场"的闹剧而已。曹家是在满族王室残酷的内斗中受牵连而瞬间败落的，曹雪芹对雍正登基以后的风风雨雨应该是有切肤之痛的，是所谓"不是情人不泪流"；但在这场噩梦过去以后，曹雪芹已经对这场内斗的是是非非，乃至于谁胜谁负没有兴趣。政治风云变幻，起伏无常，从雍正到乾隆，打击以后的安抚，安抚以后新的打击。社会腐败如故，家族的衰败已经无可挽回，个人和家庭日趋贫困，最后到了一餐一饭都难以为继的地步。这样的政治，又如何能够引起曹雪芹的兴趣。他唯一的财富已经只剩下回忆。他必须在回忆中寻找往日的欢乐和咀嚼难忘的痛苦。文字狱的严酷和曹雪芹自己对政治的冷漠，使他在《红楼梦》的欢乐和痛苦中彻底地过滤掉了那一场宗室骨肉相残的一切内容。连一点暗示都没有。贾政如何为官，元春在宫中是获宠还是失宠，作者都没有丝毫的兴趣去写。写贾雨村的判案，主要也不是为了写官场的腐败，而是要突出四大家族的权势，给故事一个背景，为了引出薛家，带出薛宝钗这一重要人物。作为一个汉族知识分子，吴敬梓对雍正时期满族宗室残酷的内斗抱着一种旁观的态度，他不会有感同身受的痛苦，不会像曹雪芹那么敏感和讳莫如深。他和努尔哈赤的后裔们，也没有什么来往。可是，站在儒家的立场上，他会对一场骨肉相残的内斗非常反感。

　　吴敬梓和曹雪芹都是出身富贵人家，后来家道中落，经历了世态炎凉，增加了对人生的体验，看清了世人的真面目。但是，吴敬梓和曹雪芹的"家道中落"又有很不相同的地方：吴敬梓的家产是在他自己的手里一点一点败掉的。族人哄抢遗产的一场家难给了他极大的刺激，使他变得愤世嫉俗,他从此变得放荡不羁。在肆意的挥霍之中,家产很快地消耗殆尽。而曹雪芹的家庭是在一场急剧的政治变动中,迅速地没落下来,昨天还是"鲜花着锦,烈火烹油之盛",忽然之间,"忽喇喇似大厦倾","家亡人散各奔腾"。贾府不是一般的衰败,而是一种急剧的、当事人毫无思想准备的衰落。甄士隐对《好了歌》的解读中暗示了衰落的瞬间性,"昨日"与"今宵","昨怜"与"今嫌",不是文学的夸张,而是惊心动魄的现实!昨为人所妒,今为人所怜。昨天还是座上宾,今天就成了阶下囚。唯其如此,我们才在《红楼梦》里感受到那种浓郁的梦幻一样的氛围。昨天和今天,恍若隔世,犹如大梦一场,噩梦一场。往事不堪回首,不如将它看作一场大梦。一个爱情的悲剧,一个婚姻的悲剧,还不足以造成《红楼梦》那么沉重的感伤和悲哀,还不足以造成那么浓郁的梦幻之感。

对于家族的没落,吴敬梓和曹雪芹同样怀着一种复杂的感情。吴敬梓从一个科举世家的后裔,成为"乡里传为子弟戒"的叛逆,产生"如何父师训,专储制举才"的感慨,成为讽刺巨著的作者,经历了长期的痛苦的思想斗争。吴敬梓的一生,始终是在一种愧疚自责的痛苦和愤世嫉俗的激情中煎熬着。贫穷的生活和感情的煎熬促成了他的英年早逝。尽管他最后抛弃了功名富贵的追求,鄙视了来自本阶级的"鄙视",达到了很高的思想境界;但是,那种"生儿不孝"、对不起先人的念头始终像鬼魂一样纠缠着他。"弓冶箕裘，手捧遗经血泪流。""应愧煞谷贻孙子，倘博将来椎牛祭，总难酬罔极深恩矣。"心情非常沉痛。曹雪芹也是一样，《红楼梦》开首所谓"背父兄教育之恩，负师友规训之德，以至今日一技无成、半生潦倒之罪"，不是"故弄狡狯"之笔，不是烟幕弹，而是一种真实的忏悔之情。人的思想就是这样的矛盾，伟人也是人，我们完全可以用一种平常心去看待伟人思想中的矛盾。吴敬梓和曹雪芹的家族是很不相同的，吴家是安徽全椒的科举世家，吴敬梓的朋友圈是江南地区的汉族落魄文人。曹家是包衣出身，从曹锡远到曹寅，经历了先满化又汉化的复杂过程。曹寅是江南地区的风雅主持，是清朝统治集团联络汉族文人的关键人物。从曹雪芹的朋友圈来看，多宗室后裔。清朝贵族特重礼节，贾府规矩特多，看吃饭的规矩就很多。贾母吃饭时，李纨捧饭，王熙凤安箸，王夫人进羹。宝玉进屋，探春、惜春、贾环都站了起来。黛玉进贾府，生怕触犯了贾府的规矩，不敢多说一句话，不敢多走一步路。宝玉顽劣，但贾母依然称赞他懂礼数。索隐派说《红楼梦》反清是没有道理的。

吴、曹异同(下)

《儒林外史》的描写指向社会，描写的中心是知识分子的生活、精神状态和历史命运，特别是秀才这一群体。写得最好的，也是秀才这个群体。因为吴敬梓对这个群体最熟悉，观察最仔细、最深入。可以说是感同身受。而《红楼梦》的中心是爱情和婚姻，曹雪芹写得最出色的是少女和少妇这两个群体，尤其是金陵十二钗。真正写得跃然纸上。吴敬梓喜欢用功名富贵去考验他笔下的人物，而曹雪芹则更多地借爱情、亲情去考验大观园乃至荣、宁二府的人物。曹雪芹的气质比吴敬梓更加敏感，对细腻的感情和微妙的心理有深刻的观察和体验，他简直是一位出色的心理学家。他的这份敏感和对细腻情感的把握能力，更适合去描绘女性，特别是少女的性格。三个中心人物（贾、林、薛），两位（贾、林）都是典型的诗人气质。《红楼梦》里描写得最出色的人物就是大观园的少女们，唯有王熙凤是一个例外。但作者对王熙凤的出色描写，同样体现出曹雪芹刻画女性的天赋。王熙凤虽然是一个"脂粉须眉齐却步"的女强人，但同样不乏女性的特点，同样地充满了女人味。读者不会把王熙凤混同于孙二娘和顾大嫂。吴敬梓对女性的刻画比较一般。杜少卿好施舍，时不时被人骗了去，他的夫人对此是什么态度，我们不得而知。沈琼枝明摆着是嫁给盐商去做妾，她自己是怎么想的。她从盐商那里逃出来，拿了些金银首饰，穿了七条裙子，她又是怎么想的，我们也不得其详。王玉辉的女儿做了烈女，她是出于怎样的考虑，介绍得不是很细致。

曹雪芹对势利和虚伪并没有吴敬梓那样的敏感。金钏之死这一事件中，王夫人和薛宝钗的表现都很虚伪，但小说没有往这方面去用力发掘，反而是有所掩饰。从贾府对刘姥姥的态度来看，一点也不势利，真正是怜贫惜老。虽然是拿刘姥姥取乐，但我们没有理由去夸大这一点。秦可卿出身贫寒，但贾母、凤姐并没有怠慢她。湘云的处境并不富裕，邢岫烟的家境更是窘迫，但贾府对她们并不冷淡。

吴敬梓思考的焦点是知识分子的出路，曹雪芹思考的中心是人生的意义。吴敬梓的长处是世态的描绘和讽刺，曹雪芹的强项是描写爱情，他特别善于用爱情去考验他笔下的人物。而吴敬梓则是处处用功名富贵去考验人物的灵魂。吴敬梓对于虚伪和势利的现象特别敏感，时时地抓住，加以揭露和抨击。吴敬梓讽刺的对象是什么呢？是热衷功名富贵的名利之徒，是围绕功名富贵所呈现出来的炎凉世态。这种讽刺应该说有非常悠久的传统。孔子讲"君子喻于义,小人喻于利",孟子倡舍生取义,儒家从来都鄙薄名利之徒。那么,吴敬梓的独特贡献又是什么呢?独特就独特在吴敬梓提供了一种高层次的讽刺。他笔下的名利之徒,个个都有良好的自我感觉。本是假恶丑,却自以为是真善美,或者是希望别人将其视为真善美。这就是吴敬梓所紧紧地抓住的讽刺对象。他并不直揭其丑,而是用白描的手法,有时候带一点夸张的方法,描绘、渲染其近于自我陶醉的精神状态。让读者自己去体会其中恶毒的讽刺。这种手法很高明,很含蓄,同时又非常深刻。鲁迅之所以那么地钦佩吴敬梓,其主要的原因就在这里。

吴敬梓的讽刺如此了不起,我们不能不承认他的天赋。作为讽刺家,吴敬梓对世态炎凉非常敏感。这种敏感同样具有非常悠久的传统,可是,吴敬梓对虚伪的敏感却是他的独特之处。他之欣赏性情中人,欣赏魏晋风度,都可以由此得到解释。为人是否坦诚是吴敬梓衡量人物、褒贬人物的一个重要的标尺。在《儒林外史》中被赞美的人物,有所肯定的人物,无不具有这一特点。值得注意的是,吴敬梓的这一标尺施用于小说中的各种人物,而不论其社会地位的高低贵贱。牛老、卜老,匡超人的父亲,都是没有什么社会地位的穷人,但是,他们的为人,都非常坦诚。吴敬梓对他们的刻画,充满了温馨的呵护之情。秦老小康人家,为人很诚恳,作者对他的描写也是正面的。向鼎的为人也比较坦诚，作者对他的描写，也给人正面的印象。马二先生的崇拜科举，被作者讽刺，但他的古道热肠，又被作者肯定。他的真诚甚至感动了企图讹诈他的衙役。历史上对虚伪的讽刺，远没有对势利的讽刺那么引人注目，原因在哪里呢？原因在于，作为主流意识形态的儒家伦理，充满着悖论，礼教中隐藏着潜在的虚伪。儒家是入世的政治伦理学，虽然儒家也说穷则独善其身，但达则兼济天下是主要的。兼济天下是积极的，独善其身是消极的，不得已的。儒家的理想道路是把个人道德的完善与做官统一起来。是所谓"修身齐家治国平天下"。可是，时至明清，主流的意识形态已经走到了末路，散发出陈腐的气息，兼济天下成为追求功名富贵的遮羞布。世界上的一切好东西都被官占了，可是，当官的偏偏满口都是仁义道德。制定规范的人就是带头破坏规范的人。这种现象对社会的信仰造成了致命的打击。官场的风气蔓延到全社会，造成了普遍的虚伪。真正信仰孔孟的人，必定不能发达，必定被人看作笨伯。杜少卿的父亲是一个典型的例子，他之受到高翰林背后的嘲笑，反映了信仰崩溃的社会现实。吴敬梓看准了世态的炎凉，施以攻击，使读者产生"无往而非《儒林外史》"的感觉。由小说的讽刺而觉悟到现实生活无往而不在的讽刺性的存在，这正是对讽刺巨著最大的肯定和赞扬。

　　吴敬梓对势利和虚伪的现象特别敏感，而曹雪芹则表现出对死亡的敏感，表现出更加强烈的生命意识。他常常写到的是真善美的死亡。曹雪芹把大观园的一大群少女视为真善美的象征。愤世嫉俗激发了吴敬梓的创作激情，使《儒林外史》处处迸发出讽刺的火花，而一大群纯真善良、美丽聪明的少女的悲惨命运则成为《红楼梦》作者的创作动力。曹雪芹把描写她们的命运视为自己不可推卸的义务和责任。与此同时，他对"大不近情""千部一腔、千人一面"的才子佳人小说表示出极大的蔑视，对自己的文学才华表现出强大的自信。他要把闺阁中的人物写出来，将她们的可爱展示在人们的面前，不致泯灭。她们是美丽的，又是非常真实的，是一个个各有其面目的鲜活的生命。

《儒林外史》被视为洞察世态人情的教科书，《红楼梦》被誉为封建社会的百科全书。同是伟大的现实主义巨著，《儒林外史》和《红楼梦》又有种种的不同。《儒林外史》是一种冷峻中包裹着热情的散文风格，是鲁迅最欣赏的内热外冷的风格；《红楼梦》则是一种哀感顽艳中渗透着哲理的诗的风格。《儒林外史》的内容、趣味和语言更接近雅俗共赏的标准，而《红楼梦》描写的生活和使用的语言更加的高雅。前者写到了三教九流，后者写的是一个几乎封闭的、关起门来什么都有的贵族大家庭。大观园里的生活，也就是吟诗，赏花，看戏，下棋，过节，玩牌，听曲，画画，猜谜，刺绣，婚礼，葬礼，过生日，庙里还愿，吃药看病。从人物的名字也可以看得出来。《红楼梦》里的人物，尤其是少女们的名字，都非常艳丽而又雅致。连奴仆的名字也是那么充满诗意：袭人、晴雯、紫鹃、鸳鸯、茗烟、引泉、扫花、挑云、伴鹤……比较俗气而又暗含讥刺的名字送给了那些曹雪芹不喜欢的男性：单聘仁（善骗人）、詹光（沾光）、张如圭（如鬼）、卜世仁（不是人）、王仁（忘仁）……

在艺术手法上，《儒林外史》更多地表现出史家那种皮里阳秋、春秋笔法的潜在影响，他基本不用象征的手法。而《红楼梦》则不时地流露出诗人的气质和习惯。他大量地采用暗示象征手法。"都云作者痴，谁解其中味？"惹得后来一大群索隐派心痒难耐，想落天外，走火入魔。曹雪芹大量地运用诗谶的手法来暗示人物的命运。这一手法在第五回达到了极致。诗歌那种联类不断的思维方式也帮助曹雪芹加强了《红楼梦》全书的凝聚力。处处有诗一般的暗示，使人物与人物、情节与情节，人物的生活片段与她（他）的结局或明或暗地勾连着。这是将诗歌的思维方式运用于长篇小说结构的成功范例。

吴敬梓描绘人物的外貌穿戴，纯用白描，抓住其传神之处，一般没有面面俱到的描绘。譬如写夏总甲的出场："两只红眼边，一副锅铁脸，几根黄胡子，歪戴着瓦楞帽，身上青布衣服就如油篓一般，手里拿着一根赶驴的鞭子。"一个没有文化而趾高气扬、自我感觉非常棒的基层小吏的形象，凸现纸面。他知道自己是薛家集的头面人物。写周进的出场："头戴一顶旧毡帽，身穿玄色绸旧直裰，那右边袖子同后边坐处都破了，脚下一双旧大红绸鞋，黑瘦面皮，花白胡子。"周进的穿戴，形同乞丐，难怪狗要对他乱叫了。周进的旧毡帽与梅玖的新方巾形成鲜明对比。一个是年逾花甲的童生，一个是趾高气扬的少年新锐。周进的窝囊落魄，使人想起鲁迅笔下的孔乙己。孔乙己就是周进的后裔。而曹雪芹写起来，则极其铺张，特别是重要人物的外貌穿戴，不厌其详。譬如宝玉、凤姐的出场，头上戴什么，有什么首饰，脖项上戴什么，身上穿什么，外面罩的是什么。名目繁多，一一详细地介绍，绝不含糊其词。对于居室的布置，也常有详尽的介绍。大观园的各处院落，里里外外，娓娓道来，纹丝不乱。笔者由此而想到，曹雪芹的记忆必有过人之处，他对穿戴服饰、居室布置、园林结构有惊人的记忆力。他不是依靠逻辑来记忆，而是一种摄影般的形象的记忆。《红楼梦》的创作是在家族破败以后、"蓬牖茅椽、绳床瓦灶"的条件下开始的，此时的曹雪芹早就离开了那个钟鸣鼎食的家庭环境，要详细地描写那个烈火烹油般的繁华风月，需要一种多么不同寻常的记忆力。

　　吴敬梓选择连环短篇式的结构来展开一幅幅的风俗画，他没有在结构上花太多的精力。或许他认为这种结构最便于表现他的主题，发挥其描写世态的特长。曹雪芹则不然，他像一个围棋高手，每下一子，都考虑着全局，又照顾着局部。一个人物，一个情节，一个细节，一段对话的设计，都考虑得非常长远，照顾到方方面面，真正是草蛇灰线，伏脉千里。精心布局，而又那么自然天成。在中国古代的小说中，《红楼梦》的结构是最出色的。特别是金钏的死，宝玉的挨打，抄检大观园，都是借一件事，把许多的人物卷进来，让她们（他们）一一地对此表态，以此展示她们（他们）各自的思想性格。《红楼梦》真正把人物写成了一切社会关系的总和。吴敬梓没有盯住一个个人物的命运去写，他关注的是知识分子整体的命运，全篇的结构靠主题去凝聚。对于普通读者来说，《红楼梦》过于文雅，最大的遗憾，是没有写完。前八十回中，金陵十二钗里只有一个秦可卿有了结局。到收尾的部分，本来应该对前面的暗示一一地加以呼应，但曹雪芹贫病交加，想完成全书，已经力所不及。《儒林外史》和《红楼梦》写的都是日常的生活，很少出现离奇的情节。这些都是两书吃亏的地方。所以就一般的民众来说，两书的普及程度，都不如《三国演义》《水浒传》《西游记》。对文化程度比较高的文人来说，《儒林外史》和《红楼梦》处在更高的层次上。他们能够容忍《儒林外史》的散，能够欣赏《红楼梦》的雅，他们对故事是否具有传奇性没有很高的要求。

在一个蔑视小说，写作小说与名利毫无关系的时代，吴敬梓和曹雪芹那么一丝不苟、呕心沥血地进行着他们的创作，这种精神是多么令人感动！非常之作，需要非常之人，非常之人，具有非常之天赋，非常之经历，非常之境界。《儒林外史》和《红楼梦》，吴敬梓和曹雪芹就是如此。